Mar de fevereiro

Mar de fevereiro
Cinthya Amaral Santos
Copyright © 2018 by
Lúmen Editorial Ltda.

1ª edição - dezembro de 2018.
1-12-18-5.000

Coordenação editorial: *Ronaldo A. Sperdutti*
Revisão: *Alessandra Miranda de Sá*
Projeto gráfico e arte da capa: *Juliana Mollinari*
Imagem da capa: *Shutterstock*
Diagramação: *Juliana Mollinari*
Assistente editorial: *Ana Maria Rael Gambarini*
Impressão e acabamento: *Lis Gráfica*

```
Dados Internacionais de Catalogação na Publicação (CIP)
         (Câmara Brasileira do Livro, SP, Brasil)

  Santos, Cinthya Amaral
       Mar de fevereiro / Cinthya Amaral Santos.
     --Catanduva, SP : Lúmen Editorial, 2018.

    ISBN 978-85-7813-206-4

    1. Espiritismo 2. Ficção espírita I. Título.

18-22835                                         CDD-133.9
```

Índices para catálogo sistemático:

1. Ficção : Espiritismo   133.9

Iolanda Rodrigues Biode - Bibliotecária - CRB-8/10014

Rua dos Ingleses, 150 – Morro dos Ingleses

CEP 01329-000 – São Paulo – SP

Fone: (0xx11) 3207-1353

visite nosso site: www.lumeneditorial.com.br
fale com a Lúmen: atendimento@lumeneditorial.com.br
departamento de vendas: comercial@lumeneditorial.com.br
contato editorial: editorial@lumeneditorial.com.br
siga-nos no twitter: @lumeneditorial

2018
Proibida a reprodução total ou parcial desta
obra sem prévia autorização da editora

Impresso no Brasil – *Printed in Brazil*

Mar de fevereiro

CINTHYA AMARAL SANTOS

LÚMEN
EDITORIAL

Sumário

Introdução 7
Capítulo 1 11
Capítulo 2 16
Capítulo 3 20
Capítulo 4 25
Capítulo 5 32
Capítulo 6 46
Capítulo 7 56
Capítulo 8 64
Capítulo 9 72
Capítulo 10 80
Capítulo 11 89
Capítulo 12 98
Capítulo 13 112
Capítulo 14 120
Capítulo 15 131
Capítulo 16 141
Capítulo 17 157
Capítulo 18 169
Capítulo 19 186
Capítulo 20 199
Epílogo 214

Introdução

Acordei pela manhã. Um sol de verão entrava pela minha janela e o mar à minha frente dedilhava uma história a ser contada, proveniente das memórias ocultas do meu passado. Os grandes contos de fadas iniciam-se com a famosa frase "Era uma vez", mas, como se trata de contos de vida real, talvez seja melhor começar pela maneira como tudo teve início.

Era verão e estávamos todos reunidos em casa. A família, que era grande, incluía minha avó, pais, irmãos, tios e sobrinhos. A casa de praia de vovó Nona, apelido carinhoso dado a Norma Molina, era um verdadeiro ponto de encontro. Todo final de semana, durante as férias de verão, havia um movimento intenso de carros que chegavam e saíam, e a alegria contagiante era visível em uns, implícita em outros. Viam-se, nos jardins, nos brinquedos, nos balanços, rodas de crianças que, com suas gargalhadas inocentes, acalentavam a frieza dos adultos. Era um contentamento constante que se projetava através da inocência da idade e da vontade de nunca crescer.

Os adultos, por sua vez, ficavam admirados observando as crianças. A pureza irradiada daqueles olhares infantis era capaz de transformar o coração ambicioso de qualquer homem cético que sofrera as agruras da vida ou se deixara corromper pela realidade social do mundo capitalista, que nos comanda até os dias de hoje.

A mansão de vovó Nona localizava-se em uma praia chamada Praia das Flores. Era uma casa com vários cômodos: suítes, salas, escritório, biblioteca, além de todo o conforto necessário para se viver bem. Porém, a melhor parte da casa, sem dúvida alguma, era a cozinha, um aposento enorme com uma mesa ao centro e que em qualquer momento do dia tinha guloseimas postas na mesa, fazendo a festa dos estômagos mais gulosos.

Tia Duda, cozinheira de primeira qualidade, era nossa mestre-cuca durante os dias de casa cheia. Lá pelas dez horas da manhã ouviam-se seus gritos pela casa chamando o batalhão de mulheres para que as tarefas fossem distribuídas: picar cebolas, colocar fogo no fogão a lenha, cortar verduras, mexer o tacho de doce e assim sucessivamente. Esse era o período do ano em que eu engordava, pois as quitandas e os doces eram servidos na mesa de madeira durante todo o dia.

Aquele lugar tornava-se um verdadeiro centro de diversões, digamos, totalmente feminino. Fofocas eram contadas por todas, e os homens, que sempre escapavam das árduas tarefas domésticas, eram, várias vezes, pegos escutando as conversas atrás da porta. A mesa central, localizada na copa, era magnífica: possuía exatamente doze lugares, e esse fato tinha uma explicação mística, pois vovó Nona era muito religiosa e mulher de fé. Como a última ceia havia sido um momento tão sagrado e familiar, nossa matriarca achava que no momento das refeições a família deveria se reunir em harmonia total, sentando-se os integrantes principais sempre em número de doze, tal como fizera Jesus na Santa Ceia.

Como eram várias pessoas, sempre ficava alguém para sentar-se à mesa da cozinha. Esse destino era geralmente reservado às crianças e a outros membros mais novos, netos e amigos da escola que eram levados para passar o verão na praia.

Escrevo estas memórias, ou diríamos leio-as, passando-as a limpo à minha maneira, para relembrar os fatos do passado já nos tempos atuais, em que tenho a idade de 45 anos.

Hoje tenho uma vida que se resume a uma família com esposo e três filhos, que, aliás, acabaram de me tirar do meu sonho, pois era necessário voltar à realidade e levá-los à última semana de aula, antes de irmos para nossas férias de verão. Muitas vezes, faz-se necessário rever fatos que marcaram nossa vida, tendo sido de suma importância para a construção do futuro, no meu caso, como profissional, esposa e mãe.

Depois de mais um dia exaustivo de trabalho e de fazer meu papel de mãe e esposa, sentei-me em meu escritório e comecei a reler o livro escrito por mim, repleto de capítulos cuja história é a de uma família da qual sempre tive o prazer de dizer que faço parte.

Capítulo 1

    Naquele verão de 1970, a maioria da família assistia televisão quando vovó Nona começou a chamar todos para a sala de refeições. Seria um jantar especial, pois naquele dia completava vinte anos que Brian havia nos deixado. Apesar de não tê-lo conhecido, soube que fora um dos médicos mais famosos da cidade e também marido, amigo e companheiro de vovó por muitos e muitos anos.

    Durante o jantar, percebi que Nona estava com ar preocupado e também triste. Pelo seu semblante, notei que aquela noite fora reservada especialmente para o anúncio de algo muito importante para ela e toda a nossa família. Tudo se revelou ao final do jantar, mostrando que meu coração estava certo. Depois de servida a sobremesa, vovó Nona, ao pronunciar as palavras com calma, o que nunca fora uma de suas características marcantes, pois gostava de falar bem rápido e fazer tudo depressa, disse que precisava fazer uma revelação a todos os seus filhos e netos.

Quando Norma precisava conversar sobre um longo assunto, em momento algum gostava de ser interrompida, por isso pediu encarecidamente que a deixassem falar até o final, para que depois a família presente viesse a se manifestar. Por tudo aquilo que escutara, percebi que a revelação não seria uma boa notícia e que, com certeza, traria muita tristeza a todos nós, que tanto amávamos aquela velha senhora. Norma pegou minha mão e com a outra passou as mãos pelos cabelos enrolados em cachos, jogando-os para trás e assim iniciando uma séria conversa.

As palavras começaram a sair como se fossem rochas da boca de vovó, demonstrando toda a fortaleza da mulher de fibra e coragem que sempre fora durante seus 85 anos. Assim que Nona começou a falar, ficou mais claro ainda para mim que a notícia seria algo que abalaria toda a família ali presente, principalmente a mim, sua neta mais nova. Eu admirava e amava aquela senhora ardentemente, necessitando sempre de seus ensinamentos e de sua coragem para me fortalecer. Nona não era apenas uma avó para mim, mas também um bastão no qual podia apoiar-me na falta de minha mãe, que insistia em esquecer que havia tido uma filha.

Minha avó materna revelou-nos então que, durante os últimos seis meses, vinha sofrendo dores terríveis no abdômen, além de sentir enjoos constantes. Naquela primeira semana do verão, resolvera procurar o dr. Krei, médico, amigo da família e filho do primeiro médico que viera trabalhar com vovô no Hospital Modelo. Vovó tinha esperança de que fosse apenas o incômodo de uma gastrite, mas o dr. Krei percebeu a necessidade de outros exames para que fosse feito o diagnóstico do problema de saúde que tanto atormentava vovó. Com o resultado em mãos, constatou-se um sério problema no fígado, que estava inchado, degenerando-se e com manchas, estas também se espalhando para outros órgãos. Com os poucos recursos da medicina da época, Nona conseguiria ter apenas mais alguns meses de vida, até porque a cirurgia, no estágio em que havia sido descoberto seu câncer, de nada adiantaria.

Nunca me esqueci do olhar perplexo e estarrecido de todos os que estavam sentados àquela mesa central. Os quatro filhos de Nona não conseguiam expressar nenhum sentimento, nem de dor, nem de revolta, tampouco filial. Nós, os netos, engolimos a própria tristeza e, com certeza, começamos a pensar no que seria de nós sem aquela que fora nossa pedra fundamental e nossa fortaleza.

Vovó Nona pediu licença, levantou-se e foi para o quarto descansar, pois a emoção daquela ocasião tomara conta de seu corpo. Minha mãe, que era a filha mais nova, mas sempre a mais ouvida por todos os outros, conseguiu apenas dizer que o amanhã seria outro dia e que todos dormissem bem e começassem a refletir um pouco em tudo o que tinham vivido e no que ainda poderiam viver ao lado da mãe que sempre os tinha criado com um amor incondicional, mesmo não tendo sido uma mãe presente em todos os momentos.

Naquela noite, depois que me recolhi ao quarto e até o instante em que a luz do sol entrou pela minha janela, não pude fechar os olhos. Pensei, incansavelmente, na tão profunda realidade da morte. Sentada no chão, encostada à parede ao lado da janela, comecei a redigir no meu diário de adolescente palavras sobre a dor que sentia, pois era certa a realidade de ver partir a pessoa que eu tanto amava e que me ensinara a descobrir quem eu era. Senti uma vontade imensa de saber tudo a respeito da vida daquela mulher: sua história, desilusões, derrotas, e a história de seu grande amor. Procurei acalentar meu sofrimento com a imediata possibilidade de vivenciar, por intermédio de vovó, seus mais de oitenta anos vividos com intensidade, em uma vida sempre marcada pela intensa coragem de lutar e nunca desistir.

No dia seguinte, a casa parecia um verdadeiro deserto. Com exceção das crianças, que brincavam no quintal e na praia, nenhum dos adultos havia tido coragem de descer do aconchego de seu quarto. Para meus tios e minha mãe, era mais fácil ficarem enclausurados no próprio medo do que encararem a realidade de frente. Até Nona havia preferido tomar seu café da manhã no quarto. Fiquei meio sem jeito, mas criei coragem e me dirigi ao quarto principal, que ficava ao final do corredor. Chegando diante da porta, bati e entrei bem devagar, sendo recebida com um sorriso cristalino e um bom-dia bastante carinhoso. Sentei-me ao lado de vovó à cabeceira da cama e, evitando falar sobre a noite anterior, perguntei-lhe se poderia saber como havia sido sua vida quando ela tinha a minha idade e como havia construído aquela grande família. Confessei a ela que era uma curiosidade adolescente na intenção de descobrir tudo a respeito da vida da família Molina, pois queria tirar proveito dessas informações para minha própria vida.

Ainda com uma torrada na mão, aquela velha senhora, com um sorriso gentil, prometeu-me que, a partir daquele dia, durante todas as noites daquele verão de 1970, ela contaria fatos de sua vida e das pessoas que tinham feito parte de sua grande família, mas isso só seria possível depois que ela revelasse aos filhos algumas decisões por ela tomadas. Depois de ela se vestir, descemos para a sala de estar, onde estavam presentes apenas minha mãe e tia Duda, conversando justamente a respeito da doença de vovó.

A reunião com a família só foi possível no horário do almoço. Norma pediu que todos aceitassem suas decisões, que eram as seguintes: em primeiro lugar, ela gostaria de fazer o tratamento necessário na casa de praia, pois só ali ela poderia aproveitar a presença das pessoas que mais amava. Em segundo lugar, ela deixava uma autorização para que fosse enterrada ali mesmo em sua casa. Dito isso, Nona deixou a sala de estar, e nós, sem manifestação alguma, ficamos mais uma vez em choque com essas decisões.

Naquela tarde, no meu quarto, comecei a separar folhas de caderno, já desgastadas pelo tempo, que eu deixava na gaveta de minha penteadeira após o término do ano letivo, e comecei a montar um novo caderno com elas. Juntei todas, grampeei tudo e montei um diário improvisado no qual anotaria os relatos de vovó a partir daquela noite. Esse diário recebeu o nome de

Memórias. Na biblioteca, onde ficavam guardadas todas as fotos de família, escolhi uma bem bonita para modelar a capa, o que o tornou mais real. Era uma foto em que vovó tinha apenas 25 anos, trajava um vestido cor de marfim e luvas pretas, e estava em uma festa com vovô Brian. A elegância era completada por um colar de pérolas, presente de Brian, de oito anos de casamento, que dava um toque todo especial. Na primeira página, coloquei meu nome e uma foto minha do ano anterior naquela mesma casa de praia. A intenção era que, no futuro, quando meus filhos vissem e lessem aquele diário, verificassem a semelhança física existente entre mim e vovó.

Durante o restante do dia fiquei andando pela praia, mexendo nos livros da biblioteca e inventando outras coisas para fazer enquanto esperava com ansiedade pela chegada da noite. Foi um tortura interminável.

O jantar transcorreu normalmente. Até voltar aos tempos dos bailes nós voltamos, pois Nona chamou seu filho Bruno para bailar, relembrando as noites magníficas de festa que tivera com o marido. Depois de um bolero bem dançado, Norma pediu licença a todos e, virando-se para mim, disse que às nove da noite em ponto me esperaria para iniciarmos nossa conversa. Mamãe, curiosa, foi logo perguntando:

– Minha filha, o que você e sua avó estão planejando?

Com um sorriso maroto, apenas respondi:

– Mamãe, Nona resolveu relatar fatos de seu passado, de sua adolescência e de seu casamento; enfim... de sua vida. Apenas isso, nada mais.

Mamãe retribuiu meu sorriso e me disse que, com certeza, gostaria muito do que iria descobrir em relação à verdadeira história da família Molina.

Às nove da noite em ponto cheguei ao quarto de vovó. Ela estava sentada em sua poltrona predileta de cabeceira, já me esperando. Sentada a seus pés, fixei meus olhos em suas mãos já tão desgastadas pelo tempo. Neste instante, Nona começou a narrar a história de sua vida, iniciando nos seus quinze anos de idade.

Capítulo 2

Fui transportada, iniciando uma viagem cinematográfica pela história. Viajando na história de vovó Nona me vi também trajando um belo vestido branco, uma verdadeira princesa de contos de fadas. Nona contou que seu baile de debutante fora realizado na própria mansão da família, na Fazenda Paraíso, onde estivera presente toda a sociedade carioca em sua melhor estirpe.

Eram mais de cem convidados, entre eles casais, jovens e pessoas mais velhas. Os pais de vovó irradiavam alegria por poderem apresentar a única filha à grande sociedade da época e realizar o sonho de menina-mulher de Nona. As tradições eram fortes, e as regras, seguidas à risca e comandadas pelo poder da ambição que reinava.

Naquele mesmo dia foi também o momento em que lhe foi apresentado o seu pretendente, ou seja, seu futuro esposo. O pai da noiva escolhia o melhor dote; a sociedade movida a dinheiro comandava e dilacerava qualquer tipo de sentimento que pudesse existir. A mulher era uma simples boneca de porcelana que obedecia às regras ditadas pelos homens, os grandes detentores do poder de mando.

Voltando à festa, a troca de roupa foi o momento mais emocionante. Pela escada central, à meia-noite e ao som da orquestra local, Norma Molina desceu com seu vestido branco e uma tiara de brilhantes ornando seus cabelos. Seu pai a recebeu e a levou para o centro do salão, para dançar a valsa tão esperada. O bailado seguiu com os dois irmãos de Nona, Marcus e Fernando, que muito admiravam a irmã.

Seu pai dera-lhe a melhor festa, com tudo o que ela realmente havia sonhado. Nona, depois da execução da valsa, dançou muito com os irmãos e conversou animadamente com algumas jovens de sua idade, que se divertiam tanto quanto ela. Mas, algum tempo depois, essa felicidade foi quebrada pelo anúncio de seu noivado. A festa na verdade tinha sido toda planejada com esse intento, dando a real impressão de um leilão bem-sucedido com um lance muito alto.

Aurélio, o pretendente escolhido por meu bisavô para ser o futuro marido de Nona, era um homem sem escrúpulos, membro de uma família riquíssima da região e com um sobrenome de peso na sociedade da época. Havia trazido um lindo anel de brilhantes, porém muito aquém do que ela tinha recebido do pai como presente de aniversário. A data do casamento já estava marcada para dali a dois meses, pois negócios esperavam o noivo na Europa. Norma olhou estupefata, pois essa parte do acordo ela só soubera naquele instante. A dor da traição era difícil de engolir, e magoou-se com a deslealdade dos entes mais queridos, excluindo apenas os irmãos.

Vovó contou que nunca poderia esquecer o rosto daquela figura infeliz, quinze anos mais velho do que ela, sem contudo haver aprendido o que era ter sentimentos nobres, como sua linhagem pressupunha. Seu pretendente não demonstrou um único gesto de carinho que fosse; apenas colocou o anel em seu dedo e disse-lhe da ansiedade que sentia por estar a sós com aquela mulher na tão esperada noite de núpcias.

Nona sentia-se completamente anestesiada e, como um autômato, aceitara o anel e seu destino, pelo menos por ora. Não conseguia disfarçar o desprezo que sentia por aqueles dois homens: seu pretendente e principalmente seu pai, que a vendia como uma saca ou um gado bem nutrido. Talvez para amenizar a frieza que se instalara no coração de Norma, foi tocada uma valsa para os noivos, que dançaram embalados pela falsidade de sentimentos acobertada apenas pela educação que vovó recebera, ao demonstrar pelo menos respeito pelas pessoas mais velhas.

No outro dia, todos os jornais da cidade descreviam a grandeza da festa e anunciavam o noivado do ano entre Aurélio Gonçalves e Norma Molina. Sua mãe, já no café da manhã, fazia planos da festa, do vestido, dos enfeites, da lua de mel, e sonhava com o maravilhoso casamento que sua filhinha teria. Lucrécia, minha bisavó, estava eufórica e ansiosa para o grande dia, pois sempre fora uma presa fácil das armadilhas sociais e do poder que seu pai havia imposto para toda a família. O casamento era para eles apenas um contrato firmado e assinado em que as cláusulas devidamente elaboradas tinham como pressuposto dois princípios básicos: em primeiro lugar, o dinheiro do dote, que vinha do pai da noiva para o noivo; e, em segundo lugar, a obediência da mulher ao homem – reflexo dos mandamentos machistas de sua época.

Norma não conseguiu balbuciar nenhuma palavra e por um momento teve dó da própria mãe por nutrir sentimentos tão mesquinhos. Ela pediu licença para se retirar e trancou-se no quarto o restante do dia e da noite, inventando infinitas desculpas para fugir do jantar e do próprio noivo, que tinha ido visitá-la.

Em seu quarto, depois de chorar por horas, Norma tomou a decisão que mudaria para sempre seu destino. Suas malas foram arrumadas, mais precisamente uma pequena maleta com duas ou três trocas de roupa, e junto um dinheiro guardado durante vários anos, que sobrava das mesadas do pai e da mãe. Reuniu ainda a esses pertences todas as joias que ganhara, no intuito de que tivesse o suficiente para sobreviver. O vestido de debutante ela guardou em um lugar bem escondido, para buscar em outra eventualidade. Na madrugada, por volta de uma hora da manhã, aquela jovem pulou a janela do quarto e traçou um novo caminho para a sua vida, deixando toda a família. Olhando uma última vez para trás, mas sem remorsos ou arrependimentos, seguiu uma nova trilha.

Nesse momento, vovó disse que já estava na hora de dormir. Pisquei os olhos, como se voltasse de um sonho, e percebi que, enquanto me levantava para sair, uma lágrima escorreu dos olhos de Nona, pois ela só iria rever sua mãe dez anos depois, na ocasião de seu enterro, tendo o pai já falecido bem antes.

Encerrei este capítulo com uma foto de Norma em pé no último degrau da escada, com seu vestido de debutante e um belo sorriso. Colei-a no diário e fui tentar aproveitar meu dia na casa da praia. À noite, após o jantar, voltei ao quarto de Nona e já sentada a seus pés, só que dessa vez, para não ficar desconfortável, em cima de uma almofada, abri o meu livro de anotações e coloquei minhas mãos em ação mais uma vez.

Comecei a escutar vovó falando as primeiras palavras, que foram compondo um novo cenário a partir dos seus quinze anos de idade.

Capítulo 3

Naquela manhã, vestida com uma calça marrom e boné, vestuário tipicamente masculino, para que pudesse viajar despercebida, Nona chegou a uma cidade bem distante da fazenda para os recursos de locomoção da época. Naquele período, essa cidade possuía poucos habitantes, porém, no futuro viria a ser um grande lugar. Norma conseguira pegar um trem que partira na madrugada e escolhera a segunda estação como destino.

Depois de andar muitos quarteirões, olhando ao redor, viu uma placa que dizia "Pensão dos Viajantes" e para lá rumou. Aquele lugar tornou-se sua casa por um longo período. Ali, a senhorita Molina agora se chamava Maria Alves, e, em troca de pouso e comida, trabalhou durante dois anos fazendo serviços domésticos. Também costurava e bordava enxovais para as moças da sociedade local que iriam se casar. Foram noites passadas em claro, bordando e costurando vestidos a fim de conseguir juntar dinheiro suficiente para ter a própria casa – um sonho tão irreal para a época, pois uma mulher jamais poderia comprar uma residência sozinha na sociedade patriarcal e machista que imperava no mundo ocidental.

Porém, nem o cansaço fez com que Norma se arrependesse. Durante seis meses, ela leu nos jornais locais reportagens sobre o desaparecimento da única filha da tradicional família Molina. Em tempo algum alcançou-a a vontade de voltar a ser escravizada pelas armadilhas articuladas pelo poder do próprio pai.

Dona Marta, dona da pensão, sabia de sua verdadeira identidade e tornou-se sua grande amiga e confidente nas horas de tristeza e solidão. Muitas noites, durante horas, Marta ajudou Nona com seus bordados, para que ela entregasse as encomendas e recebesse dignamente pelos serviços prestados. Muitos pratos de refeições Nona também servira aos viajantes que ali passavam com suas mercadorias a serem vendidas por todo o interior.

Durante os dois primeiros anos em Souto Maior, região da cidade onde morava, Norma, ou, melhor dizendo, Maria quase não saíra de casa com medo de ser descoberta ali por pessoas ligadas a seu pai. Mas mesmo assim conseguiu fazer boas e verdadeiras amizades com mulheres tão lutadoras quanto ela, cientes do futuro que tinham de seguir e conquistar.

Mais uma vez, o tempo se esgotara com rapidez. Era quase meia-noite quando decidimos parar, pois o sono havia tomado conta de nosso físico. Depois de uma noite bem-dormida, no outro dia, não conseguia parar de pensar na continuação daquela história. Tudo me empolgava – aquela emoção sincera de uma adolescente surgia até em meus sonhos mais íntimos, e tentava descobrir ou mesmo criar uma sequência para aquela narrativa.

Já estávamos no fim da segunda semana de férias. Uma semana se passara desde as reuniões com vovó, e seu estado de saúde permanecia estável. Lembro-me de que o dr. Krei fez uma visita para colocar os filhos a par dos exames realizados e do verdadeiro quadro clínico diagnosticado. No mesmo dia da visita, foi aplicada a primeira parte da medicação, que, infelizmente, deixou Norma com efeitos colaterais bastante visíveis. Durante toda a tarde, até o dia seguinte, ela permaneceu deitada, com enjoo e apresentando um cansaço devastador, o que impossibilitou nossa conversa, que já tinha se tornado uma rotina bastante agradável. Por isso, sabia que não poderia usufruir, naquela noite, da narração de vovó. Assim, voltei um pouco a ser criança e fui brincar com meus primos no mar, escalar pedras, catar conchas... que delícia!

O jantar foi totalmente sem graça; pela primeira vez, não tivemos a presença de nossa matriarca. Vovó foi servida em seu quarto por Judith, sua governanta de longa data. Como não estava com muita fome, terminei de comer, subi para o meu quarto e fui reler o que já havia escrito no diário durante aquela primeira semana. No outro dia, acordei com a mesma roupa da noite anterior, o diário em cima de mim e um ar cansado de quem tinha lido até alta madrugada.

Levantei-me e fui procurar notícias de vovó. Fiquei muito feliz ao saber que ela já estava bem melhor e nos acompanharia no café da manhã. Quando a vi na sala de jantar, senti alívio, pois, como de costume, ela estava bem-vestida e com uma leve maquiagem, que dava certo brilho e vigor a seu rosto. Ganhei um abraço apertado, e isso ajudou-me a tocar o restante do dia com mais felicidade.

No período da tarde, quando descansava nas pedras, tive uma boa surpresa. Vovó de repente aproximou-se, sentou-se ao meu lado e pediu que eu corresse em casa e pegasse o meu diário, pois ela me explicou que durante alguns dias o cenário propício para a narrativa seria aquele: a magnífica Praia das Flores.

A brisa era suave e as ondas, como se tivessem ensaiado, faziam um perfeito espetáculo da natureza. Ajeitei-me da melhor maneira possível sobre as pedras e ali comecei a escrever mais um capítulo de uma história que teve, durante muitos anos, aquela paisagem como pano de fundo.

Dois anos tinham se passado desde que Norma deixara sua família. As notícias que porventura vovó tinha vinham por meio de jornais locais, sempre na parte reservada para os assuntos da alta sociedade carioca. Em uma dessas reportagens, Norma veio a saber que Marcus Molina, seu irmão mais velho, estava noivo de uma moça cuja família era bastante rica, e que seu irmão caçula, Fernando, havia viajado para a Europa a fim de completar seus estudos. Por estar abalada emocionalmente, vovó contou que sentiu uma vontade imensa de conhecer o mar e apreciar a beleza que ela imaginava existir em uma praia, pois, desde sua chegada àquele lugar, sua vida resumia-se a trabalhar dia e noite, sem nenhum tempo para descanso.

Para aquela ocasião, Norma fez questão de escolher o seu melhor vestido, de cor azul-claro, aplicando uma maquiagem bem suave no rosto e também colocando um chapéu. Para complementar, uma bolsinha a tiracolo. Os acessórios eram muito discretos, pois o passeio seria à luz do dia sob um sol bem quente, que insistia em não sumir. Sua amiga Marta também estava trajada com seu melhor vestido e esperava por Nona com ansiedade. Alugaram um carro que as levou a uma das praias mais bonitas da cidade. Era um local muito afastado e pouco frequentado; várias pessoas da cidade sequer sabiam de sua existência.

Diante daquele mar, sentadas nas mesmas pedras em que hoje Norma e eu estávamos, aquelas duas mulheres encantaram-se com a magnífica obra divina, com a infinitude do mar. As ondas batendo na areia e a brisa suave e constante trouxeram a paz interior e a tranquilidade de um merecido dia de paz e descanso.

Por um momento, a senhorita Molina sonhara com uma casa onde um dia pudesse reunir toda a família, filhos, netos e quem sabe até bisnetos, como de fato ocorrera durante muito anos. Nona parara por um instante, imersa em pensamentos longínquos, imaginando toda a arquitetura e o interior da residência que um dia construiria ali.

Já de volta à pensão, o fogão foi aceso para que o jantar dos hóspedes saísse na hora certa. As panelas começaram a trabalhar em ritmo constante, com um variado e delicioso cardápio. As mesas foram postas por minha avó, que sempre ajudava a grande amiga a servir, lavar a louça e arrumar as mesas. Somente depois as duas podiam sentar para conversar e degustar a saborosa refeição da Pensão dos Viajantes.

Era de praxe que, logo depois do jantar, Norma ainda pegasse firme em suas costuras até mais ou menos meia-noite, mas, como naquele dia resolvera tirar uma folga, depois de servir todas as mesas e também jantar, continuou sentada, tomando um café e conversando sobre amenidades com Marta. Enquanto comiam um doce de goiaba, ouviram a porta abrir-se e na frente delas parou um homem alto, de cabelos castanho-claros jogados para trás, muito bem-apessoado, que disse a princípio ser um viajante precisando de pouso, um banho quente e comida para saciar sua fome.

Norma sorriu ao relembrar essa passagem de sua vida. Ela contou que ficou um tanto sem reação diante da beleza daquela figura de 25 anos que, seis meses depois, seria seu marido e companheiro por longos 43 anos. Ele se chamava Brian, era inglês e, na realidade, um médico viajante que já se encontrava no país há um ano, empreendendo viagens para o interior e cuidando da saúde da população mais carente.

Nona esboçou um sorriso maroto, já pressentindo minha curiosidade sobre como tudo havia começado entre os dois, o namoro, o noivado e, principalmente, o casamento, mas já estávamos ali nas pedras há mais de três horas, e a maré estava subindo. Esses detalhes da história tiveram que ficar para o outro dia.

Descemos das pedras e começamos a caminhar de pés descalços pela água, sentindo a natureza bem perto e o confronto entre dia e noite, que se iniciava com um maravilhoso pôr do sol. O amarelo e o vermelho que se formavam uniam-se ao preto da escuridão, dando-nos um maravilhoso espetáculo e trazendo-nos um conforto interior inexplicável. Depois daquele dia, nunca mais pude presenciar da mesma forma um fenômeno como aquele, característica marcante da Praia das Flores, hoje, nos tempos atuais, praticamente abandonada pelos familiares, que, comandados pela vida atribulada, já não mais a frequentam com frequência.

Capítulo 4

Na biblioteca, folheando álbuns de fotos, encontrei retratos maravilhosos. Vovô era um homem realmente muito bonito: tinha olhos verdes, era alto, cabelos jogados ao vento e possuía um belo sorriso, alegre e galanteador. Outra característica marcante era sua elegância impecável – suas roupas eram de um bom gosto incrível, o que definitivamente só encantou ainda mais Nona. A fotografia que mais me marcou foi a do casamento, realizado no dia 12 de outubro, Dia de Nossa Senhora Aparecida. Minha avó trajava um vestido de noiva todo branco, com um buquê ornamentado de rosas champanhe e flores do campo. Vovô vestia um fraque preto com um cravo branco na lapela, e um sorriso de emoção estampava-se no rosto do casal apaixonado, um indício do amor e da cumplicidade entre ambos.

Quando deixei a biblioteca e já estava perto do *hall*, percebi uma estranha agitação na sala central. Netos e filhos de minha avó, excluindo minha mãe e Lucas – filho mais velho de Nona, que no decorrer desta história, terei a surpresa de descobrir que era verdadeiramente neto dela, embora houvesse sido criado como filho –, estavam reunidos no escritório, discutindo a respeito da herança que receberiam. O assunto girava em torno de bens, dinheiro e a parte reservada para cada um na partilha. Fiquei tão boquiaberta que subi para o quarto em prantos, com vontade de vomitar tudo o que havia comido no jantar. Era muito chocante perceber que os meus tios estavam mais preocupados com bens materiais do que com o amor que sentiam por vovó.

Minha cabeça de menina girou em um turbilhão de pensamentos tortuosos, tentando entender a natureza podre do ser humano movido por interesses pessoais, e a consequência foi uma noite tumultuada por pesadelos horríveis. Era doloroso presenciar a atitude daquelas pessoas discutindo sobre bens, com quem ficaria a casa, para quem iriam as joias. Todos os que estavam naquela reunião não eram bem-sucedidos financeiramente, pois nunca quiseram seguir os passos de vovô e formar-se em uma faculdade; no entanto, achavam-se no direito de usufruir de todo o patrimônio deixado por Norma e Brian em anos de luta e sofrimento, fruto de árduo trabalho. Mamãe também não era formada, mas cuidava da fábrica de roupas infantis de Nona, junto com Lucas, com esforço e dedicação constantes.

Acordei com os olhos inchados e, aproveitando que ainda não tinha fome, não desci para tomar o café da manhã. Permaneci no quarto, mas só consegui me acalmar quando comecei a escrever em um outro caderno a terrível experiência da noite anterior. Foi como um desabafo, pois os tios que eu sempre admirara e respeitara eram agora apenas homens sem sentimentos e com o coração repleto de cobiça e ganância.

Só criei coragem para sair do quarto no horário marcado com vovó. Mamãe ficara preocupada e desconfiara de minha insistente ausência, mas inventei uma desculpa e permaneci no quarto. Chegando nas pedras, Nona, de imediato, percebeu minha tristeza, por mais que eu tentasse disfarçar. Acabei contando-lhe o que havia se passado durante a noite anterior e no decorrer daquela manhã, pois era difícil esconder a mágoa que passara a sentir de todas as pessoas que eu amava. Nona, em um gesto de carinho, apenas abraçou-me, dizendo que algum dia aquele episódio serviria de lição em algum capítulo da minha vida. Balancei a cabeça em concordância e disse que nada melhor do que um bom romance para me fazer esquecer o que me deixava triste e amargurada.

    O vento no rosto e uma onda que batera sobre as pedras cadenciaram um ritmo alucinante nas seguintes páginas daquele capítulo.

    Brian, com o semblante cansado, subiu para o quarto. O local estava impecável, pois fora arrumado com esmero por Marta e Nona.

    – Boa noite, senhoras – disse ele –, e muito obrigado por tudo.

    – Boa noite, senhor, e durma bem. O café da manhã inicia-se às sete e vai até as dez da manhã.

    O novo hóspede dormiu tranquilo, vindo a acordar já quase no horário do almoço do outro dia. Como fora um dos últimos a descer para almoçar, Brian pôde conversar com Marta e Norma, contando assim quem de fato ele era. Declarou que era um médico inglês e que ali estava com o intuito de atuar profissionalmente no Brasil, conquistando seus pacientes, não importando a condição social, até conseguir realizar seu sonho, que era a construção do próprio hospital. Pelo ritmo da conversa, percebeu-se a nobreza de caráter que tinha aquele homem e também o quanto a profissão que ele havia escolhido para exercer o deixava feliz e realizado.

    Eles viam-se razoavelmente pouco, em geral nos momentos da refeição, mas isso não foi obstáculo para um convite a um passeio. O dia escolhido foi a manhã de sábado do dia 12 de abril, quando a orquestra da cidade estaria se apresentando no parque municipal. O convite foi aceito, mas com a sugestão, por parte de Nona, de que os dois pudessem passear na praia após o concerto.

Neste ponto, minhas pernas começaram a balançar de ansiedade, e vovó, vivenciando meu entusiasmo, soltou uma gargalhada que eu nunca tinha visto sair daquela pessoa sempre séria e compenetrada. Minha curiosidade foi aumentando, o que levou vovó a fazer certo suspense na continuação da história.

No parque municipal, a orquestra tocou valsas maravilhosas que empolgaram unanimemente todas as pessoas presentes no evento. Foram apenas trinta minutos de apresentação, mas que levaram ao infinito os corações que eternizam grandes canções. Os casais, em determinado momento, foram convidados a dançar ao som suave do violino – para mim, em particular, um dos instrumentos mais belos de uma orquestra. A vergonha tomou a face de vários casais, tendo somente três deles a coragem de dançar em público, e, entre eles, sem dúvida, estavam Norma e Brian. Embalados pela doce melodia, os dois perceberam, por meio de um simples olhar, o que verdadeiramente sentiam um pelo outro.

Depois do término do espetáculo, eles pararam em um bistrô para se deliciarem com as saborosas quitandas e tortas, feitas ornamentalmente. Enquanto comiam, sem que Brian houvesse insinuado qualquer tipo de curiosidade, vovó começou a relatar toda a sua vida. Esse gesto foi realizado talvez por medo de que tudo se iniciasse com mentiras entre eles, e também pelo temor de que a realidade fosse descoberta de uma outra maneira e talvez afastasse o homem que Norma já sabia tanto amar.

Um carro foi alugado na porta do bistrô para levá-los à Praia das Flores. Caminharam por toda a extensão durante algum tempo, até que chegaram àquelas mesmas pedras onde, naquele momento, estávamos sentadas. Ali, embalados pela sinfonia das ondas que batiam nas pedras, aconteceu o primeiro beijo, e mais uma vez Norma foi surpreendida com um pedido de casamento. Vovó, muito surpresa, aceitou, e selaram a união com o brilho de dois olhares completamente apaixonados. O breve período no qual haviam se conhecido fora suficiente para despertar a grande paixão que os unia.

– Nona, mas aconteceu tudo tão rápido! – disse eu. – Estou empolgada. A senhora não teve medo? Pois nem conhecia vovô direito...

– Querida, eu me surpreendi, não vou mentir, e medo todos nós temos. Assim, mesmo não conhecendo seu avô direito, e durante aquele tempo não tendo tanto contato com ele, eu já sabia que o amava. Ele era o homem que eu sempre tinha procurado. E eu era a mulher que ele também sempre havia procurado, por isso um pedido de casamento tão rápido e uma resposta afirmativa tão rápida também.

– Quando se ama, então, não importa o tempo de convivência?

– Desde que você consiga sentir amor e saiba ser aquele o homem certo, não importa. Um dia você vai escutar a voz de seu coração e sentir isso, e com certeza vai se lembrar das minhas palavras.

– Eu sempre me lembrarei de todas as suas palavras, Nona. Agora, podemos continuar? Estou curiosíssima.

A primeira a saber da grande novidade não podia ser outra pessoa senão sua grande amiga Marta. A fiel escudeira de Nona imediatamente foi escolhida como madrinha, e como presente de casamento se dispôs a fazer o mais belo vestido de noiva. Como a cerimônia seria dali a seis meses, o trabalho das duas foi duplicado para conseguirem entregar todas as encomendas e ao mesmo tempo fazer o enxoval de Norma e também a grande atração do dia: o vestido branco.

A cerimônia foi realizada na própria igreja do bairro, tendo sido marcada pela simplicidade. A recepção resumiu-se a um jantar oferecido na própria pensão pelos noivos a seus poucos, mas ilustres, convidados.

Vovó, neste instante da narrativa, pediu que parássemos, pois sentia dores e queria repousar um pouco antes do jantar. Fui caminhando de braços dados com ela pela praia e senti que, pela idade e pela doença que já se alastrava, ela se apoiava em mim para conseguir chegar em casa.

Levei-a direto ao quarto, tirei seus sapatos e deitei-me junto a ela na cama para poder, com o aconchego de meus braços, fazê-la dormir como uma menina. Enquanto passava a mão em seu cabelo ondulado, começaram a aparecer em meus próprios sonhos cenas vibrantes de tudo o que ela havia me narrado naquele dia. Quando percebi que Nona já havia dormido, fui correndo para a biblioteca. Não foi difícil encontrar fotos do dia do casamento. Só fiquei decepcionada pelo fato de não haver fotos da bela cerimônia, da igreja enfeitada e do jantar na pensão.

O vestido apesar de ser simples, para Nona era lindo e perfeito. O véu, que não poderia faltar, era bordado nas laterais com pedrinhas de cristais bem claras, e a cauda era bem grande, passando a impressão de que Nona tivesse uma estatura mais alta. O buquê em suas mãos fora também presente da Marta. Era feito artificialmente, todo ornamentado à mão, com flores do campo. A flor escolhida era a cópia de uma flor que havia no quintal da pensão e que vovó adorava.

Naquela noite, fui deitar alegre e empolgada pela continuação daquele enredo, mas ao mesmo tempo entristecida por saber que a cada dia o estado de saúde de vovó piorava. No dia seguinte, já estava marcada outra visita do dr. Krei para aplicação de mais uma dosagem do medicamento, e com certeza eu ficaria afastada de seu convívio pelo menos por um ou dois dias. O dr. Krei logo cedo tomara café da manhã conosco e depois subira para a consulta.

Procurei durante aqueles dois dias esquecer o lado ruim daquilo tudo. Senti a necessidade de procurar um lugar que há tempos estava esquecido em minha memória e lá fui passar o dia e a noite. Era uma casa de bonecas construída especialmente por Marcus, meu tio-avô, para a minha mãe aproveitar os seus sonhos de menina na casa de praia, e que, depois do meu nascimento, passou a me pertencer. Na entrada, havia dois nomes: o de mamãe e agora o meu, pintados de tinta azul para identificação dos proprietários. Era uma casa de bonecas grande, que possuía dois cômodos. Um era a sala de visitas, e o outro, o quarto principal. Lá existiam dez bonecas, todas muito bem conservadas, com os cabelos penteados e roupas confeccionadas por vovó e também por mamãe, que havia seguido os passos de Nona e era uma exímia costureira. Em um guarda-roupa havia pelo menos mais dois modelos confeccionados para cada uma delas, com cores e cortes diferentes.

Passei toda a tarde relembrando meus verões quando ainda

era criança naquele lugar. Era até difícil acreditar que tanto tempo já havia se passado desde a última vez que lá estivera, três anos atrás. A última vez foi quando bordara o nome nas roupas de cada uma das bonecas: Lucy, Cris, Angelina, Maria, Norma, Beatriz, Duda, Bibi, Fefê e Mirna. Peguei cada uma delas, coloquei-as junto a mim e novamente comecei a reler toda a história de Nona escrita até o momento. Em cada traço que delineou a evolução da história de Norma Molina, eu imaginava o caminho que um dia eu mesma trilharia pelos contornos de minha própria vida.

No horário do jantar, mamãe levou um prato para mim, pois já pressentia que eu iria querer dormir na casa de bonecas. As notícias sobre Nona não eram boas; mais uma vez os remédios tinham lhe feito mal, e ela sentia enjoo e dores horríveis. O lugar escolhido para o meu repouso não era assim tão confortável; a casa fora considerada grande quando eu ainda era uma criança, mas agora, como eu crescera bastante, ela se tornara menor, porém no tamanho exato para fazer com que me sentisse bem.

Acordei com minhas dez companheiras ao meu lado. Hoje, aquele grupo de amigas pertence à minha segunda filha, que já tem treze anos de idade. Estão todas em seu quarto, dispostas em uma estante ao lado da cama. Possuem os mesmos nomes e compõem a decoração do mundo particular de minha menina. Mas, naquela época, eu própria era ainda uma menina... Levantei-me depressa e corri para a casa de praia. Depois de já ter tomado banho, fui rápido obter notícias de vovó, para saber se poderia vê-la. Ao entrar na cozinha, mamãe foi logo me dando o recado de que dona Norma queria o café da manhã em seu quarto, levado pela neta.

Capítulo 5

    Quando entrei, deparei-me com uma senhora pálida e sem maquiagem, mas que me recebeu com um belo sorriso e uma vontade ardente de viver mais uma aventura relembrando seu passado. Pareceu-me que a única felicidade naquele momento, para minha Nona, era poder compartilhar sua vida com alguém que de fato se interessasse pelas coisas que havia vivido e por cuja conquista tinha lutado arduamente.
    A narração naquela manhã ensolarada iniciou-se com a cerimônia do casamento. Era uma igreja pequena, mas aconchegante, que até hoje encanta a população com belas missas. É bem antiga e tornou-se um centro turístico da cidade por sua idade e beleza. A pequena igreja estava com os poucos amigos do bairro, pacientes de Brian e antigas clientes de Nona. As damas de honra eram duas lindas crianças gêmeas, filhas de uma moradora do bairro, que trajavam um lindo vestido rodado

confeccionado e escolhido pela própria noiva. Bem ao fundo, no último banco, estava um homem alto, bem-vestido, que trouxera consigo um ramalhete de flores vermelhas e o qual Norma reconheceu apenas quando saía da igreja. Era seu irmão mais velho, que, sabendo do casamento por uma nota no jornal, fora compartilhar da felicidade de sua amada irmã, apesar de fazê-lo escondido dos pais.

Os noivos sorriam o tempo inteiro, tendo sido recepcionados na pensão com um estouro de champanhe. Depois, houve um jantar simples embalado pelo som de belas músicas. Marcus, o irmão de vovó, fez questão de dançar a valsa com ela, assim como o fizera na festa de seus quinze anos. Ele demonstrava grande alegria, aproveitando muito a recepção, e a partir daquele dia nunca mais deixou de visitar Norma, que lhe devolvera a felicidade e, ainda que mais jovem, ensinara-lhe a maneira certa de viver com intensidade o que realmente almejávamos.

Marcus tinha 37 anos e ainda não se casara. Possuía as mesmas ideias de Norma, mas não a mesma coragem, por isso ainda vivia sob a opressão de seu poderoso pai. Como sua noiva já estava prometida a ele fazia tanto tempo, o casamento fora sendo adiado por intermináveis desculpas de motivos profissionais. Mas a cerimônia de núpcias de sua irmã lhe trouxera um incentivo para tomar certas decisões. Sempre havia amado outra mulher, e era ela que seu coração deveria seguir e trazer de volta para junto de si. A noiva de Marcus era Anne, filha de um rico espanhol que fizera fortuna no Brasil. Porém, o irmão de vovó, embalado pelo som de felicidade da união de Brian e Norma, decidiu que, logo que retornasse à fazenda, acabaria com seu noivado e procuraria por seu verdadeiro amor.

A festa continuou durante parte da madrugada. Os noivos foram embora cedo para a lua de mel, que se daria ali mesmo na cidade, em uma suíte de luxo do hotel mais famoso da região. Fora presente de Marcus, que também fizera questão de levá-los em seu carro, despedindo-se logo depois e partindo em seguida para a Fazenda Paraíso.

— Vovó, e os pais do noivo? – perguntei. – Até agora, a senhora em nenhum momento falou deles.

– Curiosa, curiosa... Brian era órfão. Tinha perdido a mãe no parto, e o pai dele morrera cinco anos atrás, de infarto.

– E os outros parentes?

– A única tia ainda viva, e que morou na Inglaterra com ele, estava doente na época, e uma viagem tão longa poderia prejudicá-la ainda mais.

– E o vovô não tinha irmãos?

– Amada neta, essa parte da história vai ficar para um outro momento. Vamos continuar.

Depois que eles voltaram dos dois dias de lua de mel, tiveram uma surpresa. A casa que alugaram para morar fora arrumada por Marta, não tendo Nona trabalho algum a não ser iniciar seus afazeres, agora como uma mulher já casada. Marta colocara jarros de flores e uma saudação de felicidades aos noivos em cima da cama do casal, que vovó entregou-me para colocar no meu diário; está guardada até hoje. Era uma casa de bairro, que possuía uma sala, cozinha pequena e três quartos. Ainda não tinha todos os móveis, que foram sendo adquiridos aos poucos. O terceiro quarto foi usado por Brian como escritório, e ele o dividiu com Nona, que fez dele seu quarto de costura e repouso nas horas vagas.

Profissionalmente, Brian alugara uma sala onde instalou seu consultório provisório, pois, naquele pouco tempo em que se encontrava no país, pelo seu grande carisma, conquistara um bom número de pacientes. O trabalho de vovô era muito desgastante e fazia com que chegasse em casa todos os dias com ar cansado, mas digno de um lutador. O dinheiro foi sendo juntado aos poucos, nota por nota. À noite, sozinhos, ainda sem filhos, o casal conversava ou, muitas vezes, ia à pensão para jantar com sua adorável amiga, que sempre os recebia com grande alegria. Só saíam de lá tarde da noite, depois que Nona colocava todas as fofocas em dia e ainda dava uma ajuda na costura dos enxovais encomendados de Marta.

Norma, mais do que nunca, com o auxílio da amiga, exercia o ofício da costura com muita habilidade. Muitas vezes, foi preciso que seu marido iniciasse uma discussão para que Nona parasse e pudessem ir embora para dormir. A clientela crescia tanto para vovó quanto para vovô, e, consequentemente, também o trabalho e a responsabilidade.

Passaram-se quatro anos. Nesse período, Norma começou a se afligir, pois o primeiro filho não chegava. Vovó olhou para o mar e lembrou-se das palavras de seu amado esposo:

– Amor, acalme-se, tudo vai acontecer no momento certo.

– Estou atormentada; há anos que estamos casados, nunca nos prevenimos e não engravido. Fico triste, e essa tristeza está atormentando minha vida.

– Oh, meu amor, vou lhe dar um conselho: procure outros afazeres, diferentes dos que já está acostumada.

Vovó enxugou as lágrimas e contou para mim que o conselho tinha sido bom. Ela começara a ajudar crianças e mães mais necessitadas, todas moradoras do Bairro Pobre, vizinho ao seu. Pelo menos uma vez por semana fazia merendas e distribuía em um terreno baldio, aproveitando o tempo para ensinar o que havia aprendido com seu professor particular às crianças e jovens que não sabiam ler nem escrever. Brian nunca reclamava, pois aquela atividade fora a única satisfação que Norma encontrara e fizera vovó voltar a ser como antes: a companheira, amiga e esposa de sempre.

Aos sábados e domingos, Brian, o médico oficial daquelas famílias, comparecia ao bairro e também trabalhava em prol de uma justa causa. As crianças faziam fila para receberem os agrados de doces que o doutor levava, e os adultos, sempre em uma casa emprestada, esperavam atendimento para cura de uma gripe ou até casos mais graves, que sempre eram encaminhados para o hospital municipal. O quarto ano de casamento também foi marcado pela primeira conquista do casal. Com todo o dinheiro poupado, vovô conseguiu comprar um lote grande com o tamanho ideal para a construção do hospital, que já possuía até nome, escolhido por Norma: "Modelo". O lote estava localizado em um lugar muito afastado do centro da cidade, mas que logo seria abarcado pelo crescimento desenfreado da população.

No dia da assinatura da escritura de compra e venda, houve uma pequena comemoração na casa do casal com a presença de Marta e Marcus, que, infelizmente, não trazia boas notícias. Marcus, depois de cumprir a promessa e desmanchar o noivado, fora morar na mesma cidade de sua irmã, e a triste notícia veio por meio de uma carta de Fernando, que contava sobre o estado de saúde do pai: ele estava muito doente e tinha pouco tempo de vida. Norma ainda não o havia perdoado e por isso agiu com frieza, demonstrando alívio por sua mãe, que ficaria livre de um grande tormento.

Depois do almoço, toda a turma foi passear na Praia das Flores, e foi ali que vovó revelou a seu irmão o desejo de contruir uma casa bem grande para abrigar uma numerosa família. Marcus prometeu que a construção, tanto do hospital quanto daquela casa, ficaria a seu encargo.

– Vovó, então foi meu tio-avô quem construiu esta maravilha?

– Sim, ele era formado em engenharia civil e foi um grande engenheiro nesta mesma cidade.

– E quanto ao seu grande amor? Ele cumpriu a promessa, mas a senhora não falou nada sobre a mulher que ele realmente amava.

– Minha neta, Marcus não conseguiu encontrar sua amada e viveu sozinho por toda a vida, sem esposa e com apenas uma filha adotiva, que entrou em sua vida quando ele era bem mais velho.

– A senhora disse que ele fez sucesso aqui na cidade? Como assim?

– A mudança de meu irmão foi acelerada em decorrência de uma oferta de emprego para a construção de aterros na orla central, e também para a construção de casas nos novos bairros que surgiam. Depois de dez anos, ele construiu o próprio negócio.

Paramos a narrativa naquele momento. Meus olhos vermelhos indicavam todo o meu cansaço. Antes de subir para o quarto, mais uma vez passei pela biblioteca para encontrar fotos de meu tio--avô Marcus, mas, para minha decepção, não as achei. Marcus fora um personagem marcante na vida de Nona, mas não deixara nenhuma lembrança, a não ser na mente de todos os que o tiveram como amigo e compartilharam de seu grande amor e carinho. Só pude vê-lo em minha imaginação: um lindo homem, muito alto e moreno, de olhos grande e negros.

No dia seguinte seria o Natal. Era tradição da família que nossa árvore ficasse na sala central, cheia de presentes, só esperando o dia 25 de dezembro para a distribuição. Todos os enfeites eram colocados pelos netos, e sempre por último tio Bruno, fazendo o papel de Brian, colocava no pico uma linda estrela que simbolizava a luz, o caminho e as trilhas de uma vida em família. A cada ano, os presentes aumentavam, pois a família crescia, com netos.

A ceia era sempre servida no dia 24, pontualmente à meia-noite. Era um dos poucos momentos em que Nona deixava que o jantar fosse servido à americana, sem rigorosa obediência. Antes de servir, vovó fez questão de pedir a mamãe que fizesse uma oração. Neste momento, Norma pediu emocionada que nunca deixassem que aquela tradição familiar fosse esquecida depois de sua morte, pois o Natal para ela não era apenas uma troca de presentes, mas, principalmente, o calor e o sentimento de união que emanavam de uma família reunida pelo amor vivido entre ela e Brian.

Depois de servido o jantar, o próximo passo foram as deliciosas sobremesas e a distribuição de presentes. Elas recebiam o primeiro lugar, e depois não havia uma sequência observada com rigor. Quem quisesse pegava um pacote qualquer e entregava para a nossa matriarca, que lia o nome do presenteado. Ninguém ficava sem presente. Para mim, o presente mais esperado era o de Norma. Nesse ano, tratava-se de uma caixa pequena onde estava o anel de brilhantes que Nona ganhara dos pais em seu aniversário de quinze anos e que agora ela transmitia para mais uma geração através de mim.

– Filha, quero que use este anel em seu aniversário de quinze anos. E peço ainda que nunca deixe sua inocência e o sonho de uma adolescente serem desfeitos pela modernidade e falta de ilusão que infelizmente já estão arraigadas em muitos seres humanos.

– Vovó, pode ter certeza de que estarei com este anel e com você ao meu lado.

– Lembre-se sempre de que as joias podem ser destruídas pela simples batida de um martelo, mas nunca o verdadeiro sentimento do amor.

Mar de fevereiro

Não consegui dizer mais nada; as lágrimas rolavam, pois sentia que Nona não estaria mais comigo quando da festa de meu aniversário. Precisava de ar e por isso fui para a varanda sentir o mar e agradecer a Deus por todos aqueles anos vividos com vovó. Logo, logo senti um acalento; vovó se sentou ao meu lado e durante uns quinze minutos não trocamos nenhuma palavra, ficamos apenas escutando a natureza. Vovó, já cansada, pediu que eu a levasse ao quarto e lá marcamos nosso próximo encontro para o dia seguinte, após o café da manhã.

Já no outro dia, fomos interrompidas pela visita do dr. Krei, de quem nós duas havíamos esquecido por completo.

– Bom dia, meninas!

– Bom dia, doutor Krei. Que visita maravilhosa! O almoço do dia 25 nos aguarda.

– Hum, já estou pensando no almoço também, mas tenho que lhe aplicar a medicação primeiro.

Nona ficou estática, depois tomou uma séria decisão. Lembro-me de que ela disse ao seu amigo que não sofreria mais com aquelas medicações e que seguiria seu destino. Tentei sair do quarto, mas ela me puxou pelo braço, dizendo que nossa história precisava continuar.

Percebi, surpresa, que Nona se recusava a sofrer mais, por isso havia tomado aquela firme decisão. Seu amigo de longa data apenas olhou-a nos olhos e disse que estaria esperando no almoço, para que pudessem colocar os assuntos em dia. Permaneci sentada e continuei minha viagem ao passado através dos contos de Natal do dia 24 de dezembro de 1907.

Fora uma festa totalmente especial. Estavam presentes na pensão Marcus, Marta e alguns poucos amigos. Depois de terminado o jantar, não houve a esperada pausa para a sobremesa, pois o grupo começou a trabalhar até tarde da noite para a realização do lado filantrópico do espírito natalino. No dia seguinte seria feito um almoço no Bairro Pobre, com a distribuição de presentes – carrinhos para os meninos e bonecas para as meninas. Todos os brinquedos teriam de ser embrulhados naquela noite, devendo se escrever neles, ainda, o nome do destinatário específico, para que não tivesse o perigo de que alguma criança moradora do bairro fosse esquecida.

O cansaço estava estampado no semblante de todos, mas nenhum deles ousava reclamar – ajudar os outros nunca pode cansar ninguém. Nona achava que o crescimento de uns deveria ser dividido com quem pouco tinha. O sorriso, que poucas vezes saltava de um rosto marcado pela pobreza, era a recompensa daquele grupo que lutava contra o próprio cansaço em favor de outros seres humanos. Às oito horas em ponto, todos os voluntários daquela jornada já estavam de pé, e as panelas foram rapidamente para o fogão. O cardápio era arroz branco, feijão, frango ao molho com cenoura e batata. Foi tudo levado em dois carros alugados junto com os brinquedos, e também a sobremesa.

Na chegada, todos se depararam com uma recepção supercalorosa. As crianças foram cercando-os aos pulos e aos gritos, pedindo logo o que mais lhes interessava. As mulheres, haviam improvisado uma mesa ao ar livre com um jarro de flores brancas, e os adultos correram para ajudar na arrumação das panelas juntamente com os talheres, pratos e copos, bem como na organização da fila das crianças para receberem os presentes. No horário marcado, o padre José, que era um fiel amigo e paciente de Brian, chegou para dar início à realização da missa ao ar livre com a presença de todos os moradores. O sermão durou cerca de vinte minutos e teve como tema central o verdadeiro sentido do Natal e a importância da partilha e da doação.

Depois da celebração, a ceia foi servida e todas as pessoas fartaram-se. Atrás da mesa de madeira estavam os organizadores, que também fizeram o papel de garçons, inclusive padre José, que, após tirar a batina, colocou as mãos na massa e auxiliou em todas as tarefas. Todos podiam repetir, desde que respeitassem a fila, com preferência dos mais velhos.

Os presentes foram distribuídos, um a um, logo após o almoço. Só se viam meninos sorrindo e correndo com seus carrinhos de madeira e meninas acalentando suas bonecas, que vinham acompanhadas de mais um vestido confeccionado por Nona e Marta. Tudo parecia muito tranquilo, até que Antônio, vizinho de Marlinda, chegou afobado pedindo a ajuda do dr. Brian, que saiu atrás do amigo sem ao menos escutar o motivo de tanta agonia. Ao chegar perto da casa já se escutavam os gritos de dor ensurdecedores que vinham lá de dentro. A gravidez foi constatada, o que assustou todos ali presentes. Marlinda escondera seu estado por causa do trabalho, que ela não podia nem pensar em perder, pois era o seu sustento e de seu futuro filho.

A jovem mulher sentia muitas dores. Parecia que o bebê não queria vir ao mundo de jeito nenhum. As contrações aumentavam a cada minuto, e ela perdia muito sangue. Nona, enquanto enxugava o suor de Marlinda e lhe falava palavras de conforto, escutou um sussurro que pedia:

— Dona Norma, se eu morrer, cuide do meu filho, por favor. Você e o doutor Brian são as únicas pessoas que poderão dar a ele amor e uma família.

— Marlinda, acalme-se. Vai dar tudo certo; você é jovem, forte, e seu filho precisa de você.

Nona dizia aquelas palavras, mas no fundo via a vida daquela jovem se esvair.

— Registrem meu filho e o criem como se fosse filho de vocês, por favor. Não tenho nenhum parente neste mundo, e ele precisa de uma família como a de vocês. Prometa-me, dona Norma, prometa-me.

Vovó contou que, por impulso, fez uma promessa que realmente teve de se cumprir, pois depois de quase duas horas de luta o bebê veio ao mundo, mas o espírito de Marlinda já havia cumprido sua missão. Meio atordoada e sem saber o que fazer, vovó recebeu Lucas, seu filho mais velho, com um sorriso e emoção sinceros. Aquela criança não tinha o sangue dos Molina, mas sempre fora amada, e, se não crescera em um berço de ouro, crescera em um de amor e carinho.

Norma estava estática, em estado de choque. Era muita novidade para um dia só.

— Vovó, nunca soube disso, meu Deus!

– Minha neta, meus filhos são meus filhos; não precisam ter o mesmo sangue. Para você se espantar ainda mais, a única filha que realmente tem meu sangue é sua mãe.

– Então quer dizer que meus outros tios também são adotados?

– Sim, e sempre foram entregues a mim com muito amor.

– Ufa!

Vovó sorriu e continuou a narrativa, pois naquele dia ainda viriam mais surpresas.

Daquela festa de Natal em diante, a vida de Norma passara a ser uma nova experiência e uma grande novidade. Nona não tinha um quarto de bebê, nem fraldas, mantas, roupinhas, mamadeiras. Marta foi quem rapidamente, no mesmo dia, providenciou algumas peças antigas de um sobrinho que fora criado por ela. Brian foi dormir no sofá, pois o mais novo morador da casa chorava muito e seu pai tinha que acordar logo cedo para os atendimentos. A noite transcorreu meio agitada, pois ninguém conseguira dormir depois de tanta emoção reunida em apenas um dia.

O bebê, como se pressentisse a total inexperiência da mãe, chorou durante toda a noite, na ânsia de seu alimento essencial: o leite materno. Brian, para resolver o problema, saiu de madrugada rumo ao Bairro Pobre em busca de uma ama de leite. Carmem era mãe de cinco filhos, o mais novo tendo apenas seis meses, sendo ainda amamentado pela mãe. Carmem já dormia, mas mesmo assim ficou feliz ao ver o doutor em sua casa.

– Desculpe a hora, dona Carmem, mas preciso falar com você!

– Entre, doutor Brian. O senhor parece nervoso e ansioso. Vamos, sente-se.

– Carmem, preciso de sua ajuda. Sei que ainda está amamentando, e você deve ter ouvido sobre o que aconteceu com Marlinda. Precisamos de você para amamentar nosso filho.

– Doutor Brian, seu filho Lucas é um presente e não deve ser motivo de desespero. Crianças realmente dão um certo trabalho, mas até quando somos adultos e crescemos continuamos a preocupar nossos pais. A amamentação de seu filho será feita por mim com o maior prazer e nunca lhe faltará o leite materno, disso o senhor pode ter certeza.

Mar de fevereiro

– Muito obrigado! Pode saber que ficarei eternamente agradecido a você. Agora poderíamos ir? Lucas já deve estar deixando Nona louca com seu choro ensurdecedor.

O leite de Carmem era muito e ainda sobrava. Por isso, mesmo sendo alta madrugada, a ama de leite não se importou em ajudar o casal. Depois daquele dia, passou a ir todas as manhãs e tardes até a casa de Nona, no mesmo horário, para amamentar Lucas. Em troca, não quis receber nada, pois a solidariedade e a bondade que vinha recebendo todos os dias dos meus avós já era pagamento suficiente. Carmem tinha experiência de sobra em como ser mãe e, assim, foi ajudando Nona a lidar com a nova responsabilidade. Com o tempo, a ama de leite passou a ajudar também nos serviços domésticos e a fazer parte da família, ficando entre eles até sua morte, já bem velha, há muito anos.

Carmem era negra e fora escrava em uma fazenda de café. Nascera dois anos antes da promulgação da Lei do Ventre Livre e, portanto, tinha sido escrava até o fim da escravidão. Ainda muito jovem, havia se casado também com um ex-escravo, tivera seus filhos e construíra a própria casa com o dinheiro que ganhava como lavadeira, e com o de seu marido, que trabalhava como pedreiro. Mesmo naquele verão, Nona ainda recebera a visita do filho mais novo e dos netos da empregada e amiga fiel, compartilhando dos sonhos e conquistas daquela família que ela fizera sua.

Uma semana depois do Natal, teve início a tradicional festa de Ano-Novo. O filho do casal, Lucas, já com uma semana de vida, fora o centro das atenções. Carmem foi convidada para a ceia juntamente com sua família. Os padrinhos do nenê foram Marcus e Marta. O batizado seria realizado na mesma igreja onde haviam se casado os pais do bebê, e o primeiro domingo de fevereiro, logo após a missa, fora a data escolhida. Nona ainda relatou que algum tempo depois Marcus enviara uma correspondência para a mãe deles contando a novidade sobre o neto. A carta-resposta chegou dois meses depois e, para minha surpresa, vovó tirou de dentro de uma caixa de música antiga uma carta já bem gasta pelo tempo e encardida pela poeira de vários anos de existência, para que eu colasse no meu diário.

Nona havia lido a carta junto de seu irmão, e o conteúdo a fizera recordar vivamente uma última conversa que tivera com a mãe, um dia antes de sua festa de quinze anos. Vovó contou que penteava seus cabelos quando Lucrécia entrou em seu quarto, sentou-se a seu lado e começou a lhe dar conselhos.

– Minha filha, a partir de agora você se torna uma mulher e já passa a ter responsabilidades. É necessário aprender a arte de ser uma boa e fiel esposa, e deixar de lado tudo o que ainda a liga ao seu mundo de criança.

– Mãe, mas como? Ainda não passo de uma menina! Como posso querer pensar em coisas tão sérias, que eu acho que não fazem parte da minha vida? Ainda gosto de andar a cavalo, brincar com outras meninas, correr, saltar.

– Nós, mulheres, você bem sabe, somos criadas para servir aos futuros maridos. Nossa cultura baseia-se não em livros ou brincadeiras infantis, mas sim em ordens e obediência.

– Mãe, acho que é preferível morrer ou até fugir de tudo isso a enfrentar uma realidade tão cruel.

– Querida Norma, como sei que nada do que diz é verdade, eu a deixarei em paz e dormirei, pois amanhã será um grande dia para você e nossa família.

As palavras de Nona, contudo, tornaram-se realidade e doeram profundamente em Lucrécia.

Voltando a falar de coisas alegres, vovó contou que o batizado lotou a igreja do bairro. Em primeiro lugar, foi realizada a missa normal no horário das oito e, logo após, todos os parentes e amigos aproximaram-se da pia batismal para a cerimônia de Lucas.

O bebê estava uma graça, com uma camisola branca toda bordada com pedrinhas brilhantes e feita especialmente pela madrinha. Marta, quando pegou Lucas no colo, emocionou-se e chorou muito, mas nada estragou a festa, que daquela vez foi oferecida pelo pessoal do Bairro Pobre. Todas as famílias deram um pouco de dinheiro e, na medida das possibilidades de cada um, realizaram um delicioso almoço com direito a música italiana e tudo o mais. Lucas já nascera com espírito de festa e foi embora dormindo, pois ficara agitado o tempo todo com a música, as danças, sendo também disputado em vários colos. Norma estava muito feliz, mas percebeu um brilho diferente no olhar de Brian.

– Brian, você tem estado muito pensativo ultimamente. Está acontecendo alguma coisa?

– Não, meu amor, só acho que ainda estou um pouco assustado com toda essa novidade que tomou conta de nossa vida.

– Mas você não está feliz com o filho que ganhamos e que, tenho certeza, vai lhe dar todo o amor que merece?

– Amor, para ser sincero, nunca quis ter um filho. Aceitei o pedido de Marlinda, pois sempre aprendi com minha mãe que temos de ajudar as pessoas que mais necessitam. E fiz isso principalmente por você, que tanto amo e que precisava esquecer o fato de não conseguir ter filhos.

– Mas nunca pedi que você se sacrificasse por mim! Minhas dores eu posso suportar sozinha. Então quer dizer que tudo o que tem feito por essa criança, comprar fraldas na madrugada, comprar leite e tudo o mais, é como uma ajuda ao próximo, e não algo pelo seu filho?

– Não é isso que quis dizer. Tenho medo de nunca conseguir ser um bom pai. Meu pai sempre foi um homem rude e muito ignorante, que espancava seus filhos, na maioria das vezes sem necessidade. A falta de vontade de ter um filho é reflexo direto dos maus-tratos que recebi do meu próprio pai.

– Brian, mas é lógico que você nunca será igual a seu pai. Você é um homem bom, de coração bom, que saberá criar seu filho com amor.

– Ainda me lembro das várias vezes em que tive de fugir de surras e maus-tratos, até que um dia fugi definitivamente. Mudei-me para Londres, chegando a passar fome, antes de criar coragem e pedir abrigo na casa de minha tia, mas consegui me formar e, para fugir para mais longe ainda, escolhi o Brasil para tentar a vida, longe de todos os que me cercavam e me amavam, mesmo sabendo que meu pai já havia falecido.

– Brian, estou escutando bem? Está tentando me contar que também largou toda a sua família e deixou as pessoas que amava para enfrentar tudo sozinho?

– Sim.
– E por que você nunca me contou isso?
– Só queria esquecer, mas a história foi desenterrada.
– Esquecer não, meu amor, pois serão justamente esses traumas que farão de você um ótimo pai, com a minha ajuda e a de seu filho.
– Acha mesmo que poderei ser um bom pai?
– É claro, e vamos começar agora. Em momento algum você pegou seu filho no colo, portanto, o filho agora é seu!
– Não, não, não acho uma boa ideia. Tenho medo de derrubá-lo.
– Amor, faça o que estou lhe pedindo, por favor. Tudo precisa ser esquecido um dia.

Vovó, depois de relembrar esse diálogo tão revelador que tivera com o marido, contou que para o dr. Brian teve início uma nova vida, repleta de mudanças dentro de si mesmo. Percebi uma lágrima e notei que vovó estava muito emocionada, talvez por estar recordando uma parte muito bonita de sua vida. Saí do quarto deixando Nona já deitada e pensei em Lucrécia, que vivera longe dos filhos e morrera sem nunca revê-los.

Eu ia perder minha Nona. A presença física dela deixaria de existir, por isso parei de pensar no que ela representava em carne e osso e deixei apenas meu coração falar a língua dos anjos, que se reflete apenas na palavra "amor".

Capítulo 6

Quando entrei na biblioteca aquela noite, percebi que estava bagunçada. Os livros pareciam ter sido mexidos, pois estavam fora do lugar. Os móveis estavam em posições diferentes, dando a impressão de que alguém estivera procurando algo. Na hora não me preocupei com isso; apenas coloquei as coisas no lugar e fui procurar fotos do batizado de Lucas. Encontrei apenas uma da família toda, com Norma, Brian e Lucas.

Fui para o quarto dormir e acordei assustada no meio da noite. O mesmo sonho de semanas atrás atormentava-me de novo: Norma despedia-se e caminhava sem rumo, deixando-me só e sem uma direção a ser seguida. Tentei me acalmar, descendo para beber um pouco de água. Subi de novo, mas percebi que seria impossível pegar no sono. Então, diante dessa insônia repentina, escrevi algumas anotações e também algumas palavras em homenagem a Nona, que leria no momento oportuno. A falta de sono persistia, e resolvi descer mais uma vez para esquentar um pouco de leite, quando encontrei com minha mãe, que também tomava um copo de leite e estava com um ar preocupado.

– O que a senhora está fazendo aqui a esta hora?

– Bom, acho que o mesmo que você. Não consigo dormir, e a noite parece cada vez mais longe de terminar.

– Está triste por causa da doença da vovó, não é?

– Também.

– E qual é o outro motivo? Posso saber, ou é segredo?

– Acho melhor não falar nisso agora; são preocupações minhas, que talvez não tenham fundamento algum, e você é apenas uma criança e deve se preocupar só com as coisas boas da vida.

– Mãe, por que a senhora é tão fechada e nunca se abre comigo, sua única filha? Sei que não sou adulta, mas sou, além de filha, sua amiga, e gostaria de saber certas coisas a seu respeito.

– Bom, mocinha, não se esqueça de que a mãe aqui sou eu, e se digo que é assunto para adulto é porque é.

– Espero que a senhora um dia precise de mim, pois estarei aqui aguardando.

O silêncio tomou conta da cozinha e, enquanto acendia o fogão para esquentar o leite, vi mamãe levantando-se e seguindo rumo à própria solidão. Sentei-me à mesa onde antes ela estava e pensei no porquê daquela distância e nos motivos que a deixavam tão longe do amor de sua única filha.

Amanheci na cozinha, com o pescoço doendo, havia adormecido na mesa e acordei com um belo bom-dia de Judith, a governanta. Era a filha mais nova de Carmem e trabalhava para vovó já havia quinze anos. Subi rapidamente, escovei meus dentes, tomei um belo banho e desci de novo para buscar a bandeja com o café da manhã de Nona. Quando corria de volta para a cozinha, ao passar pela sala de jantar, detive-me com um sorriso no rosto. Nona estava lá sentada, degustando seu saboroso café da manhã. Ela foi logo pedindo que eu a levasse a um passeio pela areia do mar. No caminho, conversei muito com ela a respeito de um outro assunto, antes que pudéssemos reiniciar nossa história do passado.

– Vovó, ontem encontrei mamãe muito triste na cozinha. Por que ela sempre foi assim? Por que ela não conversa e não se abre com ninguém?

– Querida, a essa sua indagação eu não posso responder, pois também não tenho resposta para ela. Só acho que, se descobrir o porquê, será no convívio com ela. É necessário conquistar a confiança de sua mãe aos poucos e, assim, talvez um dia ela revele o que tanto a amargura.

– Mudando de assunto, onde exatamente a senhora e o vovô se beijaram pela primeira vez?

Antes de responder, vovó deu uma gostosa gargalhada.

– Exatamente aqui onde acabamos de fincar os pés. Nunca havia pensado em como seria, mas posso dizer que foi muito bom, e que você ainda vai ter o seu primeiro beijo também. Não sei onde nem com quem, mas vai ser romântico, como deseja. E guarde uma coisa para você: não se case pelo impulso da paixão. Sinta vontade de estar com seu companheiro também movida pelo sentimento de união e luta diária.

– O que mais eu tenho que saber?

– O resto, meu amor, você terá que descobrir sozinha. Faz parte do ciclo natural cometermos erros, levantarmos, erguermos a cabeça conscientes de que erramos e tocarmos em frente.

Voltamos para casa e no quarto de Nona sentei-me para escrever mais uma página que marcou meu livro. Voltamos a meados de 1909, quando Lucas já estava com dois anos de idade. Nessa época, a família recebeu uma triste notícia. Chegou uma carta da fazenda anunciando que dona Lucrécia estava muito doente e que talvez não tivesse mais muito tempo de vida. Norma e Marcus tomaram uma decisão em conjunto: resolveram voltar ao lugar de suas origens e ir ao encontro da mãe. Lucas foi deixado com Marta e o pai, que se encarregaram de todos os cuidados necessários enquanto a mãe estivesse viajando.

Foram dois dias de viagem muito cansativos, mas que traziam uma emoção muito grande para Nona, por poder rever sua antiga casa depois de dez anos de ausência. Enquanto ainda estava na estrada, Nona, da janela, pôde ver a entrada principal, que permanecia toda florida, com árvores de um lado e do outro. Naquele momento houve um encontro de esperança: o local que ela abandonara a esperava de braços abertos.

O velho casarão, com suas janelas azuis, estava lá, bem cuidado e limpo. A maioria dos criados, que ainda eram os mesmos, logo reconheceu os ilustres viajantes, recebendo-os com alegria. Amadeus, um dos empregados mais velhos da fazenda, foi quem lhes contou como dona Lucrécia falecera e que o enterro fora realizado um dia antes. Marcus e Norma foram ao túmulo e lá rezaram, pedindo no silêncio de cada um que um dia tivessem o perdão da mãe. Enquanto estavam ajoelhados e colocavam flores no chão, foram surpreendidos por Fernando. As lágrimas desceram, e um abraço veio junto com a certeza da imensa saudade que sentiam um pelo outro.

Fernando crescera em estatura e maturidade, e mostrava-se um homem forte e decidido, alguém que realmente daria continuidade aos negócios do pai. Os três abraçaram-se e assistiram a um magnífico pôr do sol. Despediram-se de Lucrécia em frente a sua sepultura, sob uma palmeira plantada pelas próprias mãos da mãe.

Marcus, Norma e Fernando jantaram juntos, mas não puderam compartilhar desse momento de união por mais de três dias. Juraram entre si que a partir daquele dia procurariam se ver com mais constância, mas infelizmente não foi o que aconteceu. Depois daquele dia, Norma e Marcus nunca mais voltaram a se encontrar com Fernando, só sabendo notícias dele através de longas cartas, que nunca deixaram de trazer boas notícias.

Com a divisão dos bens deixados em testamento pelo meu bisavô, tocara uma boa quantia em dinheiro para Nona. Quando Norma soube do montante, foi logo pensando no sonho de Brian, que agora poderia ser realizado. O dinheiro adquirido daria para a construção do hospital. Fernando ficou com a fazenda, e vovó e tio Marcus não o questionaram a respeito; apenas pediram para pegar alguns pertences pessoais que ainda se encontravam ali. Nona passou a tarde no antigo quarto arrumando um baú de coisas que há tanto tempo haviam sido esquecidas – roupas que não usava mais foram dadas aos trabalhadores; algumas joias que estavam escondidas foram levadas com a intenção de passá-las a alguma filha mulher.

A peça mais bem guardada foi sem dúvida alguma o velho vestido de debutante. Nona o embrulhou com cuidado, colocando-o dentro do baú. Seu sonho era que, se algum dia tivesse uma filha, ela o usasse em sua festa de quinze anos. Norma sonhava com uma noite de glória e sonhos para a sua menina, que não precisaria pensar em fugir, pois Nona nunca imporia um casamento arranjado a ela – seria apenas sua noite de festa e divertimento.

Naquele mesmo dia, Norma e Marcus despediram-se de seu irmão com muito pesar. No doloroso adeus, muitos conselhos foram dados.

– Fernando, cuide-se e procure a felicidade que você sempre almejou aqui mesmo, onde é o seu lugar. Trabalhe na sua fazenda com a garra de um grande homem.

– Esta fazenda nunca será somente minha, e vocês sabem disso muito bem. Nascemos e crescemos aqui, e aqui sempre poderemos rememorar fatos de nossa história.

– Fique com Deus, meu irmão. Cuide-se – falou Marcus, ainda muito emocionado com tudo o que se passava.

– Vão com Deus também e mandem notícias sempre que puderem.

Acenos os seguiram, até o carro fazer a primeira curva e deixar a Fazenda Paraíso no passado. O carro os levou de volta a seu destino. Chegaram bem tarde, no segundo dia de viagem, e Brian já esperava com ansiedade pela esposa. As bagagens foram logo descarregadas, e as novidades contadas por Norma, que não conseguia esconder sua empolgação. O fato principal, que fora o dinheiro recebido por Nona e que iniciaria o sonho de toda aquela família, foi deixado por último, pois, querendo ou não, era um assunto muito delicado.

Brian há muito tempo perdera as esperanças de ver seu sonho realizado. Os clientes aumentavam, mas infelizmente o Brasil, como país pobre que sempre fora, possuía uma população em grande parte sem recursos. O pouco que essa parte da população tinha não podia ser usado com saúde, pois ou cuidavam da saúde ou passavam fome. Brian, como homem bom que sempre tinha sido, em certos momentos não tinha coragem de cobrar pelas consultas, e assim tocava sua vida, ajudando o próximo e sustentando a família.

Norma, com as mãos do marido nas suas, contou que a parte da herança que lhe tocara seria para a construção do empreendimento de vovô. Seu lado machista foi um pouco despertado naquele instante, e Brian, de forma categórica, discordou e já estava pronto para sair da sala.

– Brian, vamos conversar como duas pessoas adultas. Você tem um sonho a realizar que trará benefícios para toda a família. O que o impede de aceitar o dinheiro que recebi de herança de meus pais?

– Norma, tente entender. Querendo ou não, é um pouco constrangedor aplicar um dinheiro que poderia realizar a construção da casa de praia, ou seja, seu sonho, e gastá-lo em um empreendimento meu.

– Agora você está começando a me irritar. Uma casa de praia é algo supérfluo, que pode esperar. Por que não fala com honestidade que seu lado machista está despertando e que você tem vergonha de aceitar o dinheiro de sua esposa?

– Porque não é isso! Só estou tentando preservar seu sonho.

– Pense racionalmente comigo. Você é o melhor médico da cidade. Aqui não temos nenhum grande hospital que poderá ser construído agora, para atender a toda a população. Além do mais, isso pode trazer benefícios para nós e, consequentemente, no futuro conseguiremos construir a casa da praia. O que você acha?

– Metade do dinheiro. O resto aplicaremos em outros negócios, é a minha condição.

– Tudo, e negócio fechado. Eu fico com a incumbência de descerrar a placa. Além de tudo, estou cansada dessa discussão boba e quero ir dormir.

– Tudo bem, Norma Molina. Você tem um poder de persuasão incrível.

Brian dormiu com uma alegria que não cabia dentro de si. Seu sonho enfim se realizaria antes do esperado. Um grande hospital seria construído na cidade e poderia atender a todos os que precisassem de atendimento médico, inclusive a parte pobre da população, que nunca fora esquecida pelo "médico amigo", como um dia Brian fora chamado.

No dia seguinte, foi realizada a primeira reunião entre Marcus e Brian. O irmão de vovó foi o idealizador do projeto arquitetônico e também seu construtor. Deu-se então início à construção do que seria o mais famoso hospital da região, chamado Hospital Modelo. Sua estrutura lembrava a dos grandes casarões, com dois andares bem divididos. Como Marcus também estudara no País de Gales, ele conhecia muito bem a arquitetura dos hospitais e soubera desenhar o Modelo muito parecido, inclusive internamente. A única diferença era o tamanho, que a princípio era bem menor.

O número de quartos no início seria de no máximo dez leitos, além de salas especiais. Entre elas haveria uma cirúrgica, que daria oportunidade a novos médicos cujo intuito fosse a especialização em cirurgia. A intenção de vovô era trazer novos médicos para a cidade e, com eles, formar uma equipe de áreas distintas. Cada um teria o próprio consultório alugado e, dentro das imediações do hospital, atenderia a sua clientela, dando-lhe toda a assistência necessária. No início também seriam apenas dez consultórios.

Brian viera ao Brasil com um ideal, e agora, a cada tijolo assentado, um pedaço do sonho daquele médico era colocado em prática, para mudar o rumo da própria vida e da de toda aquela cidade, que acreditava em sua ideologia. Foi preciso também muito trabalho por parte de Marcus. O projeto foi arquitetado durante a noite, pois de dia o irmão de vovó não podia deixar de lado seu trabalho nem as obras em andamento. Nada o fazia se cansar, mesmo tendo que dormir muitas vezes de madrugada a fim de terminar o trabalho.

Um mês depois, tudo estava no papel e aprovado tanto pelos idealizadores quanto pela parte burocrática. Os materiais básicos foram comprados na própria cidade. Apenas a parte do acabamento e luminárias, que ficaram por último, tiveram de ser compradas na cidade do Rio de Janeiro, a maior do Estado e a única capaz de oferecer o melhor material. Eram peças básicas, não muito caras, mas que embelezaram o Modelo.

Os operários foram escolhidos e contratados por Marcus. Entre eles havia muitos imigrantes italianos que, cansados do trabalho nas fazendas, partiram em busca de um sonho diferente na cidade grande que, àquela época, era o Rio de Janeiro. A princípio, não foi possível a utilização de muitas pessoas na construção, pois os funcionários de confiança de Marcus estavam todos empenhados em outras obras. Além disso, mesmo com dinheiro suficiente, Brian achava que era preciso fazer certa economia. Meu avô era um homem muito metódico e preocupado. O dia de amanhã tinha que ser sempre planejado para nunca serem surpreendidos, pois nunca se sabia o que poderia acontecer.

No dia em que Marcus iniciou a obra, Brian fez questão de estar lá para ver os primeiros trabalhos, às sete horas da manhã.

– Brian, o que está fazendo aqui a esta hora da manhã, meu amigo?

– Marcus, mal consegui dormir nesta noite de domingo para segunda. Isto aqui, que ainda está no chão, começa a se tornar realidade a partir de hoje para mim e toda a minha família. Senti necessidade de estar aqui quando toda essa terra começasse a ser revolvida.

– É, meu amigo, hoje ainda está no chão, mas daqui a alguns meses não serão só paredes de concreto que estarão levantadas, mas a própria força de vontade em conquistar as coisas que você sempre quis alcançar.

– Não só eu, mas Norma também!

– Isso sem dúvida alguma.

A conversa foi interrompida pelo chamado de um operário, pois era necessário que Marcus começasse a dar ordens aos seus funcionários. Brian afastou-se em silêncio, as mãos no bolso, com um ar de felicidade vivo em seu sorriso.

Aquele ano foi marcado pelo excesso de trabalho para todos da família Molina e amigos íntimos. Marta, com o aumento de hóspedes que vinham das fazendas para trabalhar na cidade, viu crescer gradativamente o movimento da pensão. Todos os dias eram servidas mais de 25 refeições, ou seja, mais de 75, pois no preço da diária incluíam-se café da manhã, almoço e jantar.

Todos os quartos estavam cheios de gente, que muitas vezes faziam dali sua casa permanente.

Norma, nessa época, teve mais uma surpresa. Fazia um mês que Marta hospedara em sua pensão uma bela jovem que se dizia viúva e estava grávida. Ela tinha 25 anos de idade e perdera o marido antes mesmo de descobrir sobre a gravidez. Quando teve certeza da gestação, resolveu sair da fazenda onde trabalhava para tentar a vida na cidade, com a intenção de proporcionar uma vida melhor para o filho que iria nascer. A jovem mãe esquecera apenas que a sociedade patriarcal em que vivia a impediria com certeza de conseguir um trabalho digno para seu sustento, ainda mais estando ela nas condições em que estava.

Nona seguia nessa narrativa, quando fomos interrompidas por mamãe, que trazia uma carta de Jorge, filho mais velho de Carmem e que sempre, durante as férias de verão, pelo menos por uma semana, fazia uma visita a vovó. Ele explicava na carta que naquele ano teria de se ausentar, pois havia conseguido construir sua casa, não tendo sobrado dinheiro para empreender a viagem, e logo que pudesse, iria ter com vovó. José era um homem totalmente agradecido à família Molina. Brian, quando o conhecera, percebera o potencial e a vontade que aquele menino tinha de crescer por meio dos próprios esforços, por isso meus avós fizeram questão de custear seus estudos até a formatura no curso de Direito, na Faculdade de Direito de São Paulo – primeira faculdade de Direito humanístico do Brasil, inaugurada em 1827, junto com a de Olinda.

Dos cinco filhos de Carmem, fora o único a de fato ter enfrentado o preconceito racial. A cor de sua pele nunca fora para ele um empecilho nas suas conquistas. Porém, dentro das imediações da faculdade onde fizera o curso de Direito, sofrera todo tipo de humilhação. Mas a cabeça erguida e a vontade de ser alguém derrubaram as barreiras que tentavam sufocá-lo, dando-lhe o ar de que precisava para ser tão somente um bom profissional. José começou trabalhando para outros advogados renomados, absorvendo e aprendendo tudo o que podia. Praticamente deu seu sangue, mas soube tirar proveito disso cumprindo a promessa que fizera à mãe antes de seu falecimento: jamais desistir, e se tornar um grande advogado.

É bom saber que o mundo progride pelo crescimento dos grandes lutadores. Por trás de todo grande homem existe a coragem de dar passos altos no caminho escolhido e traçado pelos seus desejos, como fez José. É bom saber que um pensamento forte anula o medo e impele as mãos que um dia irão agarrar a vontade, transformando-a em genuína conquista.

No dia seguinte, sabendo por mamãe que Nona não poderia me receber, como combinado, por estar muito cansada, resolvi embrenhar-me em uma nova aventura. No final do corredor, do lado contrário ao quarto principal, no segundo andar da casa, havia um sótão – lugar onde nunca havia entrado. Ele fora construído com o objetivo de guardar coisas antigas e documentos que poderiam vir a servir em alguma eventualidade, e que não cabiam na biblioteca de Brian.

Capítulo 7

O sótão era um cômodo da casa em que somente Judith podia entrar, portanto, quando saí do meu quarto, olhei bem atenta para o corredor, para ter certeza de que não havia ninguém por ali. Depois, entrei no sótão sorrateiramente. Escondida de todos, fiquei naquele local durante toda a manhã. Durante vários anos, principalmente quando era criança, tive muita curiosidade em saber o que estava guardado naquele misterioso lugar. O impedimento vinha da parte dos adultos, em particular de minha mãe, que parecia uma guardiã, sem jamais permitir que crianças lá entrassem.

O sótão era muito grande, maior que a sala de jantar do apartamento em que morava. Tudo era muito organizado, e a única característica que indicava sua idade era o cheiro de coisa velha e gasta pelo tempo. Olhando ao meu redor, comecei a enxergar muitas coisas, espelhos, castiçais, avistando em especial tantas caixas, que fiquei meio atordoada. Meus olhos miraram logo um baú de madeira. Era sensacional, apesar de já estar muito desgastado. Trouxe-o para mais perto da luz do sol e, depois de abri-lo, descobri de imediato o porquê do peso. Estava lotado com os livros de Medicina de Brian, louças velhas e peças ornamentais que já haviam saído de moda.

Havia também por sob todos os livros e outros artefatos um amontoado de roupas velhas de todo tipo, masculinas, femininas e infantis. Era uma verdadeira coleção de roupas antigas, dos mais variados modelos e cores, indo desde vestidos de noite até roupas de bebê. No fundo havia dois grandes embrulhos que tomavam quase toda a extensão do caixote e, pelo modo como estavam protegidos, imaginei serem de grande valor. Com cuidado, tirei-os para fora e dei início a uma verdadeira olimpíada para conseguir desatar todos os nós das cordas que os amarravam. Demorei mais de quinze minutos só no primeiro embrulho, e meu espanto foi imediato; neste momento, comecei a sonhar, pois enxergava diante de mim uma realidade vivenciada há muitos anos, mais precisamente, setenta anos.

Fiquei estática, sem saber o que fazer com aquela peça de tanta beleza e raridade. Em cima do vestido estava um bilhete de identificação: MEU VESTIDO DE QUINZE ANOS. Era inacreditável; aquela peça havia iniciado toda a história que agora tinha em minhas mãos. O valor sentimental daquele vestido era incalculável, por ter significado a pronta libertação de Nona, que, depois de muitos anos, havia formado aquela família. Como em um filme, comecei a me imaginar dentro dele. No final da escadaria que tem por fim a sala de visitas, eu me vi em frente a vários convidados e parentes, que me aguardavam para dançar a valsa. De frente para o espelho e com o vestido na frente do corpo, deixei-me sonhar. Minha vontade real era vesti-lo, mas confesso que fiquei com medo de sujá-lo ou de que algum vidrilho se soltasse.

Guardei aquela relíquia da mesma maneira como estava antes. Recoloquei o embrulho no fundo do baú e comecei a desatar o nó do outro embrulho, que também tinha me deixado bastante curiosa. O outro estava tão protegido quanto o primeiro. Era um belo vestido de noite da época, na cor azul-turquesa, acompanhado de duas luvas de cetim. Em cima do embrulho havia um convite belíssimo para um balé no Teatro Municipal do Rio de Janeiro. Por um *folder* que acompanhava o convite, fiquei sabendo um pouco a respeito da história do famoso Teatro Municipal. Ele fora inaugurado em 1909, tendo sido construído sob os traços de Francisco de Oliveira Passos, filho do então prefeito da cidade do Rio de Janeiro, Pereira Passos. Depois de me olhar no espelho com aquele vestido na frente do corpo, guardei o restante das coisas no baú e com cuidado fui abrindo outras caixas.

Nas caixas encontrei fotos antigas, entre elas uma que me fez soltar uma gargalhada – minha mãe vestida em uma camisola de batizado chupando uma chupeta... Magnífica! Em uma outra, mais engraçada ainda, aquela mesma menininha estava com uma boneca maior do que ela e quase caindo para conseguir segurá-la. Era realmente muito bonito relembrar o passado. Percebi o quanto parecia fisicamente com minha mãe e o quanto a minha infância também poderia ser comparada à dela. Sempre tive as maiores bonecas e pude aproveitar cada momento de brincadeira que uma simples criança pudesse desejar. As fotos que descobria enquanto mexia dentro do baú foram me mostrando isso: a alegre menina sapeca que subia em árvores e brincava de esconde-esconde.

Atrás do espelho notei que havia uma peça coberta por um cobertor grosso. Com o maior cuidado fui empurrando o espelho um pouco para o lado contrário e retirei o pano que estava por cima da peça. Embaixo, nada mais, nada menos que a velha e inseparável companheira de Norma: sua máquina de costura. Nona deixara de usá-la há 25 anos, quando Brian adoecera e precisara de intensos cuidados da esposa, que, já naquela época, não contava mais com a presença de Marta e Carmem entre eles.

Imaginei Nona ali sentada durante horas a fio. A linha que costurava grandes enxovais e roupas para suas clientes engendrara um caminho de realizações e conquistas. Cada peça entregue na data certa e estipulada representou a coragem e a força que emanavam daquela mulher cheia de fibra, dona dos contornos da linha da própria vida.

Comecei a fazer uma outra viagem, esta pelo interior de meus pensamentos. O cenário era o antigo quarto de costura de Nona em sua antiga casa. Infelizmente, fui acordada do meu devaneio por um grito de mamãe. Ela me chamava para o almoço e também para a ajuda, que era repartida entre todos, nas providências para a festa de Ano-Novo, a ser realizada no dia seguinte. Com rapidez, coloquei tudo no devido lugar e desci correndo para a cozinha.

Com medo de que minha mãe ficasse uma fera comigo, preferi não falar a verdade e inventei que estava tão absorta em meu livro que não escutara o seu chamado. Mamãe só me deu uma olhada bem desconfiada e disse com frieza:

– Não entendo por que tanto interesse pelas histórias antigas de sua avó.

– Mas a senhora mesmo disse que eu ia adorar... A senhora acha mesmo que saber o passado de uma pessoa não tem importância?

– No fundo, no fundo, acho uma loucura sua e de sua avó. Nona está doente e precisa descansar. E o que estou vendo é todo dia você e ela, durante horas e horas, trancadas dentro daquele quarto contando fatos do passado.

– Eu acho o seguinte: se Nona resolveu revelar isso tudo para mim é porque tem algum sentido; é porque ela acha que seria bom para minha vida futura.

– Cada um de nós vive a vida que tem para si, e não a dos outros. Você pode até aprender alguma coisa a mais, mas quem tocará e plantará seu caminho é você mesma.

– Acho que cada dia fico mais indignada com seu jeito frio de pensar, mãe! Prefiro ser uma sonhadora a ter que desistir de seguir os passos certos de uma pessoa que quis me ensinar alguma coisa na vida.

– Mocinha, vá com calma.

– Só estou dizendo o que penso.

– Então, vamos acabar com essa conversa sem sentido e almoce. Depois, veja a parte que lhe tocou do serviço para a festa de Ano-Novo.

Aquela conversa com minha mãe bem na hora do almoço deixou-me muito triste. Tentei disfarçar, para não levar outra bronca daquelas. Almocei e parti para a cozinha a fim de realizar minha tarefa, que era lavar todas as louças que tinham sido usadas. A tradicional festa de fim de ano não era apenas para a família, e em geral eram esperadas todo ano mais de cem pessoas, entre amigos de minha mãe e dos meus tios e gente do convívio de vovó. Eram sempre retirados os móveis da sala central e da sala de jantar, para formar um salão improvisado. Tratava-se de uma tradição; somente nesses eventos eram retiradas as melhores louças da prateleira para a ceia da meia-noite.

Tentei executar minha tarefa na maior rapidez possível, para que ainda tivesse tempo livre para conversar com vovó. Já eram quase duas horas da tarde quando enfim terminei tudo. Deixei a cozinha na correria e fui para o quarto pegar os meus instrumentos de trabalho. Minha maior ansiedade era poder contar para Nona a respeito da minha visita ao sótão e o que havia encontrado por lá. Nona estava em sua cadeira de almofadas lendo um romance de Machado de Assis, mas, logo que me viu, veio ao meu encontro com um forte abraço. Narrei toda a minha aventura no sótão e ainda disse da minha vontade de colocar aquele vestido se fosse ter uma festa de debutante. Vovó, com um sorriso maroto, disse que, se eu não achasse que o vestido estava fora de moda, ele já era meu.

A partir daquele dia, o vestido "Princesa", nome que eu mesma lhe dera, passou a ser meu e com certeza seria usado com as lembranças fiéis do mesmo baile ocorrido há setenta anos.

Sentamo-nos, e Nona recomeçou sua história de onde havíamos parado.

Nona conheceu Alice, a nova moradora da pensão, em um sábado à tarde. A própria jovem pedira, há uns dias, para conhecer a senhora Molina, de quem ouvira falar por intermédio de Júlio, o imigrante italiano que se mudara para o Bairro Pobre e que trabalhara na mesma fazenda de café que ela. No horário combinado, Nona e Brian sentaram-se para ouvir Alice com atenção. Ela descreveu toda a sua vida, a viagem em um navio de imigrantes, seu casamento, a morte recente do marido e a gravidez, que já contava oito meses. No final, bastante envergonhada, criou coragem e pediu que o casal adotasse a criança, pois seu sonho era voltar para a Itália. Começou então a chorar, a fala embargada.

– Senhora Molina, é muito difícil fazer esse pedido, mas sei o quanto vocês são bons e sei que podem aceitar.

– Mas por que você não leva seu filho com você? Ele é seu, foi gerado com amor e agora merece o carinho da mãe verdadeira. Olhe para mim! Eu não posso ter filhos e adotei um, porém você recebeu um grande presente gerando esse filho e agora quer dá-lo.

– Não estou rejeitando meu filho, entendam-me! Mas não posso voltar para minha terra com esta criança. Estou lhe pedindo de todo o coração que crie ele como seu. Por favor!

– Eu acho injusto! – falou minha avó.

– Nona, não discuta os motivos de Alice – disse meu avô. – Já adotamos um bebê, por que não podemos adotar outro? Só precisamos que seja feito tudo da maneira legal, para que não tenhamos no futuro problemas com a justiça.

– Eu assino em cartório para você, ou perante um juiz, basta que os dois me deem também a palavra de que ficarão com ele logo que ele nascer.

– Nós aceitamos.

Nona contou que ficou sem ação, mas respeitou a decisão de Brian. Alice foi para seu quarto e apenas aguardou o término da gravidez para voltar a seu país de origem. Nenhum remorso foi detectado naquela mulher que viera ao Brasil contra a própria vontade e agora podia sonhar de novo em resgatar a vida que um dia deixara para trás.

No outro dia, pela manhã, Brian foi trabalhar, mas tirou a tarde para procurar uma nova residência, pois a família iria crescer, e também seu advogado, que trataria dos trâmites legais. Foi uma tarde intensa de busca pelos bairros mais próximos do hospital e do convívio deles. A única residência que acharam e que realmente os agradou era perto da pensão de Marta, com três quartos, duas salas, uma de jantar e outra de visita, e uma cozinha bastante espaçosa. A única despesa extra que tiveram foi a pintura externa, pois o amarelo do exterior da casa era muito, muito chamativo. A mudança foi realizada em um final de semana, com a ajuda de todos, e comemorada com taças de vinho no domingo à noite, quando todas as coisas haviam definitivamente sido colocadas no lugar.

Norma interrompeu a narrativa com um sorriso serelepe e perguntou se eu tinha curiosidade de saber como havia sido a noite em que ela usou o vestido azul-turquesa com luvas de cetim:

– É claro que sim! – respondi.

– Foi em uma deliciosa viagem, minha neta, para o Rio de Janeiro, a capital do Brasil na época.

– Foi um presente, vovó?

– Sim, um presente de lua de mel, pois na época do casamento mesmo não a tivemos, lembra?

– Sim, lembro. Conte-me, estou ansiosa.

Nona conhecia-se muito bem e sabia que, depois de todas as malas arrumadas, não conseguiria pregar o olho, por isso permaneceu na sala lendo. No outro dia, foi acordada por Carmem. A viagem de trem fora muito cansativa, mas tranquila. As crianças ficaram na casa de Carmem, por isso meus avós aproveitaram a viagem apreciando as belas paisagens. Quando chegaram em frente ao hotel, tiveram uma surpresa ao se depararem com uma belíssima arquitetura. Era o primeiro hotel construído à beira-mar e possuía, por influência cultural da Europa, um estilo requintado de hospedagem. Tinha sido inaugurado naquele mesmo ano, 1923, e era na época um símbolo da cidade.

Depois de fazerem a entrada na recepção e subirem com as malas, só lhes restava iniciar os passeios programados. O primeiro foi uma caminhada na Praia de Copacabana. De mãos dadas, apreciando a beleza do lugar, os dois puderam conversar longamente.

– Brian, você já conseguiu sentir a emoção que é estar em contato com o mar?

– Não como você.

– Para mim, parece que estar em contato com a água do mar purifica minha alma e me leva a pensar que, por mais que exista um fim nessa imensidão, ela me parece infinita.

— Por isso entendo o porquê da vontade em ter uma casa à beira da Praia das Flores.

— Brian, quando eu morrer, quero estar sentada na areia e com a água batendo em meu corpo, e junto a mim uma pessoa que eu ame muito.

— Então vamos ficar em silêncio e apenas escutar o barulho suave das ondas.

No outro dia, sem dúvida o passeio mais inesquecível fora a visita ao Jardim Botânico. Enquanto caminhavam de braços dados, o casal começou a admirar e a aprender a parte histórica do lugar. Em toda a extensão eram mais de trezentas espécies de palmeiras, que haviam nascido mais ou menos entre os anos de 1829 e 1851. O casal andou sem cansar, encantado com a raríssima beleza do lugar. O complemento veio com o passeio noturno, em que Norma colocou seu lindo vestido azul-turquesa para ir ao Teatro Municipal. Vovó ficou encantada com a estonteante iluminação, que era distribuída por focos elétricos dos mais modernos.

As surpresas continuaram, e o casal sentou-se em um camarote. Com o charme e a elegância herdados de sua mãe, Norma vivenciava um dos momentos mais glamorosos de sua vida, perdendo apenas para a viagem que ainda realizaria à Europa. Sentada, imponente, sem ser fútil nem mesquinha como as damas da sociedade, ela impôs seu lugar de destaque justamente com aquele médico que já se tornara famoso, tanto em sua cidade, que adotara como de origem, quanto na capital.

A viagem ao Rio de Janeiro foi inesquecível, como todas as outras que Nona fez ao lado do marido. Brian marcou com traços nobres uma linhagem familiar, dando a Nona, além de carinho, uma amizade lembrada até hoje por meio de palavras e memórias de uma bela existência vivida juntos. Não puderam comemorar as bodas de ouro, mas os anos que desfrutaram na companhia um do outro serviram de espelho para muitas vidas que tiveram em seu passado ou viviam o presente naquele ano de 1970.

Capítulo 8

A história deve continuar em uma sequência de fatos, portanto voltemos a meados de 1910. Nesse período, completava-se oito meses desde que a obra do hospital tivera início. O lote fora todo aterrado, e os alicerces já estavam quase prontos.

A maioria dos trabalhadores da obra eram imigrantes vindos da Europa diretamente ou mesmo provenientes das fazendas da região. A jornada era de mais de oito horas diárias. O salário, bom para a época, era pago semanalmente por Marcus, que ainda se divertia nas sextas-feiras com os italianos: estes alegravam o início do final de semana com uma boa cantoria. O "Doutor", como era chamado pelos trabalhadores, verificava o andamento da obra pelo menos uma vez por semana, aproveitando para almoçar com Marcus. A refeição era feita por Marta. Nesse momento, o local se transformava em festa. Na fila do almoço, um alegre italiano de nome Enzo soltava seu vozeirão para alegrar o dia.

Brian adorava conversar com Enzo e saber mais sobre o que pensava e queria para seu futuro, portanto em certo dia, durante o almoço, a conversa começou com Brian, que perguntou com curiosidade:

– Enzo, por que você veio da Itália para o Brasil, deixando sua pátria e seus familiares tão longe?

– Doutor Brian, minha vida em meu país de origem sempre foi muito difícil. Éramos mais de dez bocas para alimentar e meus pais trabalhavam duro, de sol a sol. Assim, achei que vindo para cá teria mais condições de ganhar dinheiro e a chance de estudar e me tornar alguém na vida.

– Mas aqui você vive melhor? E a sua família, como está?

– Aqui eu ganho mais do que na Itália, mas não consigo ajudar minha família ainda.

– Você falou em estudar. Teria vontade de estudar, cursar uma faculdade?

– Sim, sempre mantive esse sonho, inclusive minha vontade real foi sempre cursar Medicina, para poder ser um bom médico e curar as pessoas que tanto precisam de mais saúde neste mundo.

– Tenho certeza – disse Brian – de que você vai conquistar esse seu sonho.

– Obrigado, doutor Brian. Sua força me dá coragem e ânimo para não desistir jamais.

A conversa foi interrompida pelo chamado de Marcus. Brian levantou-se, despediu-se e, durante todo o dia, não conseguiu tirar de sua cabeça as palavras que trocara com Enzo. Aquele dia de visita na obra deixara meu saudoso avô com uma ideia fixa: era necessário ajudar Enzo. Assim, minha avó, ao saber do conteúdo da conversa, fez uma sugestão que tanto poderia ser boa para Enzo quanto para os trabalhadores que se interessassem. A ideia era contratar um professor para dar aulas aos sábados e alguns dias à noite.

No outro dia, Brian acordou com uma decisão tomada. Iria conversar com um professor que era seu paciente e verificaria a possibilidade de sua contratação para ministrar aulas aos funcionários da obra. O nome do professor, que foi chamado no mesmo dia ao consultorio de meu avô para uma conversa, era Jeremias. Ao ser recebido, Jeremias tinha o semblante preocupado, achando que aquele convite para uma visita teria a ver com alguns exames recém-realizados. Brian o tranquilizou quanto a isso, depois começou a falar:

– Sente-se, professor. Senhor Jeremias, eu o chamei aqui para lhe fazer uma proposta. Sei que é professor e estou precisando de um mestre para dar aulas aos meus funcionários da obra do hospital. Trocaríamos o valor de suas aulas pela consulta. O que o senhor acha?

– Bom, doutor, é uma proposta irrecusável. Estou com uma dificuldade tremenda para conseguir pagar o senhor em dia.

– Então o senhor aceitaria?

– Sim, por que não?

– Pensei que essas aulas poderiam ser dadas à noite em alguns dias da semana e também aos sábados. Qual a disponibilidade do senhor?

– Para mim, está ótimo assim. No colégio em que leciono tenho aulas apenas no período matutino.

– Então ficamos combinados assim. O seu tratamento será feito, e os meus trabalhadores poderão concluir seus estudos.

– E quando eu começo?

– Eu avisarei depois, pois tenho que lançar a ideia e ver quantos dos meus homens vão querer realmente estudar. Logo que souber disso, eu me comunico com o senhor.

– Obrigado mais uma vez, doutor.

– Eu é que agradeço.

Tudo parecia estar dando certo: planos lançados, propostas aceitas, mas, antes que Brian pudesse levar seu plano adiante, mais uma tragédia abalou a família Molina. Era uma quinta-feira, dia normal de trabalho. Nona estava em casa cercada por suas costuras, Marta encontrava-se em casa preparando a refeição dos operários, e Brian, no consultório, com uma fila de pelo menos umas dez pessoas para serem atendidas ainda no período da manhã.

Na obra, a segunda laje era colocada. Na parte de cima, faziam o trabalho mais pesado quinze operários, homens mais experientes que foram se destacando e ganhando a confiança de Marcus. Dos novatos, o único a entrar para esse time era o alegre e entusiasmado garoto Enzo. Todos os dias, enquanto realizava suas funções, aquele jovem levava a vida espantando os males que o atormentavam entoando uma canção. Marcus sempre passava pela obra no mesmo horário e escutava a cantoria lá em cima, perguntando-se de onde poderia vir tanta alegria.

Era um trabalho árduo, mas que tinha para Enzo esses momentos bons, principalmente quando recebia o elogio de um patrão, a quem, pelo menos de sua parte, já considerava um amigo.

Mais tarde, como de costume, Marta chegou e começou a servir o almoço. Como sempre, recebeu muitos elogios de Enzo, a quem admirava de todo o coração, pois o via como um filho, enquanto ele a considerava uma mãe. Era um gesto de carinho recíproco que transmitia sinceridade. Ao final da refeição, percebendo que todos já haviam terminado de almoçar, Enzo subiu em cima dos tijolos e se preparou fazer seu discurso rotineiro.

Seu discurso iniciou-se com uma prece a Deus, agradecendo pela sua vida e pelas pessoas boas que tivera o prazer de conhecer. Falou ainda do bom ciclo de amizades que formara e da convivência e confiança que todos tinham depositado em seu trabalho e em sua própria pessoa.

Durante os quatro dias anteriores, havia chovido bastante na cidade, o que abalara a estrutura da laje, que começara a ser posta dois dias antes das tempestades. Assim, sem que ninguém percebesse ou tivesse tempo de avisar a Enzo, uma parte da laje, localizada acima dos tijolos onde o jovem discursava, cedeu, soterrando aquele homem que tanto ensinara a Brian em tão pouco tempo. Os gritos e o tumulto foram gerais – homens tentavam desesperadamente tirar madeiras, tijolos e entulhos que estavam sobre a vítima, mas tudo foi em vão.

Vovó contou que Marta chorava copiosamente, enquanto Marcus tentava comandar os homens para ver se conseguiam agir mais rápido e se pelo menos escutavam o som da voz de Enzo.

– José, tente conversar com Enzo. Fale com ele e veja se ele responde alguma coisa, por favor!

– Sim, senhor!

José, chorando e com muita aflição, gritava:

– Enzo, aqui é o José, seu amigo. Lembra-se de mim? Está me ouvindo? Fale comigo, por favor, reaja. Vamos tirar isso tudo que está em cima de você o mais rápido possível. Responda, por favor!

Marcus percebeu o olhar de tristeza de José e entendeu que Enzo não respondia, mas ainda havia a esperança de que estivesse apenas desmaiado.

Os homens continuaram por mais de quarenta minutos a remoção, enquanto aguardavam a chegada de ajuda. Enquanto isso, um deles foi correndo avisar o dr. Brian, para um atendimento rápido a Enzo quando ele saísse de sob os escombros.

Nona narrou que todos estavam sentados à mesa saboreando um delicioso almoço quando adentrou na sala um homem todo sujo de cimento e em completo desespero, chorando e com dificuldade para falar, mas enfim conseguiu dizer:

– Doutor Brian, o senhor tem que vir comigo imediatamente. A laje cedeu por causa da chuva, e Enzo ficou soterrado.

– Como é que é?

– Seu Brian, no caminho eu explico tudo. Agora o senhor tem que vir comigo, pois acho que Enzo vai estar muito machucado.

– Eu vou com vocês – falou Norma, já se levantando da mesa.

– Não, Norma; é melhor você ficar com as crianças. Tenho certeza de que não será nada sério e logo estarei aqui com notícias boas sobre o nosso amigo.

Brian saiu correndo. Sem titubear por um segundo, apressou-se para a obra, na esperança de ver seu funcionário tão querido apenas com ferimentos leves, mas quando chegou já era tarde demais. Os homens tinham conseguido retirar os entulhos, e Marta, chorando muito, estava sentada no chão com Enzo em seu colo. Brian ainda tentou ver se havia alguma pulsação de vida em seu corpo, mas foi em vão. Sem nenhuma vergonha, pegou a mão do amigo e companheiro de conversa nos almoços de sexta-feira e chorou a perda de um verdadeiro irmão. Todos os homens fizeram um círculo e cantaram em coro a melodia que, durante o almoço, alegrava o ambiente deles. Eram homens que tinham aprendido o quanto era bom viver cada dia, pensando em ser feliz pelo menos por um momento, mesmo que fosse o último.

Foi decretado luto na obra, e o trabalho só voltaria a ser realizado na outra segunda-feira. Os procedimentos para o enterro foram providenciados por Marcus e Brian, e Norma e Marta ficaram encarregadas da arrumação da casa onde Enzo morava. O jovem trabalhador era um homem solitário que vivia em uma pequena casa no bairro; tinha poucos pertences e ninguém com quem compartilhá-los. As mulheres juntaram as poucas roupas que lá existiam, colocaram em uma trouxa para doação e afastaram todos os móveis para um só canto da casa. Dentro de uma cômoda, que ficava ao lado da cama, foi encontrado um caderno velho em que Enzo escrevera suas memórias até um dia antes de morrer.

Foi Marta quem abriu o caderno e começou a ler e a chorar copiosamente, pois ficou feliz em saber o quanto Enzo a estimava. Apoiada nos braços da amiga, deixou que as lágrimas caíssem.

– Marta, você gostava muito deste menino, não é?

– Ele era como um filho para mim. No próprio diário ele escreveu que aqui havia achado uma segunda mãe, e disse que era eu. É muito difícil perder alguém assim!

– Eu sei, minha amiga. Não tinha muito contato com ele, mas sabia de todas as suas histórias e da alegria que disseminava por aquele canteiro de obras.

– Sinceramente, não sei por que me apeguei tanto a esse menino, mas ele me cativou, e agora deixa meu coração com muita dor.

– Sabe qual é o melhor remédio?

– Existe algum?

– Existe sim: chorar, chorar muito.

E assim Marta fez. Sentou-se no chão, com o livro de Enzo em seu colo, e chorou sua perda por mais de meia hora, o que aliviou pelo menos um pouco sua dor. Depois que percebeu que daria conta de sair daquela casa sem olhar para trás, levantou-se e foi embora, levando consigo apenas a lembrança de um bom moleque que conhecera.

O endereço dos pais de Enzo foi localizado, e Brian e Marcus enviaram uma carta avisando do falecimento do filho, juntamente com todo o dinheiro que ele vinha juntando e estava guardado em sua casa. A cerimônia fúnebre realizou-se com muita emoção. Todos os obreiros estavam presentes para a despedida do mais alegre amigo que haviam tido. A música foi mais uma vez cantada em coro. Marcus, Marta e Brian jogaram flores e colocaram em cima do caixão uma camisa que tinha as cores da bandeira italiana, que Enzo usava para homenagear o país tão distante de onde saíra com a esperança de uma vida melhor.

Depois, padre José fez uma bela e comovente oração; foi o momento então de Brian dar um pequeno, mas insuperável discurso de despedida, que falava basicamente de sua grande admiração por aquele ser humano que passara tão rápido, mas de forma tão marcante, pela vida de cada um deles. E terminou dizendo dos ensinamentos que Enzo deixara para a vida deles, lendo uma frase encontrada em seu diário que dizia: "Viver não é apenas deixar passar a vida sem ao menos tentar. Viver é lutar e saber erguer a cabeça com orgulho quando da desilusão, gritando para si mesmo que ao menos você tentou".

Ao fim, todos decidiram ir à pensão. A família Molina e amigos encaminharam-se para a Pensão dos Viajantes para um almoço, mas na verdade ninguém conseguiu tocar na comida. Brian não era capaz de esconder sua tristeza, mas a vida e os projetos tinham que caminhar.

Na outra sexta-feira, Brian levou à obra Jeremias, o professor contratado para dar aulas. Brian apresentou o professor e disse que aquele projeto partira de um sonho de Enzo, que almejava terminar seus estudos e um dia tornar-se médico. A chance de cada um estava lançada; bastavam agora apenas a força de vontade e a coragem para enfrentar as aulas no período estipulado. Um dos funcionários questionou:

– Doutor Brian, o senhor acha que temos capacidade de estudar?

– Por que não, Antônio? Todos somos capazes, precisamos apenas de coragem e força para lutar. Querem um conselho?

Sempre que pensarem em desistir, lembrem-se de um grande amigo que já se foi e que nos ensinou a ter fé e esperança na vida.

– Disso o senhor pode ter certeza que nunca esquecerei.

Uma ficha de cadastro foi preenchida. Os que ainda não sabiam escrever tiveram a ajuda de Brian, de Marcus e do professor. O local escolhido para as aulas era uma espécie de galpão, que estava abandonado e foi alugado por vovô a um preço módico. No início todos se matricularam, mas, com o passar do tempo, muitos desistiram, sem conseguir terminar o curso devido a vários motivos. Dois apenas chegaram a cursar uma faculdade e construíram um futuro melhor para suas famílias. Enzo deixou sua marca e nunca foi esquecido, principalmente por meio de seu sorriso e alegria de viver.

Capítulo 9

Minhas surpresas e emoções não paravam de crescer. Cada dia que sentava com Nona era mais empolgante e emocionante que o anterior. Nona me mostrou uma única foto de Enzo, que fora tirada mais ou menos uma semana antes de seu falecimento. Ele e Brian estavam abraçados, ambos com um sorriso largo e bonito. Com a autorização de minha avó, a fotografia foi logo colada no meu diário, que a cada dia aumentava em volume, espessura e conhecimento.

A fantástica viagem de vovô e vovó ao Rio de Janeiro recebeu também uma fotografia tirada na entrada do Teatro Municipal, os dois juntos na escadaria principal.

Depois da história de Enzo, durante uns dois dias, eu e Nona não nos encontramos, assim pude participar da arrumação para os festejos de Ano-Novo, lavando todas as melhores louças de vovó, muitas tão antigas que foram compradas na Europa, especialmente para a inauguração da casa de praia em 1930. Às vinte horas, os convidados começaram a chegar. Estava no meu quarto me arrumando, em dúvida sobre qual vestido colocaria naquela noite de gala. Olhei todas as peças de roupa que estavam no armário e não achei nada que combinasse com o meu espírito. Olhando-me no espelho, pensei em cometer uma deliciosa loucura.

Saí na surdina pelo corredor e, depois de atentamente verificar que não havia ninguém por ali, corri para o sótão. Peguei o vestido azul, sem as luvas pretas, e fui me trocar. O vestido não tinha cheiro de mofo, pois as empregadas sempre o lavavam, por ordem de vovó, para o manter limpo. Eu tinha a mesma estatura de Nona e a mesma constituição física que ela à época, o que facilitou a entrada triunfal da roupa em meu corpo. Como acessórios coloquei um colar de prata, não muito grosso, com um pingente de coração cravejado com um brilhante – presente de Brian para minha mãe, que agora o passara para mim. Prendi meus cabelos para cima com dois pentes pequenos, um de cada lado. A maquiagem foi feita em um tom muito suave, mas deu um charme ao meu rosto, que se transformava pela ação do tempo.

Não sabia qual seria a reação de Nona nem dos outros, mas criei coragem e desci, pois meu coração e a emoção que sentia naquele vestido falavam mais alto. Quando cheguei ao topo da escada principal, todas as atenções voltaram-se para uma jovem que descia as escadas com uma elegância peculiar, que lhe chegara através de gerações. Nona, que estava sentada em uma cadeira bem de frente com a escada, ficou com os olhos cheios de lágrimas, mas abriu um sorriso. O presente e o passado tiveram um belo encontro. O vestido estava um pouco ultrapassado por causa da moda da época, mas os membros da família entenderam minha homenagem a Norma Molina . Vovó levantou-se e foi me receber, dizendo com grande emoção:

– Como você está bonita! Está parecendo alguém que eu conheci.

– A senhora acha que eu fiquei bem neste lindo vestido azul-turquesa?

– Bom, como todas as atenções deste salão estão voltadas para você, eu diria que sim.

– Sinceramente, fiz isso para homenagear a senhora, mas estou muito sem graça. Os olhares de espanto estão me deixando vermelha.

— Saiba que lembrar esse momento do meu passado me fez muito bem e com certeza me deu até mais um tempo de vida.

— Você está linda! – falou tio Bruno, puxando-me pelo braço para apresentar a sobrinha a todos os convidados amigos dele, como sempre fizera ao longo dos anos.

A festa foi bastante animada; tocou-se de tudo um pouco – música popular e boleros belíssimos para os mais velhos, rock para os mais jovens e até música romântica para os casais apaixonados. Tio Bruno apresentou-me a um casal que tinha um filho chamado Marcelo, e foi com ele que fiquei conversando até mais tarde. Nunca poderia imaginar que aquele jovem de apenas dezoito anos mais tarde seria meu marido e pai dos meus filhos. Mas essa é uma outra história. Depois de conversarmos bastante, Marcelo me chamou para dançar, conduzindo-me pelo salão e embalando-me com seu charme e carisma. Porém, naquele momento realmente não pensei que um dia iria reencontrá-lo, apaixonar-me por ele e tornar-me sua esposa. Depois daquele Ano-Novo, ele foi para a Europa cursar a faculdade e só depois de dez anos é que voltamos a nos ver.

Depois do estouro da champanhe à meia-noite, e dos cumprimentos alegres, com direito a gritarias, abraços apertados e discursos, foi servida a ceia deliciosamente preparada. O prato principal foi uma leitoa assada acompanhada de belíssima salada natural com maçãs, além de um vinho tinto da melhor qualidade. Enquanto caminhava para a fila a fim de me servir, fui surpreendida por Nona, que me abraçou por trás e, com carinho, desejou que minha vida fosse repleta de magia, tal qual eu imaginava e sonhava. Para fugir da emoção, que Nona já percebia em mim, o assunto mudou para certas insinuações:

— Lindo o rapaz com quem você está conversando. Gostou dele?

— Nona, a senhora bem sabe que tenho pensamentos iguais aos seus. Sempre irei contra as convenções sociais e só vou pensar em ter um relacionamento com alguém depois que cursar a faculdade.

— Não precisa ficar brava, só achei o rapaz muito bonito. Não estou falando pra você se casar!

– Ainda bem que tenho uma aliada. Ainda mais depois de tudo o que a senhora me contou até agora...

– Minha filha, sua mãe se casou apenas porque ela quis. Se dependesse de mim, ela começaria a pensar em se casar só lá pelos vinte e cinco anos.

– Nona, tem alguém vindo em nossa direção. Vamos mudar de assunto.

– Como vai, Marcelo? Está gostando da festa? – minha avó perguntou, com a aproximação do meu amigo.

– Muito, senhora!

– Sente-se comigo e com minha neta para jantarmos juntos.

– Com o maior prazer.

A festa teve sua sequência até quase amanhecer. Até Nona, que era idosa, divertiu-se muito e não foi dormir enquanto a festa não acabou. Contudo, quando grande parte dos convidados foi embora, vovó me pediu que eu a acompanhasse em uma caminhada pela Praia das Flores. O amanhecer estava simplesmente magnífico e bastante convidativo a um banho de mar. Em uma brincadeira de criança, fomos para a água de vestido e tudo, divertindo-nos ao pular ondas até o cansaço chegar. Voltamos para casa sujas de areia e com as roupas totalmente molhadas. Entramos pela porta dos fundos e subimos na surdina para os respectivos quartos. No banheiro, fiquei pensando no quanto amava aquela mulher e no quanto estava perto de perdê-la.

Dormi durante todo o dia. Acordei sete horas da noite, desci, tomei um lanche reforçado e voltei a dormir, pois o que mais queria no outro dia era estar descansada para continuar a compartilhar das histórias da família Molina.

No dia 2 de janeiro, despedi-me de mamãe, que voltava ao Rio a negócios, e depois corri para os braços de Nona. Seu semblante mostrava que ela não estava muito bem fisicamente, e seu corpo definhava, pois, mesmo dizendo que não faria o tratamento, o médico da família a convencera a tomar pelo menos alguns medicamentos. Um lenço azul envolvia sua cabeça, ocultando o que restava dos cabelos acinzentados. Mas, mesmo ela estando com um ar cansado e triste, nossa jornada prosseguiu.

A trágica morte de Enzo abalara muitos os trabalhadores que construíam o hospital, mas a obra continuou. Um ano depois do início da construção, Marcus enfim deu a previsão exata de mais duas semanas para o término definitivo da obra, podendo assim ser marcada a grande inauguração. Brian contava com uma equipe de quatro médicos, entre eles três já bem mais velhos, que haviam se formado na Inglaterra e feito especialização também na universidade de Londres. O quarto médico era jovem, com apenas 26 anos, formado pela Universidade de São Paulo, e trazia na bagagem muitos sonhos e esperanças.

Cada médico tinha o próprio consultório e os próprios funcionários particulares. Os enfermeiros e enfermeiras foram contratados por Brian e formaram uma equipe, a princípio, de seis homens e apenas duas mulheres. O refeitório ficou a cargo de Marta, que empregou cozinheiras de sua extrema confiança para dar conta de todas as refeições servidas no hospital.

A inauguração foi marcada para o dia 11 de dezembro de 1912. Seria uma festa simples, só entre eles. De convidados, apenas alguns médicos amigos de Brian e dos outros quatro médicos que haviam sido contratados. O descerramento da placa e a comemoração foram no próprio hospital, em um miniauditório que, na época, ainda não tinha cadeiras – a obra só foi completada bem depois.

Norma estava linda, superbem-vestida, com seus dois filhos arrumadíssimos. O mais velho trajava um terninho preto infantil e um chápeu, e sua irmãzinha vestia um lindo vestido rosa e azul. Brian estava alinhadíssimo em um terno preto. O Hospital Modelo ficara muito bonito e com uma ótima estrutura para atender à população daquela pequena cidade, que ultimamente só visava ao crescimento. Em seu interior predominava a cor branca, e logo na entrada, para chegar à recepção, existia uma longa escadaria com duas rampas na lateral. A porta principal era de madeira bem escura com um trinco de bronze. Brian fizera questão de colocar a imagem de Nossa Senhora, para a bênção e proteção dos que ali entrassem para se tratar.

Por dentro, no acabamento, predominava o azulejo branco em todos os ambientes, o que dava um ar de limpeza e tranquilidade. Os quartos eram de tamanho médio, também pintados de branco, mas com um azul bem claro da metade da parede para baixo. O refeitório, com quatro mesas grandes de oito lugares, fora especialmente arquitetado para abrigar médicos, enfermeiros e familiares dos pacientes em tratamento. O segundo andar possuía uma enfermaria que continha trinta leitos. Essa ala do Modelo fora construída com a intenção de dar chance aos pacientes mais necessitados de terem um tratamento digno. Assim, o Modelo deu exemplo de solidariedade e chamou a atenção da população carente daquela cidade.

No segundo andar, ficavam a sala de cirurgia e os consultórios de todos os médicos. Cada consultório tinha sua recepção, e por último vinha o auditório, que ainda era um sonho distante a ser realizado. Em um futuro longínquo, a intenção de Brian era que aquele espaço se tornasse de fato um auditório de palestras, para que médicos viessem passar seus ensinamentos e aprofundamentos aos médicos que lá trabalhavam. O sonho, infelizmente, não foi concretizado antes da morte de Brian. Apenas depois de cinco anos de seu falecimento, quando o hospital não mais pertencia à família Molina por inteiro, é que Nona pôde inaugurá-lo, colocando nele uma placa póstuma ao saudoso idealizador daquele projeto.

Meu avô não conseguia disfarçar sua alegria. Um de seus primeiros sonhos se concretizava. Para ele, não era só mais uma conquista para seu acervo de memórias, mas sim uma realização pessoal que, infelizmente, não foi levada adiante por seus filhos, que não cursaram a faculdade de medicina e tomaram rumos profissionais complemente distintos do sonho do pai. Para os convidados foi servido um delicioso jantar. Contratou-se uma outra cozinheira, pois Marta fora definitivamente proibida de pisar na cozinha naquele dia. Ela era da família, junto com eles deveria ficar. Carmem também vestiu-se pela primeira vez como uma verdadeira dama, mas em momento algum conseguiu deixar seu serviço de babá de lado, pois as crianças corriam o tempo todo.

Quanto ao jardim, faltava nele ainda um acessório. Fora encomendada uma fonte em que uma mulher amamentava o filho, e de seus pés jorrava água para dar vida à entrada principal. A fonte viria da Europa e ainda demoraria alguns dias para chegar.

Quando Nona passou a dar detalhes sobre o descerramento da placa, percebi que chorava. Ela descreveu a emoção que sentiu ao ver seu nome e o de Brian junto ao seguinte texto: "Um jovem queria ser médico quando crescesse e se tornasse adulto. O seu sonho não foi possível, mas a sua vontade está dentro de cada pilastra do meu sonho realizado e do meu caminho conquistado. Homenagem a Enzo, simplesmente um grande amigo". Com a voz embargada, perguntei a Nona:

– Vovó, a senhora não sabia que Brian faria uma homenagem ao seu amigo?

– Minha neta, é muito difícil me lembrar disso agora. No momento em que descerrei a placa, todos ficaram sem fala, Marta chorava. Não sei como pude conter as lágrimas enquanto Brian lia o que estava escrito.

– Vovô gostava mesmo de Enzo, não é?

– Muito, minha querida. Para ele, parecia que realmente cada pedaço daquele hospital tinha um pouco daquele menino.

– E por quê?

– Isso eu só vim a saber depois de muito tempo, mas acho que pode ser deixado para um outro capítulo. Seria muita emoção para um dia só, não acha?

– Acho sim. Não posso deixar que essas nossas conversas atrapalhem sua saúde.

– Agora já me recuperei. Vamos continuar na festa de inauguração.

O brinde foi feito em nome do sucesso e da saúde do bom médico Brian, que fizera de sua profissão algo voltado ao próximo. Atualmente, o Modelo é um grande centro médico supermoderno e, desde a morte de Brian, não pertence mais totalmente à família Molina. Os filhos e netos do antigo médico que compraram as cotas vendidas, quando do falecimento de Brian, tornaram-se donos da maioria acionária e souberam tocar o sonho daquele grande idealizador. Mesmo Nona tendo ficado com apenas cinco por cento, tudo foi mantido como Brian havia construído, pelo menos a estrutura básica.

Quando da realização da venda, foi assinado um contrato que continha uma cláusula específica de perpetuação da estrutura básica do hospital, com tudo o que Brian colocara lá dentro. Por isso a placa em homenagem a Enzo encontra-se no mesmo lugar, junto a uma outra em memória póstuma a Brian, que diz assim: "A um homem que, simplesmente, nunca deixou de tentar. A um homem que sempre soube ser alguém de coração nobre. A um homem apenas médico, e que não curou apenas moléstias físicas, mas ensinou as pessoas a terem esperança na vida".

A pedra fundamental foi lançada, e o trabalho iniciou-se na segunda-feira seguinte. Eram muitas consultas por dia. A enfermaria lotou na primeira semana. Pessoas doentes chegavam das cidades vizinhas mais próximas, pois o único hospital por perto era o Modelo. Brian chegava em casa sempre esgotado, mas feliz e realizado. Norma não era enfermeria, mas deixou a costura na parte da manhã para ajudar vovô nas consultas e no preenchimento de fichas médicas. Lucas já estava na escola e tia Duda ficava com Carmem, portanto, não havia problema para vovó ajudar o marido. Marta, com o acúmulo de trabalho, tomou a séria decisão de fechar a Pensão dos Viajantes depois de quarenta anos de funcionamento – local que se tornou, após sua morte, um abrigo para menores.

Com o fechamento da pensão, Marta mudou-se para mais perto de Nona e continuou ajudando-a com suas costuras até tarde da noite. Nona contou que muitas vezes, mesmo com o auxílio da amiga, pensou em parar com a costura dos enxovais, mas, como o dinheiro da herança fora quase todo gasto no hospital, o dinheiro da casa de praia tinha de vir do esforço de sua família.

No final daquele primeiro mês de atividades, enfim chegou a escultura encomendada para o jardim. Agora, com as plantas florindo e a fonte, o hospital estava com sua entrada definitivamente pronta.

Em tempos atuais, nesse ano de 2005, passo pelo menos três vezes por semana pela porta do Hospital Modelo. Sento-me junto à fonte da entrada principal, fecho os olhos e fico pensando em cada pessoa que ali entrou e foi curada pelas mãos de meu avô – pessoas que muitas vezes sentiam-se eternamente agradecidas pela bondade e dedicação daquele homem.

Capítulo 10

Um ano depois da inauguração, o funcionamento do hospital ia muito bem; a notícia havia se espalhado por toda a região, e a cada dia aumentava o fluxo de pessoas querendo atendimento. Marta fazia o que era possível para atender a todas aquelas pessoas, tendo inclusive a brilhante ideia de reabrir a pensão, mas desta vez apenas para abrigar os familiares dos internados, que não tinham onde ficar e muito menos dinheiro para pagar outras hospedagens. As refeições demandavam cada vez mais esforço daquela senhora, que já não podia contar com a força da juventude, pois completara 65 anos de idade no ano anterior.

Subitamente, Nona interrompeu a narrativa, e percebi certa hesitação por parte de vovó, pois todo esse capítulo iria se referir à sua inesquecível amiga, que soubera amá-la até o fim da vida. Preocupada, perguntei:

– Nona, percebi que esta parte da história vai se referir a Marta. A senhora não quer pulá-la? Acho que deve ser muito difícil relembrar alguém que a senhora tanto amou, não é?

– Minha filha, relembrar pessoas que amamos e que já se foram é muito difícil. Eu estou assim, pois havia muito tempo que não pensava em minha amiga. Sabe qual era minha vontade, mas nunca tive coragem, depois que seu avô morreu?

– O quê?

– Voltar à pensão e ficar lá alguns minutos apenas lembrando fatos marcantes.

– E por que a senhora nunca fez isso?

– Não sei. Sinceramente, não sei.

– Por que a senhora não pensa nisso direito? Estou aqui para fazer o que você quiser. Quem sabe terei a oportunidade de ver o lugar onde essa grande família praticamente começou a existir.

– Quem sabe! Vou lhe contar toda a parte triste da história primeiro, depois veremos como fica meu estado emocional e o que vou decidir a esse respeito.

– Então, vamos começar. Estou curiosa!

– Vamos, menina agitada.

Comecei a rir, e Nona começou a narrar com rapidez.

A grande amiga de vovó estava em casa em um domingo, único dia em que realmente podia descansar, quando começou a sentir dores fortes no peito e um formigamento intenso no braço esquerdo. Era uma sensação muito desconfortável, que fazia lágrimas rolarem por sua face, a ponto de gritar de dor. Brian e Norma moravam a apenas duas casas dali, sendo vizinhos dela, então Marta pôde contar com um atendimento rápido.

A rua estava muito vazia. Marta conseguiu arrastar-se de seu portão até a casa de Nona, quando lhe faltou força suficiente e ela desfaleceu no chão. Lucas e Duda, que brincavam no quintal, correram para dentro de casa chamando os pais aos gritos para socorrer a madrinha, que estava estirada na calçada, sem se mexer.

Lucas chorava sem parar e gritava pela sua "dinda". Enquanto Brian tentava reanimá-la, Lucas tentava desvencilhar-se dos braços da mãe para ir ao encontro de Marta. Carmem, ouvindo a gritaria, veio correndo lá dos fundos e com rapidez lhe foi passada a função de ficar com as crianças, que estavam inconsoláveis. Brian e Norma providenciaram um carro e logo levaram a amiga ao hospital. Dr. Boneri, cardiologista, foi chamado em sua casa com rapidez, e veio atender prontamente aquela paciente tão especial.

Marta ainda estava viva, mas em coma. Depois de feitos todos os procedimentos necessários, só restava esperar que Marta voltasse de seu estado letárgico. Norma não conseguiu conter as lágrimas ao ver a amiga tão forte e sólida ali deitada em uma cama de hospital. As lembranças de uma vida começaram a passar como cenas de um filme na cabeça de vovó. No quarto frio, Nona, com a mão sobre a de Marta, percebeu que a vida de fato se esvaía daquela que soubera amar e respeitar desde o primeiro dia em que fora recebida na pensão. Vários anos tinham se passado desde a primeira conversa entre as duas, que Nona fez questão de rememorar, frase por frase, para mim. Nona voltou ao ano de 1900 e contou como entrou pela porta da pensão com uma mala bem pequena, na verdade uma muda de roupa, e disse à mulher que estava atrás do balcão:

– Bom dia. Eu me chamo Maria e estou procurando um lugar para me hospedar. Você teria algum quarto?

– O meu nome é Marta. Um quarto eu tenho, mas você não é muito jovem para estar procurando um quarto sozinha?

– Jovem eu sou, mas não tenho ninguém. Apenas o dinheiro para pagar dignamente a minha hospedagem. E, se quiser, ainda posso pagar com meu serviço no que for preciso. Eu sei lavar, passar e costurar, por sinal muito bem.

– De onde você vem?

– Prefiro não falar. Sou uma pessoa boa e honesta, e a senhora pode confiar em mim. Por favor, estou muito cansada, precisando de um banho e de uma boa noite de sono.

– Olhe aqui: espero que você não me traga nenhum problema e que não venham buscá-la à força.

– Não se preocupe, eu não tenho ninguém.

– Você falou que costura muito bem. Eu costuro para fora e, muitas vezes, não consigo dar conta do serviço. Você poderia me ajudar. Assim posso começar a confiar em você.

– Ajudarei com o maior prazer.

Nona não conseguiu contar o restante da conversa, pois se emocionou de novo. Norma apenas narrou que Marta, desde o momento em que olhou em seus olhos, acreditara em sua honestidade, e a partir dali ela fizera uma nova amiga, uma nova irmã.

O estado de saúde de Marta era estável no hospital, mas ela não dava sinal de melhora. Durante o dia, Nona trabalhava em seus afazeres diários, como ajudante de Brian e à tarde como costureira. À noite, Carmem passou a ficar até mais tarde com os meninos, e vovó dormia no hospital com Marta. Ela sempre achou que seria o mínimo que poderia fazer por sua amiga naquele momento de dor.

A única família de Marta era um sobrinho, que ela criara e se chamava Mateus Silva Júnior. Norma e Brian precisavam avisá-lo, por isso procuraram, num sábado, em todos os pertences dela, um endereço onde ele pudesse ser localizado. Foi encontrada uma carta datada de três anos antes, com um endereço no Rio de Janeiro. Como a carta demoraria a chegar, Marcus viajou para a então capital com a missão de encontrar Mateus e avisá-lo a respeito da tia.

O coração de Marta enfraquecia muito a cada dia, e seu ritmo cadenciado diminuía de modo significativo. Lucas chorava muito pela ausência de sua madrinha. Mesmo sendo uma criança, sentia que sua dinda estava muito mal e pedia com insistência à mãe e ao pai que o levassem para vê-la, para dizer o quanto a amava. Era regulamento do hospital a proibição de entrada de crianças, mas ela foi quebrada em um domingo de manhã. Brian levou o filho para os braços de sua madrinha e deixou que o coração daquela criança expressasse todo o sentimento maior que havia em seu interior. Nona lembrou as palavras que o menino, chorando, disse a Marta:

– Madrinha, eu sei que você vai para o céu, pois já trabalhou muito aqui na terra para cuidar de mim. Mas eu rezo todos os dias para que o meu anjo da guarda a receba de braços abertos e cuide de você, como sempre cuidou de mim. Amo você.

Dois dias depois, mais ou menos umas nove horas da noite, Nona abraçou a velha amiga, que morrera tranquila em seus braços, tendo o aconchego e o carinho de quem sempre a tinha amado de verdade. Norma sabia que Marta não poderia expressar nenhuma reação, mas a sentiu viva a seu lado, pois, antes de morrer, uma pequena lágrima escorreu de seus olhos, como se aquele instante fosse uma dolorosa despedida. Marcus não voltara ainda, portanto, o enterro teve de ser realizado sem sua presença.

O cemitério local estava apinhado de gente. Todos os trabalhadores das obras e funcionários do hospital foram para a despedida. Também compareceram antigos viajantes que haviam se hospedado na pensão, bem como as clientes mais antigas de Marta. Lucas estava com um lindo ramalhete de flores brancas, e Duda, ainda sem entender nada, com uma caixinha de pétalas de rosas vermelhas. Marcus e Mateus chegaram depois que a cerimônia já tinha terminado, mas ainda ao lado do túmulo puderam se despedir daquela mulher de espírito jovem, que dedicara sua vida a ter bons e verdadeiros amigos.

Do cemitério, foram somente os mais íntimos para a pensão. Mateus encantou-se com os amigos de sua tia, pessoas maravilhosas que a haviam amado de verdade. Na pousada, ele conversou durante horas sobre sua criação, sobre o porquê de não ter voltado nesses longos anos de ausência, mas mesmo de longe ele amava a tia e lhe agradecia por hoje ser alguém. Brian, sentado em sua cadeira, começou a dizer:

— Mateus, não fique triste por não ter estado muito presente na vida de sua tia. Pode ter certeza de que para ela o mais importante é que você estivesse progredindo na vida.

— Foi justamente isso que ela me ensinou durante todo o tempo em que permaneci com ela aqui na pensão.

— Durante quanto tempo você ficou com ela?

— Desde que nasci. Minha mãe morreu no parto e era irmã de Marta. Com dezoito anos, resolvi tentar a minha vida na cidade grande para ver se conseguia crescer profissionalmente.

— Tenho certeza de que, se não conseguiu tudo ainda, mais cedo ou mais tarde terá tudo o que sempre sonhou.

— Por falar em sonho, esta pensão é minha; foi passada para o meu nome há muito tempo. Só que Marta queria transformar isto aqui um dia em um orfanato. E acho que as pessoas mais indicadas para a realização desse sonho são vocês.

– Mateus, mas a casa é sua.

– Eu sei, mas farei uma doação a vocês, com a condição de que este lugar se transforme em uma instituição e possa ajudar várias crianças necessitadas. Espero que vocês não deixem o sonho de minha tia morrer junto com ela.

– Nunca – falou Norma, que se levantou de um salto, aos prantos, deixando bem claro que tudo ali seria feito como era a vontade de sua grande amiga.

Como Mateus trabalhava em uma fábrica de calçado, cursava faculdade de Administração e tinha horário a cumprir, teve que voltar bem rápido. No mesmo dia do enterro, mais à noite, ele juntou todas as lembranças de Marta e as fotos guardadas em uma cômoda antiga da pensão de seu antigo quarto. A questão jurídica ficou por conta de um advogado amigo, que ele mandou uma semana depois para fazer a doação e resolver o restante da herança da tia.

O que Marta deixou em bens legalmente passou para o sobrinho, sendo a antiga casa de seus pais e alguns títulos do tesouro nacional – uma pequena fortuna que ninguém sabia que ela havia juntado. Uma parte em dinheiro foi tocada a Mateus, o que o ajudou com a faculdade. A pensão foi passada em doação para a família Molina. O desejo de Marta de ter um abrigo para crianças carentes agora poderia ser realizado pelas pessoas que tanto amava.

Nona criou coragem para fechar a casa de Marta quando o proprietário começou a pressionar por sua entrega imediata. Em um sábado, deixou as crianças com Brian e foi, juntamente com Carmem, para aquela missão que considerava uma das mais difíceis de sua vida. Todos os móveis foram doados aos moradores do Bairro Pobre e já levados a seu destino. Dentro da casa faltavam apenas algumas caixas. As duas mulheres foram por etapa, arrumando a cozinha, depois a sala de jantar e em seguida o quarto de costura. O quarto de Marta ficou por último, local onde Nona teve uma grande e maravilhosa surpresa. O guarda-roupa tinha sido a única peça que não fora levada ao Bairro Pobre, e assim Nona e Carmem começaram a guardar todas as roupas em uma caixa, e também algumas encomendas que estavam pela metade e seriam terminadas por Norma.

Na parte interna do armário, embaixo de dois cobertores, encontraram uma caixa embrulhada para presente, com um cartão endereçado a Norma. O conteúdo eram parabéns a vovó pelo seu aniversário, que ainda seria dali a um mês. Dentro do pacote havia vários pápeis, todos colocados dentro de um envelope amarelo contendo uma carta para Norma. Carmem, com lágrimas nos olhos, disse:

– Norma, este é seu presente de aniversário. Nossa amiga não tem jeito mesmo; já havia planejado toda essa surpresa.

– Carmem, que presente será este? Dentro da caixa não tem nada muito sólido, apenas um envelope que, pelo jeito, está cheio de papéis.

– Sinceramente não sei; acho que só vamos descobrir se abrirmos e lermos o conteúdo.

– Acho que estou um pouco receosa.

– Receosa, você, Norma? Sua amiga lhe deixou uma surpresa, algo que com certeza será uma coisa muito boa.

– Acho que é a saudade e a falta que ela me faz que estão me deixando assim. É muita dor que estou sentindo.

– Venha para o meu colo, desabafe, chore tudo o que estiver guardado aí dentro de você.

– Carmem, eu nunca disse isso pra ninguém, nem para Marta, mas essa mulher foi para mim a mãe que eu nunca tive. Eu a amava como uma mãe.

– E por que nunca teve coragem de dizer isso a ela?

– Não poderia colocar esse fardo sobre Marta.

– Norma, quem disse que você era um fardo para Marta? Tenho certeza de que ela sempre a amou como uma filha e sempre a tratou como tal. Vocês duas tocaram uma vida juntas, ajudando uma à outra e amparando-se nos momentos de tristeza.

– Acho que estou precisando apenas chorar.

– Pois então chore.

– Obrigada, Carmem. Você também é uma grande amiga.

Nona naquele dia chorou por mais de uma hora.

Para mim, vovó reservou também uma surpresa. Naquele verão, certo dia, tirou de baixo do travesseiro a velha carta de Marta e me pediu que a lesse.

Eram palavras de extrema sensibilidade, que falavam de sentimentos e do amor de mãe que Marta nutria por Norma Molina. Assim dizia o texto, na íntegra, como se fosse uma verdadeira canção:

Querida filha,

Um dia você entrou em minha vida e fez em mim o seu ninho, a sua morada. Em você encontrei o verdadeiro sentido de ser mãe, pois, mesmo não tendo nascido de meu útero, fez nascer em mim um sentimento de amor profundo, de afeto constante, de zelo e compreensão.

Nona, como assim eu sempre tive vontade de chamá-la, presentes se perdem, estragam, mas nunca se pode perder o sentimento maior que é o amor. Nunca conseguirei dizer o quanto gostaria de chamá-la de minha filha, mas um dia quem sabe eu criarei a coragem de dizer simplesmente o quanto eu amo você.

Os pápeis que estavam dentro do envelope, Norma só conseguiu ler depois que chegou em casa, com o apoio do marido. Eram escrituras de um terreno comprado à beira-mar na Praia das Flores, em nome de Norma Molina Stuart. Marta pegara todas as suas economias e realizara, em parte, o sonho de Nona: ter uma casa na praia que tanto marcara sua vida. Era um terreno com capacidade para a construção de uma mansão como aquela que agora abrigava a família de vovó todos os verões, há mais de trinta anos.

O apelido de Norma Molina agora fora explicado. Brian, a partir daquele dia, não conseguiu chamá-la mais pelo nome e ensinou a cada um dos filhos a importância daquele apelido dado por Marta – uma pessoa maravilhosa, que fizera parte da família e que gostava de dizer em seu íntimo somente "Nona". Juridicamente, a papelada estava toda correta. Marta realizara a compra poucos dias antes de ter o infarto, e toda a parte burocrática fora realizada por um advogado, marido de uma cliente. Como ainda não existia a possibilidade de se iniciar a construção da casa, Marcus demarcou com uma cerca toda a área e esperou até que o sonho pudesse se realizar, o que só aconteceu quinze anos depois.

Nosso dia chegava ao fim, pois fora de muita emoção para vovó. Mas, antes disso, a curiosidade levou-me a perguntar:

– Nona, por que você nunca teve coragem de dizer que Marta também era com uma mãe para você?

– Até hoje eu não sei responder a essa pergunta. Nós duas sempre fomos pessoas muito unidas, mas não pudemos dizer uma à outra o quanto nos amávamos. Acho que nós duas achávamos que seríamos um fardo se assim o fizéssemos.

– A senhora vai querer ir à pensão?

– Não sei. Hoje, lá onde era a pensão, está tudo vazio, sem móveis, pois você sabe que todo o orfanato foi transferido para uma mansão no centro da cidade, devido ao grande número de crianças desabrigadas.

– Mas é a senhora que ainda continua cuidando do orfanato, não é?

– Com a ajuda de sua mãe, de seu tio Bruno e vários outros colaboradores. Os filhos de Mateus também ajudam muito, tanto financeiramente quanto na parte administrativa.

– Vamos à pensão. Vou junto com a senhora. Tudo começou lá, e é lá que de verdade você conheceu sua mãe. Não é?

– É, sim. Amanhã de manhã vamos até lá para você conhecer de perto minha antiga morada e pensão de minha eterna amiga e mãe.

– Combinado. Amanhã bem cedo estarei esperando a senhora lá embaixo, no carro.

Deitei-me e não consegui para de pensar, curiosa, em como seria o rosto de Marta. Decidi que, de um jeito ou de outro, haveria de conseguir fotos dela.

Capítulo 11

No outro dia, eu e Norma fomos para a cidade. Na porta da pensão, ainda dentro do carro, comecei a sentir viva dentro de mim toda a história de Norma Molina. Nona nunca tivera coragem de vender aquela casa e ainda tinha a chave que abria a porta principal, permitindo assim que nós duas viajássemos pelo cenário da vida de Marta. De fato, não existia mais nenhum móvel no local, e todos os ambientes encontravam-se vazios. Subimos para que vovó me mostrasse onde ela dormira por mais de dois anos e onde também costurava todas as noites em companhia da amiga.

O quarto de costura ainda possuía um cortinado de cor marrom. Depois descemos para a cozinha, local onde houve grandes reuniões de amigos, hospédes, familiares e crianças.

Ao sairmos de lá, Nona levou-me a sua antiga casa, onde morou por mais de quinze anos e onde seus filhos nasceram e passaram o melhor da infância e adolescência. Após essas emoções, paramos para almoçar no restaurante Brindeiro, que naquela época era de tia Duda. Almoçamos, caminhamos por alguns lugares e, quando percebemos, já estava bem tarde, o que nos impediu de ir até o hospital. Chegamos à Praia das Flores a tempo de ver o belo pôr do sol. Depois do jantar, fui direto para o meu quarto com a finalidade de transcrever para o meu diário todos os acontecimentos daquele dia. Descrevi principalmente a emoção que sentira por poder ver de perto onde a vida daquela família começara.

Pela manhã, depois de uma boa noite de sono e um delicioso café da manhã, fui para a biblioteca. Minha intenção era encontrar nas caixas particulares de Nona a última carta que Mateus mandara, com o endereço dele no Rio de Janeiro. Durante os meus sonhos, tomara uma importante decisão: minha mais nova profissão seria a de detetive particular. Procurar Mateus e encontrar as fotos de Marta eram meu maior desejo. Precisei fazer isso porque vovó não tinha nenhuma foto com Marta.

Depois que achei a carta e anotei o endereço, liguei para a fábrica procurando por minha mãe e, quando ela veio ao telefone, pedi-lhe que descobrisse, por intermédio do endereço que ditei, o telefone ou algum contato de Mateus. Desconfiada e ressabiada, mamãe foi logo interrogando:

– Minha filha, posso saber o que a senhorita está tramando desta vez?

– Mamãe confie em mim, não é nada de mal. Para a senhora é muito mais fácil descobrir um telefone de contato. Por favor! Quando chegar aí eu conto tudo.

– Chegar aqui?

– Estou indo daqui a pouco para o Rio de Janeiro. Passarei o final de semana aí com a senhora e também tentarei encontrar uma pessoa. E a senhora vai me ajudar. Conto com você.

– Mas, filha...

Desliguei o telefone, antes mesmo que pudesse levar uma bronca. No quarto, peguei com rapidez algumas coisas pessoais para levar. Depois de estar pronta, passei no quarto de vovó, que dormia, e dei-lhe um beijo.

Meio sonolenta, Nona pegou em minhas mãos e perguntou:

– Aonde você vai, minha filha?

– Para o Rio de Janeiro. Durma, vovó, e não se preocupe.

O motorista da casa, que estava sempre a postos, levou-me para a Cidade Maravilhosa. Fui direto para o trabalho de minha mãe, depois de mais de uma semana sem poder desfrutar de sua companhia. Enquanto almoçávamos, mamãe iniciou um imenso interrogatório:

– Filha, agora posso saber o porquê dessa sua curiosidade a respeito deste endereço e de sua vinda repentina para cá?

– Mamãe, quero encontrar Mateus, o sobrinho de Marta, pois só ele tem fotos da amiga de vovó que foi tão importante para a sua vida.

– Mateus mudou-se para os Estados Unidos há muito tempo. E, pelo que eu saiba, nunca mais voltou.

– Nona me contou que os cursos dele nos Estados Unidos estavam para acabar. Quem sabe ele já voltou e pode me dar alguma foto de Marta, pois já tentei com os filhos dele que disseram que somente o pai guarda essas lembranças.

– E por que tanto interesse por essas fotos? Posso saber?

– Porque toda a história que Nona vem me contando nesse período de férias eu estou ilustrando com fotos. E as únicas que ainda estão faltando são a de Marta e a de Marcus.

– Essas histórias de sua avó estão deixando você muito empolgada. Sua avó fica cada dia mais doente, e você querendo saber mais da vida dela.

– Pois a senhora está muito enganada. Contar todos esses fatos, para mim, tem dado até dias a mais de vida para a vovó.

– Não vou ficar discutindo com você para não perder o meu tempo. O que quer que eu faça? Como posso ajudar?

– Só quero que a senhora me acompanhe ao endereço, e depois vemos o que podemos descobrir.

– Tudo bem. Desta vez vou participar de uma loucura sua, mas só desta vez.

– Obrigada, mãe. Saiba que isso pode não parecer importante para você, mas para mim é.

Terminamos o almoço e nos dirigimos ao endereço que ditara para mamãe. A casa era um sobrado, com alguns barracões no fundo de aluguel. Lembro-me como se fosse hoje da beleza da casa, pois sempre admirei a arquitetura de imóveis antigos. Ela era pintada de branco, com uma sacada que indicava a entrada da casa, e possuía duas cadeiras de ferro com o encosto de plástico trançado, uma vermelha e outra azul. Uma mulher estava na janela ainda de roupão. Devia ter uns cinquenta anos mais ou menos e, logo que nos viu descer do carro e nos aproximarmos da casa, perguntou:

– Bom dia! Desejam alguma coisa?

– Bom dia, senhora. Eu gostaria de saber a respeito de um antigo morador. O nome dele é Mateus.

– Vocês são parentes dele?

– Não, minha avó foi amiga de uma parente dele, já falecida.

Em um gesto infantil, cruzei meus dedos, torcendo para que ela não me respondesse que Mateus ainda estava no exterior. A resposta demorou a vir, o que me deixou quase em estado de pânico, até que enfim as palavras começaram a sair:

– Mateus não mora mais aqui. Depois que ele voltou dos Estados Unidos, mudou para uma casa melhor, mas sempre vem me visitar. Eu tenho o endereço dele lá dentro. Por que vocês duas não entram? Eu sirvo um café e lhes dou o endereço correto.

– Não queremos incomodar – falou mamãe.

– Faço questão. Os amigos de Mateus também são meus amigos.

– Entraremos então, senhora – minha mãe concordou.

Sentamos na sala para o café e, enquanto saboreávamos suas quitandas maravilhosas, resolvi contar o verdadeiro motivo que me levara à antiga morada de Mateus. Falei que gostaria de encontrá-lo para que pudesse conhecer pelo menos por foto a grande amiga de Nona, que era minha avó.

Josefa, era esse o nome da mulher, falou da admiração que nutria pelo rapaz e contou que ele voltara ao Brasil e mantinha contato com ela, e que talvez não tivesse se comunicado ainda com Norma porque retornara há apenas dois meses. Josefa deu-me também o telefone de contato de uma vizinha que dava sempre recados a ele, pois, apesar de Mateus já ter melhorado de vida, preferira comprar a casa e deixar a linha telefônica para depois.

Voltei para casa feliz, pois minha missão estava quase cumprida. Em meu quarto, forcei um diálogo com a filha mais nova de Nona, que pela primeira vez soube me escutar sem reclamar, a respeito da emoção que sentia, e que a cada dia aumentava gradativamente, ao saber das coisas maravilhosas que Norma vivera e das pessoas boas e amigas que haviam passado por sua vida, marcando-a com sentimentos verdadeiros.

Naquele mesmo dia, criei coragem e contei da decepção que nutria pelos meus tios a partir daquela conversa que escutara no escritório. Como uma amiga fiel, mas que infelizmente não sabia muito expressar seus verdadeiros sentimentos, mamãe acalentou-me e pediu que eu aproveitasse apenas as coisas boas que estava aprendendo com toda aquela história, pois os sentimentos ruins deveriam ser esmagados. Senti que suas palavras eram um pouco do que ela tentava ser e não conseguia, por motivos até então desconhecidos por mim.

Antes de me deitar, telefonei para o número ditado por Josefa e fui atendida por uma senhora.

– Alô.

– Quem fala?

– Meu nome é Dina. Com quem você gostaria de falar?

– Estou procurando um vizinho seu que se chama Mateus. A senhora conhece?

– Espere só um minuto, por favor.

– Sim, senhora.

Esperei mais ou menos uns cinco minutos na linha. De repente, uma voz masculina ao telefone deixou-me bastante emocionada, pois, antes mesmo que ele dissesse quem era, pude sentir que se tratava de Mateus. Suas primeiras palavras foram:

– Aqui é Mateus. Quem está falando?

– Mateus, talvez você não se lembre de mim ou talvez nem tenha me conhecido. Sou a neta caçula de Norma Molina.

– É claro que sei quem você é. A princesa, não é assim que ela costuma chamar você?

– Quando era criança, sim.

– Mas a que devo a honra deste telefonema? Sua avó está bem?

– Eu preferia contar pessoalmente, se você não se importasse. Poderia ir até a sua casa?

– Com certeza! Venha almoçar amanhã em minha casa.

– Sim, com o maior prazer. Posso levar a minha mãe?

– Com certeza. Anote o endereço, por favor. Chegue mais cedo para que possamos conversar.

– Sim, senhor.

Saí da sala em disparada para o quarto de minha mãe a fim de contar a novidade. Com a respiração ofegante, falei que pelo telefone não tivera coragem de dizer o motivo de estar ligando tarde da noite, mas disse que tinha vontade de encontrá-lo e conhecê-lo pessoalmente. Minha mãe brigou um pouco, mas nem me importei; minha emoção era muito maior. A noite durou uma eternidade; as horas se arrastavam na madrugada e não consegui dormir direito.

Acordamos bem cedo. No caminho, minha ansiedade levou-me a ficar imaginando de todas as maneiras como seria o rosto de Marta, seu sorriso, sua estatura, o jeito de vestir – tudo o que se relacionasse a seu físico e semblante.

Quando chegamos, Mateus nos esperava com muita alegria. A casa onde morava era uma construção antiga, mas de sua propriedade. Sua mulher e filhos estavam dentro da casa e ficaram alegres em conhecer um parente tão próximo de Norma. Conversamos durante horas a respeito de meus estudos, meu futuro, a viagem de Mateus aos Estados Unidos, sua volta ao Brasil. Quando estávamos quase sem assunto e não tinha se falado nada ainda sobre Norma, Mateus perguntou-me:

– Querida, fiquei curioso para saber o motivo de sua visita e por que Norma não veio com você.

– Mateus, em relação à minha avó, ela está muito doente. Infelizmente, há uns dois meses ela foi diagnosticada com câncer e está muito debilitada, o que a impede de fazer qualquer tipo de visita.

– Meu Deus! Norma sempre foi tão forte! Preciso fazer uma visita para ela com urgência. Como lhe contei, só cheguei do exterior há dois meses; ainda estou colocando tudo em ordem.

— Eu sei. Ela vai ficar surpresa em saber que você já voltou e está muito bem.

— Norma e Brian sempre torceram muito por mim, mesmo à distância.

— Mateus, há outro motivo por que vim aqui. Desde que Nona revelou sua doença, vem me contando sobre sua vida. E uma das figuras mais importantes de toda a narrativa foi sem dúvida alguma sua tia Marta. Tenho colado fotos em meu diário, e talvez as únicas que ainda não tenha são as dela e de Marcus, o irmão de Nona.

— E sua avó lhe contou que ficaram todas comigo depois que ela morreu?

— Isso.

— Bom, menina, sua intenção é nobre. Vou buscá-las para você.

Acho que Mateus ficou impressionado com a minha curiosidade, pois me interessava por uma história familiar e aprendia com ela a cada dia. Voltando de seu quarto, ele colocou em meu colo uma caixa de presente envolta em um saco plástico e esperou com paciência que eu olhasse todo o material que lá estava em perfeito estado de conservação. Desde a morte de sua tia, Mateus nunca mais tivera coragem de ver algo que fora dela em vida e guardara durante todo aquele tempo, dentro da caixa, as memórias de sua tia.

Fiquei admirada desde o princípio. Eram mais de trinta fotos de uma vida inteira, a maioria tirada com alguém da família Molina. Marta era realmente como eu imaginava, com cabelos castanhos na altura do ombro, um pouco gorda, de seios grandes e estatura baixa. O sorriso era exatamente igual ao que Nona descrevera enquanto contava sua história: largo, maroto, de uma mulher que guardava seus sofrimentos para si mesma e acalentava os que amava com a alegria contagiante que tinha de viver.

Em uma das fotografias percebi a presença de um homem que nunca vira – um homem bonito e parecido com Nona. Perguntei a mamãe quem era, e a resposta bateu forte: era Marcus, o irmão amado de Norma. Talvez fosse a única foto em que ele ficara de frente para a câmara, dando-me a oportunidade de conhecer o único que soubera dar o verdadeiro valor àquela mulher de coragem e fibra.

    Sem que eu precisasse pedir, Mateus deu-me de presente cinco fotos, à minha escolha. Foi uma tarefa árdua fazer opções entre todas as fotografias. A primeira, inquestionavelmente, foi a de Marcus. A segunda, terceira e quarta foram fotos em que Marta estava com Brian, Enzo e os meninos ainda pequenos, Lucas e Duda. Por último, sem dúvida, a mais bela: um passeio na Praia das Flores, mais precisamente o primeiro, que Nona nunca contara ter sido fotografado. Naquele passeio inesquecível, Nona e Marta haviam contratado um fotógrafo, gastado muito dinheiro, mas registrado a beleza do pôr do sol.

    A visita chegou ao fim, e não sabia como agradecer Mateus por aquele belo dia. Enquanto nos despedíamos, mamãe convidou Mateus e sua família para um passeio na Praia das Flores ainda aquele mês. Eu e mamãe voltamos para casa exaustas, mas, como ainda eram apenas cinco horas da tarde, convenci-a a partir para a mansão ainda naquela tarde. Minha única certeza era que Nona ficaria animada com minha aventura e estaria me esperando com ansiedade.

    Ao chegar, fui direto para o meu quarto, pois, pelo horário, Nona estaria dormindo. Olhando com bastante atenção todas as fotos, comecei a fazer um álbum de família. Minha intenção, após colar as fotos no diário, era que, um dia, quando tivesse minha própria casa, todas as fotos fossem colocadas em uma parede central projetada especialmente para esse fim. Os porta-retratos viriam em sequência, montando a árvore genealógica da família Molina. Seria um corredor de lembranças: sempre que eu passasse por ele, viriam as recordações, e eu rememoraria cada página do romance chamado "Norma".

    O café da manhã de Nona foi servido por mim em seu quarto logo cedo. Em cima da bandeja, coloquei um envelope embrulhado para presente. Vovó o abriu de imediato e começou a passar foto por foto bem devagar, como se estivesse se lembrando da história de cada fotografia. Norma tentou balbuciar alguma coisa, mas foi interrompida quando comecei a contar sobre minha aventura do final de semana:

– Nona, naquela sexta-feira, quando me ausentei, resolvi ir ao Rio de Janeiro à procura de Mateus. Não conseguia pensar na continuação de meu livro sem pelo menos uma foto de sua amiga Marta.

– Minha filha, por que não me contou? Eu gostaria muito de ter ido com você nessa aventura.

– Eu queria fazer uma surpresa e não tinha certeza de se iria encontrá-lo. E além disso a senhora não pode empreender nenhuma viagem longa, já fomos na pensão, mas ir ao Rio de Janeiro tiraria muito de suas forças, vovó.

– E você realmente conseguiu me fazer uma supresa e tanto. Havia muitos anos que não via essas fotos. Lembro-me de cada momento em que foram tiradas e o que cada um de nós fazia naquele dia.

– Gostei muito de Mateus. Contei para ele que a senhora, infelizmente, está doente, e ele vem aqui vê-la.

– Mas eu não queria que ninguém soubesse que estou doente, minha filha.

– Nona, me desculpe, mas acho que Mateus já é de casa e tinha o direito de saber. Ele não veio ainda aqui pois só voltou há dois meses dos Estados Unidos, mas agora com certeza virá o mais rápido possível, e tenho certeza de que a senhora ficará muito feliz. Não é?

– Tem hora que acho que você me conhece melhor do que eu. De fato, ficarei feliz. Agora, acredito que poderíamos continuar nossa história. O que você acha?

– Ótima ideia. Vamos começar já!

As fotos deram uma nova energia a Nona, que logo passou a narrar mais um capítulo de sua vida.

# Capítulo 12

O sonho de Marta começou a ser realizado. A Pensão dos Viajantes tomou uma nova forma, passando por uma reforma total em sua estrutura física, mas sem mudar os quartos de lugar nem tampouco sua arquitetura antiga. Marcus dedicou alguns finais de semana para a realização da reforma, principalmente da parte interna dos quartos, que agora, em vez de hospedarem viajantes, abrigariam duante o dia crianças carentes. As mães assim poderiam sair para trabalhar e ter melhores condições de vida. Na parte dos fundos, que era um quintal, também foi feita a construção de mais alguns cômodos para os meninos e meninas órfãos, que morariam em definitivo ali até arranjarem uma família interessada na adoção.

Brian, com a intenção de deixar Norma livre no período, arranjou uma secretária de confiança, pois para sua esposa era muito importante a concretização do sonho de Marta, a quem jurara nunca decepcionar, dedicando desse modo o máximo de tempo disponível para o trabalho voluntário.

A pensão era pequena e abrigou uma quantidade pequena de crianças. Eram dez quartos com duas camas e mais três quartos com três] camas cada , além de mais três quartos com um beliche e mais uma cama para os órfãos que morariam por tempo indeterminado, até encontrarem um novo lar. As crianças eram registradas e recebiam o máximo de cuidado, de manhã até às sete da noite.

O abrigo era aberto às seis horas da manhã por Carmem, que iniciava sua função recebendo as crianças com um café da manhã com pão e leite, mas principalmente com uma grande dose de amor. Logo depois chegavam mais duas funcionárias, que ajudavam com banhos, brincadeiras e a preparação para a aula no período vespertino. Os órfãos que residiam na casa se hospedavam por pouco tempo, pois infelizmente não existia uma estrutura física adequada. Norma e Brian, após um mês, levavam-nos a um abrigo chamado Nossa Senhora dos Passos, deixando-os com as irmãs, que tratavam de contatar casais interessados em adoção.

Foi nesse período que começou a haver muitas brigas e desavenças entre o casal. O motivo: Norma trabalhava de sol a sol, dando sua total atenção à pensão, e as encomendas de costura não paravam de chegar. Brian também trabalhava muito e não conseguia chegar cedo em casa. Os filhos do casal, sem a presença da mãe, sempre brincavam ou faziam os deveres da escola aos cuidados de Carmem. Nona, no final da tarde, passava em casa assim que os filhos chegavam em casa, mas depois saía de novo para o abrigo, a fim de entregar as crianças às mães e fazer uma verificação geral dos que ficavam, em relação a banho e bons sonhos. Brian não tinha mais o conforto nem o carinho da esposa, que não se preocupava mais com seus afazeres maternais e muito menos com os de companheira. Sua única e exclusiva preocupação era que o sonho de Marta florescesse e continuasse tendo o sucesso que desde o início tivera.

Várias acusações foram feitas em relação ao descaso de Norma com os próprios filhos. Brian nunca questionou a importância do abrigo, mas alegava que isso não poderia interferir nas funções em casa, em particular como mãe. Certa noite, quando Nona chegou em casa muito tarde, o inevitável aconteceu: assim que entrou no quarto, estas palavras foram proferidas:

— Norma, você sabe que horas são?

— Brian, desculpe, mas tinha uma criança que dorme apenas comigo. Ela é muito pequenina e sempre me quer por perto.

— Você se esqueceu de que tem filhos também. Seus filhos foram dormir sem a mãe. Tudo tem um limite, e você não está sabendo delimitar o seu.

— Brian, nossos filhos já estão grandes, mas essa criança que esperei dormir só tem dois anos de idade. Por que você não pode entender isso? É um sonho que estou realizando e deve ser feito de maneira completa.

— Contratamos funcionárias para isso. Existem duas mulheres que cuidam do bem-estar daquelas crianças durante a noite. Não é preciso que você fique lá até tão tarde, não acha?

— Não, não acho. Sinto que tenho de realizar o sonho de Marta e que aquelas crianças precisam de mim. E acho que você tem de entender.

— Está realmente muito difícil conversar com você. Talvez isto seja uma espécie de aviso, Norma, para que comece a impor alguns limites, pois não aceito que deixe passar em branco a vida dos meus filhos. Eles precisam de você tanto quanto aquelas crianças.

— Brian, eu sei do que os meus filhos precisam; eu os amo tanto quanto você. Mas acho que você poderia ter um pouco de compreensão e deixar que eu ajude aquelas crianças desamparadas.

— Mas quem disse que eu quero que você pare de ajudar? Só quero que tenha limites.

— Esta conversa está ficando insuportável; acho que o melhor que eu faço é tomar um banho. Boa noite, Brian.

Essa foi a primeira briga das várias que se sucederam, tornando-se constantes. O motivo era o horário, sempre que Nona chegava em casa tarde da noite. O descaso de Norma irritava Brian profundamente; seus filhos chamavam pela mãe no horário de dormir, reclamando sua ausência.

A casa tornou-se uma verdadeira arena de luta. As crianças ainda estavam pequenas, e sempre acordavam assustadas com a voz alta de Brian e Norma, chorando incessantemente quando se iniciavam as discussões. Era sempre um jogando em cima do outro suas necessidades, seu cansaço e desilusões. Brian parava apenas no momento em que Lucas e Duda começavam a chorar, correndo para acalentá-los.

Norma, sempre orgulhosa, não cedia. Brian, cansado de tanto discutir, talvez como um modo de chantagem, começou a sair depois do expediente no hospital com alguns médicos mais jovens para beber e conversar. A rotina passou a ser esta: todos os dias vovô chegava tarde em casa e encontrava Norma dormindo no sofá. Brian seguia para o quarto e dormia tranquilamente. Se sua esposa não queria mudar, por que a insistência?

Vovó pensava estar certa em levar o sonho de Marta adiante, tal como vinha fazendo. Só não percebia que seu orgulho feria a si própria. Brian tomou uma medida radical: suas malas foram arrumadas com todas as peças de roupa e levadas para um local desconhecido, bem longe, sem um endereço no qual pudesse ser localizado.

Tratava-se de um pequeno hotel que serviria de hospedagem no início, pois a verdadeira intenção de meu avô era alugar uma casa e depois lutar para ter as crianças perto dele, a não ser que Norma mudasse o comportamento que mantinha há meses. Na sua partida, a desculpa dada às crianças e a Carmem era a realização de um curso em São Paulo, mas a promessa de notícias foi sempre cumprida.

No hospital foi usada a mesma desculpa para o dr. Marcelo, que, além de funcionário do hospital, era também um grande amigo. Enquanto conversavam no corredor, Brian lhe fez um pedido:

— Marcelo, gostaria que atendesse meus pacientes por um tempo. Consegui um curso em São Paulo, e é muito importante para minha carreira. Você é um ótimo médico e tenho certeza de que meus pacientes gostarão muito de você.

— Brian, que curso é esse?

— É uma especialização. Você sabe que desde que cheguei aqui apenas trabalhei, sem nunca conseguir aprimorar meus conhecimentos. Agora surgiu essa oportunidade e não posso desperdiçar.

– Com certeza, não. Quanto tempo de curso?

– Não sei ao certo, mas no mínimo uns três meses. Minha secretária ficará à sua disposição para ajudá-lo no que for preciso. Confio em você para cuidar de tudo aqui.

– Pode deixar; quando você voltar, estará tudo em perfeita ordem. E boa sorte.

– Obrigado. Agora tenho que acabar de arrumar as minhas malas. Vejo você daqui a algum tempo.

Brian saiu para a rua e não olhou para trás. Sua decisão estava tomada e agora mais do que nunca precisava se afastar para ver até onde iria o orgulho de Norma. Fizera tudo para tê-la de volta, mas todos os seus esforços haviam sido em vão. Sua última cartada seria sumir por uns tempos.

O dia da partida de Brian foi uma quarta-feira. No abrigo, uma criança adoecera e fora levada às pressas ao hospital. Norma, mais uma vez, fizera o papel de mãe e tivera de acompanhá-la, pois a mãe verdadeira não fora localizada. Esse episódio levou Nona a chegar em casa depois da meia-noite, sem avisar ninguém. As crianças já estavam dormindo.

No quarto, Norma chamou pelo marido, mas não obteve nenhuma resposta, assim deduziu que ele ainda não chegara. Quando foi guardar a roupa, percebeu que as portas do *closet* estavam abertas e que não havia nenhuma peça de roupa de Brian nos cabides. Na cama, ele deixara apenas um bilhete no qual se despedia de Norma. O orgulho ainda se mantivera firme e até aquele momento Norma Molina não derramara nenhuma lágrima.

Vovó contou que se sentou no chão, a cabeça abaixada sobre as pernas, tentando pensar em qual providência tomar, a quem procurar em primeiro lugar para saber que brincadeira era aquela. Simplesmente não acreditava no que estava acontecendo. Um princípio de culpa começou a surgir. Mesmo não acreditando ainda, sua consciência a acusou de ter sido intransigente e orgulhosa.

Na manhã seguinte, Nona levantou-se bem cedo, aprontou os meninos para a escola, esperou Carmem chegar para levá-los e correu para o Hospital Modelo. A porta do consultório de Brian estava fechada, sem secretária e trancada a chave. Naquele momento, ela passou a enxergar a realidade. Voltando pelo corredor, encontrou com Arlete, a enfermeira-chefe, que se espantou ao ver Norma. Esta lhe perguntou:

– Oi, Arlete, tudo bem? Por que o espanto?

– Oi, dona Norma. Eu me espantei pois pensei que a senhora tivesse ido com o doutor Brian fazer o curso de especialização em São Paulo.

– Ele falou que eu iria?

– Não, eu é que pensei... Vocês são um casal tão unido!

– Mas alguém tinha que ficar com as crianças, e esse alguém fui eu. Só passei aqui para ver se está tudo bem.

– A senhora quer conversar com o doutor Marcelo, que ficou encarregado de todos os pacientes do doutor Brian?

– Não precisa. Brian gosta muito de Marcelo e confia bastante nele.

– Se a senhora não se importa, tenho que ir agora. Tem um paciente precisando de atendimento.

– Vá, Arlete, não se preocupe.

As ruas pareciam becos sem saída, e minha avó não sabia que direção tomar. Depois de meia hora caminhando sozinha, o único lugar que veio em sua cabeça confusa e que pôde tranquilizá-la foi a Praia das Flores. A praia foi o cenário para sua melancolia durante várias horas. Nona caminhou pela areia sem se cansar durante muito tempo. Nem o aconchego do mar e a boa sensação que a brisa lhe proporcionava conseguiram aliviar os pensamentos ruins que trazia consigo. Sem ter noção das horas, foi socorrida por Marcus, que, avisado por Carmem, fora ao seu encontro. O abraço veio forte, e Norma conseguiu falar apenas em poucas palavras:

– Marcus, Brian foi embora.

– Acho que não é hora de você pensar assim. Tenho certeza de que ele voltará. No fundo, ele sabe que essa não é a melhor decisão a ser tomada.

– Ele planejou tudo. Falou no hospital que iria para um curso de especialização em São Paulo, deixou todos os seus pacientes com o doutor Marcelo e foi embora. E sabe o que mais? A culpa de tudo é minha.

– A culpa não é sua, Norma. Vamos para casa. Você perdeu a noção do tempo. Já são quase duas horas da tarde.

– E as crianças?

– Carmem me disse que para Lucas e Duda ele falou a mesma coisa que falou no hospital, portanto, continuaremos dizendo a mesma coisa também.

– Você sabe onde ele está, Marcus? Ele conversou alguma coisa com você?

– Não, sinceramente, ele não conversou nada comigo. A única coisa que sei é que vocês dois estavam em pé de guerra há muito tempo. Carmem me contou apenas isso.

Norma encostou a cabeça no ombro de Marcus e chorou.

Marcus não sabia onde Brian estava. Ele sequer imaginava a intenção do cunhado em deixar a esposa e os filhos. Nona voltou para casa acalentada pela força do irmão, que com ela passou o resto da tarde e os dias mais difíceis de sua vida. A pensão passou a ser controlada por Carmem, no horário em que as crianças estavam na escola, e por duas funcionárias novas, que foram contratadas para o período da tarde.

Marcus arcou com as despesas extras, pois Norma não conseguia mais trabalhar ali sem pensar que seu orgulho afastara o homem que amava de sua companhia. A costura era a única ocupação que podia esconder seu sofrimento. No final da segunda semana, chegou a primeira carta de Brian, endereçada aos filhos, mas sem endereço ou qualquer sinal de identificação que pudesse localizá-lo.

A correspondência fora entregue por uma criança de uns sete anos de idade, que não sabia dizer o nome do remetente. O conteúdo era inteiramente dirigido a Lucas e Duda, dizendo da saudade e sobre o curso de especialização. Norma não fora sequer citada. Marcus passara a jantar todos os dias com sua irmã e só deixava a casa depois que todos estivessem dormindo. Carmem ficava até mais tarde, pois o estado emocional de Norma, em especial depois da carta, começava a ser visível. A fome não existia mais, as costuras estavam todas atrasadas, e o trabalho no abrigo fora abandonado. As clientes começaram a reclamar, mas Carmem conseguiu salvar pelo menos por um tempo a entrega de alguns enxovais de casamento. Marcus, não suportando ver Nona naquele estado, tentou conversar para amenizar a situação:

– Norma, estou começando a pensar que vou ter que levá-la ao médico. Tem mais de duas semanas que você não come nem dorme direito!

– Marcus, você quer que eu faça o quê? Meu marido saiu de casa sem previsão de volta e sem endereço certo. A culpa disso tudo foi minha. Não consigo comer nem dormir direito.

– Só que, infelizmente, temos de pensar no pior. E se Brian não voltar mais? Você tem filhos para cuidar. Vai ficar a vida inteira lamentando a perda dele? Seus filhos não têm culpa de nada, e seu físico também não.

Norma levantou-se, deixou Marcus falando sozinho e saiu para o quarto. Deitada na cama, pensou na possibilidade de seu irmão estar certo. Brian havia saído há muito tempo de casa. Será que um dia voltaria? Essa era a única pergunta que passava pela sua cabeça incansavelmente, atormentando-a durante dia e noite. O tormento daquela noite em particular fez com que vovó tomasse uma decisão – ela faria seu trabalho de forma normal, sem exageros, para que os filhos tivessem a mãe de volta à vida cotidiana.

Um mês e meio depois, chegou outra correspondência à casa dos Molina. Marcus, nesse momento na casa, pediu a Norma que ficasse com Carmem e as crianças, enquanto ele seguia o entregador. O menino não percebeu a presença de Marcus, que, sem perdê-lo de vista, chegou a um bairro para ele desconhecido e muito distante. A criança morava em uma casa muito pobre, com três cômodos, e residia com mais dois irmãos mais velhos.

Ao bater na porta, foi atendido pelo garoto, que logo de início já foi dizendo:

– Olha, seu moço, eu não sei de nada.

Marcus apenas olhou para ele com um sorriso e disse:

– Por que está com tanto medo? Não vou lhe fazer nada. Só quero saber quem manda você entregar aquelas cartas na casa da minha irmã.

– É um moço bom que engraxa os sapatos comigo toda sexta-feira na praça. Ele me dá dinheiro a mais para eu entregar as cartas, e em troca eu não conto nada.

– Você mora sozinho?
– Com os meus irmãos mais velhos.
– Sua mãe está trabalhando?
– Eu não tenho mãe, e o meu pai nos abandonou há muito tempo.
– Qual é o seu nome?
– Bruno.
– Bruno, vamos fazer um negócio: eu lhe dou um dinheiro a mais para você me levar até onde esse moço que engraxa os sapatos com você mora.
– Mas eu não sei mesmo, juro.
– E qual praça é essa?
– Não sei o nome. É perto da estação de trem. Tem um coreto e ficam muitos engraxates lá.
– É, acho que vou ter que descobrir sozinho.
– Moço, se o senhor descobrir, não conte para o outro moço bom que fui eu quem lhe dei a dica. Por favor, ele tem me ajudado muito.
– Pode ter certeza de que ele não saberá de nada.

Marcus, com sede, perguntou se podia entrar para beber um pouco de água. Sentado em um sofá humilde, foi perguntando ao moleque tudo sobre sua vida, talvez por ter surgido entre eles uma afinidade daquelas sem explicação momentânea. Bruno contou que era engraxate porque precisava ajudar os irmãos na manutenção da casa. Infelizmente, seus irmãos não gostavam dele, e ele apanhava. Marcus não viu o tempo passar enquanto o escutava com atenção.

Quando voltou para casa, Marcus não contou nada para Nona. A princípio preferiu certificar-se de que o bom moço de que o menino falara era mesmo Brian. A semana se arrastou no tempo; nunca houve uma sexta-feira tão difícil de chegar como aquela, contou seu irmão a minha avó depois que fora tudo resolvido.

Na manhã de sexta, meu tio-avô passou pelos seus canteiros de obras, deu as ordens rotineiras, almoçou com a irmã e os sobrinhos, e partiu ao encontro do cunhado. Durante todo o trajeto, Marcus rezou para encontrar o local cuja localização viera por meio de informações de pessoas interrogadas durante toda a semana. Chegando ao destino, como ainda era cedo, esperou em uma lanchonete do outro lado da rua, sentado em uma mesa estratégica para poder ver o cunhado quando este chegasse. Foi mais de uma hora de espera. No horário revelado pelo garoto, Brian sentou-se para ter seu sapato engraxado. Marcus atravessou a rua e caminhou na direção dele, que, naquele momento, foi surpreendido por uma longa conversa:

– Oi, Brian, como vão as coisas?

– Como você me descobriu aqui? Posso saber?

– Bom, você se esqueceu de que é um médico famoso na região? Pessoas que foram pacientes suas me encontraram e contaram que você sempre vinha a essa praça para engraxar seus sapatos.

– Marcus, o que você quer aqui? Estou bem longe de tudo e de todos.

– Será mesmo, meu amigo? Independentemente do que você ainda sente por Norma, você tem filhos, que não sei até quando irão acreditar nessa sua viagem para um curso em São Paulo.

– Já estava planejando encontrá-los. Iria mandar uma carta esta semana marcando um lugar.

– Por que, antes disso, você não dá uma chance para Norma, a fim de que possam conversar? Não é por ser minha irmã, mas ela se culpa muito, e suas atitudes mudaram da água para o vinho desde sua partida.

– Por que muitas vezes temos que perder alguém para depois pensarmos em mudar, Marcus? Por que ela não me escutou antes e impôs os próprios limites?

– Isso eu não sei. A única coisa que sei é que ela está sofrendo muito e, na minha opinião, merece pelo menos uma chance de expor a você tudo o que está sentindo. O que você acha?

– Não sei.

– Responda-me uma coisa com sinceridade: você não gosta mais de Norma?

– O que você acha?

– Então, dê uma chance a ela. Se não se acertarem, pelo menos tentaram.

Brian ficou em silêncio. Enquanto isso, Marcus começou a reparar que aquele que estava ali sentado, magoado e machucado, não era o mesmo Brian de antes. A cena que Marcus presenciou não envolvia o homem de que tanto gostava e o qual estava acostumado a admirar. A barba estava crescida, o cabelo despenteado, muito grande e sem corte, usando as roupas sem se preocupar muito com a elegância natural que sempre tivera. Sua magreza era visível; pelo menos uns cinco quilos seu cunhado havia perdido naquele período.

 O diálogo fora aberto e bem franco. Brian não conseguira arrancar de dentro de si a angústia que vinha sentindo pela falta de sua mulher há muito tempo, mas demonstrava isso pela sua expressão de fuga da realidade. Antes de dar uma resposta, Brian, em um desabafo, começou a falar de tudo, inclusive que não podia contar dentro da própria casa com uma esposa que demonstrasse seu amor e se preocupasse com seu cansaço, seu trabalho e, principalmente, seus filhos. A realização do sonho da mulher que Norma considerava uma mãe tornara-se uma obsessão incontrolável, que a havia tirado do convívio familiar e o fizera desistir de tentar mudar um orgulho que tanto o machucava.

 Brian nunca questionara a importância de ser uma boa pessoa e de ajudar a quem precisasse. Mas, para ele, era inconcebível a ideia de deixar de viver e deixar de realizar as coisas dentro de sua casa para esse fim. Essa foi a história narrada sob o enfoque de Brian, que revelou toda a verdade a Marcus, pois Nona nunca lhe contara a realidade dos fatos. Marcus, apertando as mãos uma na outra, perguntou a seu cunhado e amigo:

– Depois que você desabafou toda a sua angústia, poderia me responder se Norma pode vir a ter uma chance?

– Será que mesmo com essa conversa ela vai conseguir impor limites a si mesma e poderemos viver em harmonia?

– Isso vai depender da conversa que vocês dois vão ter. Eu só estou tentando ver vocês dois juntos de novo, agora, se realmente isso vai acontecer, só depende de você e de minha irmã. Posso falar para ela vir aqui? Marque uma hora.

– Pode, Marcus.

– Graças a Deus.

O resultado inicial fora conseguido por Marcus. Enfim Brian aceitara conversar com Norma na casa dele, onde vinha residindo nestes últimos dois meses. O encontro ficou marcado para o próximo sábado, um almoço.

Marcus chegou à casa da irmã bem de noite e, preparando o discurso, passou a contar sua aventura. Norma sorria e ao mesmo tempo chorava, mal contendo a própria alegria. Nona demonstrou também, é claro, certa apreensão, pois seu irmão não escondera e ela mesma já sabia o quanto Brian estava magoado e triste com suas atitudes e falta de compreensão. Aquela forte senhora, nervosa, perguntou a Marcus tudo sobre aquele encontro:

– Marcus, Brian falou de mim com amor ou só com mágoa?

– Não vou mentir para você. Foi um custo conseguir essa conversa, mas acho que você conseguirá reverter esse quadro completamente. Não é, minha irmã?

– É só o que quero. Vou dormir. Vá você também.

– Vou sim.

– Muito obrigada, meu irmão!

O sábado chegou. Nona fez questão de acordar bem cedo e aprontou-se maravilhosamente. Seu cabelo foi enrolado na noite anterior em cachos e somente solto um pouco antes da ida ao encontro. O vestido feito às pressas por Carmem era belo, de cor verde-oliva, com um pequeno decote em V. A saia bem rodada dava o toque final na elegância e exuberância da senhora Molina A maquiagem aplicada e o perfume eram bem suaves, sendo colocados antes de sair, além de um par de brincos adornados com pérolas.

Um carro levou Norma ao encontro de Brian. Era um local bem distante e, pela ansiedade de vovó, a distância pareceu uma eternidade. Quando chegou à frente da casa, seu coração disparou, e ela ficou sem reação, parecendo uma adolescente nos primeiros tempos de namoro. Mas Nona sabia que agora, mais do que nunca, teria de se manter firme para falar tudo o que devia ser dito, a fim de que a situação dos dois fosse totalmente resolvida. Respirou fundo, criou coragem e bateu na porta. A porta abriu-se e, depois de muito tempo, o olhar dos dois se cruzou mais uma vez. Ele também se aprontara para o reencontro e estava muito bonito, barbeado, cheiroso e muito bem-vestido. Depois dos primeiros cumprimentos e do convite para entrar, a conversa transcorreu dentro da normalidade:

– Brian, está muito difícil para eu começar esta conversa, mas sei que devo me explicar.

– Por que você foi tão orgulhosa e não tentou impor limites aos seus próprios sonhos?

– Porque eu sempre fui assim. Sempre achei que minhas opiniões não podiam ser contestadas por ninguém. E, infelizmente, até certo momento, não consegui perceber a que ponto do exagero eu levei aquela situação.

– Mesmo depois de ter brigado e discutido com você por mais de três meses seguidos, sempre falando a mesma coisa? "Norma, você está trabalhando demais", "Norma, você está esquecendo seus filhos", "Norma, você agora só chega bem tarde em casa etc. etc.".

– Sei que você me avisou, mas meu orgulho não me deixou mudar, e estou aqui justamente para isso.

– Para isso o quê?

– Primeiro, para pedir desculpas por tudo, e depois, para dizer que nunca mais deixarei que um sonho meu ou de outra pessoa, por mais que ela tenha sido importante para mim, atrapalhe minha convivência familiar.

– Será, Norma?

– Brian, só estou pedindo um voto de confiança, uma chance apenas. Se eu não mudar, você poderá ir embora definitivamente, e aí eu prometo nunca mais procurá-lo.

– Norma, quando eu saí de nossa casa, estava realmente decidido a não voltar nunca mais, mas Marcus me achou e tivemos uma longa conversa, o que me convenceu a ter hoje esse encontro com você.

– Sei que sua decisão já estava tomada. Esses anos todos de convivência levaram-me a conhecê-lo, pelo menos um pouco. Mas você não respondeu a minha pergunta até agora: vai voltar para casa comigo? Vai me dar mais uma chance?

O silêncio pairou no ambiente. Brian passava as mãos uma na outra, a cabeça baixa, olhando para o chão. Não conseguia falar nenhuma palavra, talvez pelo medo que sentia de dar uma resposta tão imediata depois de sofrer tanto durante aquele período de sua vida.

Norma, percebendo o clima frio e hostil, tomou uma decisão e fez o que estava com vontade de fazer desde o momento em que seu marido a convidara para entrar. No quarto da casa de praia, no verão de 1970, Nona narrou esse episódio sorrindo, pois disse ter pulado em cima de Brian e lhe dado um grande beijo. Foi inacreditável e ao mesmo tempo muito romântico para mim, uma menina de catorze anos.

Na minha cabeça de adolescente, imaginei um beijo cinematográfico, pois Norma, mesmo sorrindo muito para disfarçar sua timidez, descreveu a cena com bastante precisão: o jeito que o abraçou e o beijou, e a emoção da saudade e, principalmente, do pedido de perdão. Brian carregou Nona nos braços para o quarto principal e, naqueles dois dias, a casa que Brian alugara como residência provisória tornou-se o cenário perfeito para a terceira lua de mel do casal.

Confesso que este capítulo da história deixou-me em êxtase, mas, depois de me acalmar, antes de ir para o quarto, não pude deixar de especular com minha doce avó:

– Vovó, Brian nunca mais tocou neste assunto com a senhora?

– Não, minha filha. Durante todo o resto do tempo em que vivemos juntos, ele nunca mais falou daqueles meses em que estivemos separados.

– E, pelo que percebi, nenhum de seus filhos ficou sabendo disso, não é?

– É isso mesmo. Você, Carmem e Marcus, que já faleceram, são os únicos que sabem que eu e Brian um dia nos separamos.

– E o meu tio Bruno? Por acaso ele é aquele engraxate que ajudou tanto meu avô?

– Não sei, quem sabe? Só amanhã continuaremos, e aí você poderá matar sua curiosidade.

– Vou ter que dormir imaginando como vai ser essa continuação... Boa noite, Nona.

– Boa noite, minha filha.

Senti-me muito feliz por saber que só a mim Nona revelara um segredo tão particular. Durante o meu sono, não pude deixar de sonhar com Norma, mas desta vez ela estava com Brian e muito feliz ao lado do seu grande amor.

Capítulo 13

Acordei tarde, mas, antes mesmo de tomar o meu café da manhã, corri para o quarto de Nona. Não a encontrei, pois mais uma vez ela mudara o cenário de nossa história e estava na praia, sentada sob seu guarda-sol, esperando-me há um bom tempo. Cheguei correndo, sem fôlego. Ela tomava um delicioso suco de laranja e, ao terminá-lo, continuou a narrar a grande aventura da noite anterior.

Brian voltou para casa e foi recebido com alegria pelos filhos. Carmem, que fizera hora extra naqueles dois dias, deu as boas-vindas ao patrão e encaminhou-se para casa, para também exercer seu papel de mãe e cuidar de seus filhos. À noite, meu avô comentou com Nona da admiração que sentia por Bruno, seu fiel amigo engraxate, e da vontade que tinha de lhe dar uma vida melhor e a chance de ser alguém.

– Brian, quem é Bruno?

Marcus, com medo de esquecer e soltar para Brian que fora Bruno quem havia lhe indicado seu verdadeiro paradeiro, esquecera de contar a Nona sobre a importância desse menino para o marido durante aquele afastamento.

– Oh, meu Deus! Esqueci de lhe dizer – falou Brian. – Bruno era o menino que entregava as cartas. Todas as sextas-feiras, eu ia para a praça do coreto, e ele estava lá me esperando para engraxar meus sapatos. Ele me contou toda a vida dele e, pelo jeito, sofre muito.

– Quantos anos tem esse menino?

– No máximo, uns sete.

– E engraxa sapatos em uma praça? E a escola?

– Ele não estuda, Norma. Contou-me que tem que ajudar os irmãos na manutenção da casa. E você acredita que esses mesmos irmãos, de vez em quando, batem nele?

– Que absurdo! Mas o que você pensa em fazer por ele?

– Sinceramente?

– Sim, sinceramente.

– Trazê-lo para nossa casa, como nosso filho, para que possa fazer parte da família.

Norma ficou muda, mas Brian continuou falando da vontade de realmente trazer aquele menino para morar com eles. Os dois jovens que moravam com ele não eram seus irmãos de verdade e muitas vezes o maltratavam com pancadas e tudo o mais. Nona nem discutiu:

– Brian, já entendi tudo. Você poderia parar de falar um pouco e apenas me dizer que dia vai buscar esse menino?

– Então você concorda?

– Meu único medo é saber se ele vai gostar de mim como eu vejo que gosta de você.

– Quanto a isso, acho que não precisa se preocupar, pois todo mundo sabe como você adora crianças.

– E as crianças, será que vão se acostumar com esse novo morador?

– Basta que nós dois conversemos bastante com eles. Eles, com certeza, entenderão.

Vovó ficou feliz em saber que teria mais um filho. No domingo, chegaram cedo à casa de Bruno, que os recebeu com muita alegria. Brian contou de sua intenção em levá-lo com eles e adotá-lo como filho. Bruno era um menino muito bom, e tinha ganhado uma nova família e uma nova vida. Ele contou toda a sua história para Nona: havia perdido sua mãe com cinco anos de idade e desde então fora criado por outras mulheres e rapazes exploradores. Os dois jovens não eram seus irmãos verdadeiros e usavam isso como desculpa para que os vizinhos não desconfiassem nem chamassem a polícia para prendê-los por maus-tratos.

Aproveitando a ausência dos rapazes, Nona e seu marido pediram a Bruno que arrumasse suas coisas imediatamente. O menino correu para o quarto, e Norma foi atrás para ajudar, mas nunca se viu uma mala ser feita com tanta rapidez. As peças de roupa eram escassas, rasgadas e sujas. Junto a seu corpo, Norma reparou que o menino trazia uma corrente de ouro com a foto de uma mulher, e, dentro da mala, ela viu Bruno colocar uma carta, que fora um segredo só dele durante muito tempo.

Quanto ao retrato, Bruno explicou para sua nova mãe:

– É minha mãe; foi a única lembrança que ela me deixou.

– Posso ver?

– Lógico!

Bruno tirou a corrente do pescoço e a entregou para Nona, que ficou admirada com a beleza de Clara. Ela morrera cedo e deixara aquele menino sozinho no mundo.

– Bruno, sua mãe era muito bonita.

– Obrigada, dona Norma. Não consigo me lembrar dela, mas esta foto sempre me ajuda.

– Está pronto?

– Estou, sim senhora.

Nona fez um gesto indicando o caminho da porta e, quando Bruno deixou a casa pela porta principal, não teve coragem de olhar para trás, pois no fundo sabia que uma nova vida se iniciava para ele. O menino engraxate tinha encontrado pessoas boas, que lhe dariam tudo, inclusive o que sempre lhe faltara – o verdadeiro amor.

Dentro do carro de aluguel, partiram para a casa dos Molina. Na chegada houve, sem sombra de dúvida, um pouco de ciúme por parte dos dois filhos, que vieram desde nenês para os braços de Nona. Mas o mais novo hóspede da casa soube de forma magnífica conquistar o carinho e o amor dos novos irmãos.

Norma, depois daqueles dias de agitação, voltara à sua rotina, mas de uma maneira bem menos desgastante. A pensão passou a ser visitada por ela apenas três vezes por semana, e a costura, nos outros dois dias, era feita o dia inteiro, o que lhe deixava pelo menos em casa, perto dos filhos. As encomendas eram aceitas em menor quantidade e entregues com um tempo maior de previsão. Suas clientes nunca se afastaram, pois Nona se tornara uma das melhores costureiras da região, e sua fama rodava por todos os cantos, até mesmo na capital – a cidade do Rio de Janeiro à época.

Voltando um pouco na narrativa, vovó passou a falar sobre uma viagem dos sonhos à Europa. Nona não recordava bem a data, mas tinha sido mais ou menos um ano antes da separação do casal, quando Brian dera a ela um grande presente de aniversário: uma viagem para a Inglaterra e França, o sonho de qualquer mulher em uma segunda lua de mel. Era um domingo, e o casal e as crianças voltavam de um almoço na casa de Marcus. Lembro-me de que logo interrompi vovó:

– Nona, por que você se esqueceu de contar sobre essa viagem antes da separação de vocês?

– Sinceramente, minha filha, acho que tenho de aceitar que estou ficando velha e já estou esquecendo as coisas.

– Bom, acho que vai ser até melhor contar agora, pois vou imaginar que essa viagem ocorreu depois da reconciliação.

– Então vamos continuar, senão não consigo terminar ainda hoje. No caminho para casa, Brian entregou a Norma um pacote.

– Brian, o que é isto?

– Duas passagens de navio para a Inglaterra.

– Isso eu sei. Quero saber o que significam. Qual é sua intenção?

– Presente de aniversário para você. Seu desejo não foi sempre conhecer a Inglaterra e a França? Então, agora iremos juntos realizar este sonho.

Mar de fevereiro

– E as crianças, ficarão com quem?

– Adivinhe: com Carmem e Marcus. Parece que você não gostou muito da surpresa!

– Adorei. É que fiquei tão boba que não consigo expressar direito minha reação.

– Comece aprontando as malas, pois, não sei se você viu, o navio já parte no próximo sábado.

– Meu Deus, só tenho uma semana para arrumar tudo. Brian, você e suas surpresas inesperadas!

Brian sorriu, pois no fundo sabia que Norma estava querendo dar pulos de alegria com a surpresa. Aquela semana foi de intensa preparação e, se mais uma vez não fosse a ajuda de Carmem, Nona teria esquecido metade das coisas. As crianças na sexta-feira à noite foram se hospedar na casa de tio Marcus, e Carmem passou a ir para lá todos os dias tomar conta de suas crianças amadas.

Descobri depois que o ano da viagem era o de 1913, um ano antes de estourar a primeira Grande Guerra. No Rio de Janeiro, o casal foi direto para o porto, tendo sido a viagem longa, mas agradável, pois meus avós souberam aproveitar os jantares e bailes oferecidos pelo navio. Aquela viagem estava sendo a verdadeira lua de mel do casal, que não haviam tido logo após o casamento. Era o sonho de Brian voltar a Londres, sua terra natal, e o sonho de Nona conhecer a Europa. Os dois tiraram proveito de todos os momentos em que estiveram juntos.

Durante o período de três meses em que Brian e Nona ficaram fora, seus filhos receberam apenas uma carta em que eles falavam da saudade e da vontade que tinham de que os filhos fossem mais velhos para poderem estar ali com eles. Houve também uma breve nota dirigida a Marcus, que falava de certos rumores que já existiam na Europa a respeito da possibilidade de uma guerra.

Nona, emocionada por lembrar-se de sua viagem, contou que Londres era uma capital emocionante, cheia de vida e cor. A bela cidade da monarquia tradicional possuía uma grande variedade de locais de atração, restaurantes, lojas e monumentos antigos, com charme de cada época específica. Para o casal foi maravilhoso imaginar-se morando em um palácio como a residência da rainha, o Palácio de Buckingham, e visitar magníficas igrejas e museus, sempre agradecendo por tudo que tinham conquistado com o suor do trabalho de ambos. Inclusive agradeciam a Deus pelos filhos que haviam sido colocados em suas mãos, louvando por terem condições de dar uma vida melhor a eles.

Brian, como era inglês, conhecia como ninguém toda a beleza que sua cidade natal podia oferecer. Um dos momentos mais emocionantes foi a visita a Tower Bridge, em que os dois, abraçados e em perfeita harmonia, puderam apreciar a beleza do rio Tâmisa e se deliciar com uma vista maravilhosa da cidade através de sua arquitetura. Meu avô aproveitou a estada em Londres e voltou à antiga fazenda onde havia morado com os pais. Ele sabia que ia deparar com seu passado, mas era necessário rever algum parente que ainda morasse na mesma casa em que seus pais tinham vivido.

A fazenda não ficava muito longe de Londres, e um carro de aluguel os levou. Na estrada, Brian percebeu que tudo estava do mesmo jeito que um dia deixara, até mesmo a casa principal. Meu avô desceu do carro e foi sozinho rumo à porta de entrada. Por um momento, ficou sem coragem de bater, mas por impulso fez o que tinha de fazer e ficou esperando até que a porta fosse aberta.

Lucy, sua irmã caçula, que ainda era apenas uma criança quando ele fora embora, abriu a porta e gritou assustada:

– Brian, é você mesmo?

– Lucy, quanto tempo! Eu realmente não pensava que seria tão bem recebido e reconhecido por você.

Lucy o abraçou e pediu que ele entrasse, pois sabia que o irmão um dia fora embora para realizar seu sonho. Não adiantou nada o pai ter falado que mais um filho dele morrera e teria que ser esquecido pelos membros da família Stuart. A vida inteira ela guardara as poucas fotos que restavam de Brian, por isso o reconhecera com tanta rapidez.

– Lucy, espere só um minuto, minha esposa está no carro.

Norma, que à distância presenciara toda a cena, caminhava em direção aos dois.

– Bom dia – falou Norma.

– Bom dia. Como vai você? Vamos entrar para tomar um chá?

O simples chá tornou-se um dia inteiro de recordações. Lucy fora a única a permanecer na fazenda. Seus outros irmãos tinham se casado e ido embora há muito tempo, só visitando-a raramente. A promessa de nunca mais se falar em Brian depois de sua partida foi mantida. Brian então perguntou, degustando um delicioso chá inglês:

– E você Lucy, mora aqui sozinha. Não se casou?

– Agora sim. Meu marido se foi com outra mulher e, para me sustentar, trabalho na cidade no período da manhã.

– Não teve filhos?

– Não, mas ainda sou muito nova. Quem sabe eu ainda encontro uma outra pessoa para viver comigo... Mas vamos falar de coisas boas. Por exemplo, seus filhos. Sei que falaram bastante a respeito deles, mas quero saber mais.

– Infelizmente, não podemos ficar mais; o carro tem um horário programado conosco. Escreva sempre que puder e comunique-se.

– Com certeza, Brian. Agora que sei onde você vive, sempre estarei me comunicando.

A visita terminou com Brian muito preocupado com o bem-estar de sua irmã. Depois que meus avós voltaram ao Brasil, vovô passou a mandar dinheiro todo mês para Lucy, que o recebeu de bom grado, até que se casou de novo, cerca de cinco anos depois da visita do irmão. Eles se viram apenas mais uma vez, quando Lucy veio ao Brasil visitar Brian muito doente, pouco antes de ele morrer. Os outros membros da família ficaram sabendo da visita mas a ignoraram, como se de fato aquele homem nunca tivesse existido.

Paris veio depois de Londres, em uma viagem de navio e depois em uma magnífica viagem de trem pelo interior da França, até chegar à Cidade Luz. Foram cinco dias maravilhosos, antes de voltarem ao Brasil. Na capital da França, sem dúvida, o passeio mais emocionante para Norma foi a ida à Catedral de Notre-Dame. Nona ficou encantada com as duas estátuas femininas que existem na frente da igreja, conhecidas como Ecclesia e Sinagoga.

A primeira é uma bela mulher usando uma coroa, e representa o cristianismo. A segunda, que tem uma serpente sobre os olhos, representa o judaísmo. Nas mãos das duas aparecem as tábuas com os Dez Mandamentos. Tive a oportunidade, muitos anos depois, de rezar nessa mesma catedral pela mulher que me ensinou a ser mulher.

A viagem não foi apenas um passeio, mas também um encontro interior entre duas pessoas que precisavam de um tempo só para elas. Andar por parques, castelos e jardins despertou um verdadeiro vínculo de união e companheirismo entre o casal, que ainda teria muito que viver e construir em prol de sua grande família, que crescia não apenas na quantidade de membros, mas também na dignidade e honestidade de simplesmente ser quem eram: os Molina.

Depois de aportarem no Rio, a ansiedade tornou-se ainda maior, pois o motorista já os aguardava para fazerem o restante do caminho de carro, o que ainda levaria um dia inteiro. Já era noite quando as crianças acordaram com os beijos dos pais. Lucas e Duda logo foram abrindo as malas para verem os presentes que os pais tinham comprado. Foram mais de dez pacotes para cada um entre bonecas, carrinhos, roupas. Marcus também participou dessa festa e demonstrou toda a felicidade por tê-los ali de volta.

Quando estive na Inglaterra, fiz questão de visitar a antiga fazenda da família Stuart, mas infelizmente não conheci Lucy, que vendera a propriedade e naquela época morava na Holanda. Os novos donos, muito gentis, depois de saberem quem eu era, deixaram que eu conhecesse a casa e também o restante da propriedade. Foi mais uma parte da história de Norma que verdadeiramente tomou conta de mim, pois senti viva a memória de um casal que soube como ninguém idealizar uma história de vida.

Capítulo 14

Norma observou a única foto que eu pegara com Mateus e que tinha a presença de Marcus. Vovó relembrava um pouco da vida de seu querido irmão, vindo assim a necessidade de homenageá-lo e contar algumas coisas sobre aquele homem. Iniciou a narrativa falando daquela importante figura, que sempre fora um rapaz muito solitário e ao mesmo tempo muito romântico. Como filho mais velho, crescera sob os mandos de seu pai, obedecendo a ordens e cumprindo regras impostas pela sociedade, até perceber que poderia ser uma pessoa mais feliz fazendo tudo o que pudesse por si mesmo.

O saudoso irmão de Norma amara uma única mulher em toda a sua vida, mas, na época em que os dois viviam, a posição social foi o que os impedira de ficarem juntos, por ser ela de uma classe econômica inferior. Com esse desgosto, escolhera a Inglaterra como país para se formar e fugir das próprias desilusões e fraquezas, que o fariam desistir de lutar por si mesmo. Foram cinco anos no País de Gales, cursando a faculdade de Engenharia Civil, tendo voltado apenas para o aniversário de quinze anos de Nona. Na volta para casa, o pai preparara um casamento de pompa com uma moça muito rica.

O noivado foi se estendendo por mais de dois anos, tendo sido desmanchado logo após o casamento de Nona. Foi ao presenciar o amor que unia o casal Brian e Norma que Marcus tomara a decisão de rever seus princípios, pois não amava a noiva e tomou a decisão de finalizar aquele compromisso, que terminou com promessas e ameaças de vingança que nunca se cumpriram, pois Ana, sua ex-noiva, logo se casara com um partido ainda melhor, que tinha mais bens e dinheiro, unindo assim o poder de duas famílias com muita influência na sociedade carioca. A decisão de Marcus afastou pai e filho, que nunca mais se viram, nem quando de sua morte. Meu tio-avô mudou-se para perto de Nona e conquistou, com muita luta, seu espaço como grande engenheiro, permanecendo nessa carreira até morrer, aos noventa anos de idade.

Marcus optou por nunca se casar, pois, quando do término do noivado, voltara a procurar Letícia, a mulher que sempre amara, descobrindo que ela já constituíra família e estava feliz. Não tivera a coragem de enfrentar o pai enquanto havia tempo e a perdera, e assim decidiu passar a vida sozinho. Dedicou sua vida a causas sociais, como o sonho de Marta e Enzo, que tocou enquanto teve forças, e também à família, que foi o centro de tudo o que pôde conquistar e construir. Não teve filhos naturais, apenas adotou uma menina, na época com seis anos, que sempre o chamou de pai e assim o tratou.

No ramo profissional, as maiores realizações de Marcus foram a construção do hospital e da casa de praia. Todo o projeto foi feito por ele e construído sob sua orientação, tendo sempre o apoio de Norma e do cunhado, que admiravam a pessoa e o profissional que era Marcus Almeida Molina. Morreu caminhando na praia com sua irmã. Uma semana antes, recebera uma visita muito especial. Letícia, agora viúva, descobrira o paradeiro do amado e viera a seu encontro para relembrarem a vida que um dia tinham deixado para trás. O encontro foi emocionante; os dois ainda se amavam.

Marcus estava doente há muito tempo e sendo cuidado por Nona. Ele não conseguia falar direito e, por causa de um derrame, perdera os movimentos do braço esquerdo. Letícia, no encontro, sentou-se a seu lado e, com as mãos sobre a dele, falou o que precisava ser dito. Norma presenciou tudo e lembrou que o momento mais marcante foi quando ela pediu desculpas por nunca ter acreditado na promessa que um dia Marcus fizera a ela: a de voltar e buscá-la. Com dificuldades para falar, ele apenas expressou com o olhar que aceitava as desculpas e, por meio de uma lágrima, não deixou passar em branco seus verdadeiros sentimentos. Uma semana depois, andando com calma pela praia com Nona, o irmão de vovó pôde contemplar seu último pôr do sol.

Todos os jornais da cidade noticiaram o falecimento do engenheiro, dando adeus ao homem que tantas casas construíra, com o próprio dinheiro, em prol das famílias carentes. As crianças do abrigo cantaram em sua homenagem, e seus funcionários, filhos e netos de trabalhadores antigos, jogaram algumas ferramentas junto ao túmulo, como símbolo do esforço por parte daquele que fora patrão e ao mesmo tempo um grande amigo. Poucas pessoas existem no mundo que têm a coragem de ajudar quem realmente precisa. Marcus fora um deles e soubera conquistar não só a honra de ser alguém de caráter, mas também alguém a quem se deve todos os ensinamentos da vida.

O verdadeiro aprendizado muitas vezes nos chega por intermédio dos pequenos gestos de pessoas ricas de sentimentos nobres, que lutam pela existência dos que amam e fazem tudo para a realização dos sonhos de quem ajudam. Nona, naquela semana, viu Adriana, sua sobrinha, pela última vez. Ela tinha 25 anos e adiara o sonho de estudar na Europa apenas pela doença do pai. O inventário deixou muitos bens e dinheiro para a filha de Marcus, que soube administrá-los e tocar sua vida, tornando-se doutora em Oxford, na Inglaterra. Todas as obras sociais que Marcus ainda tocava, mesmo depois de velho, continuaram sendo administradas, mesmo à distância, por sua filha, e também por Nona, que cuidava de tudo bem de perto.

Na casa de praia existe um quarto especial, fora da casa, onde Norma guarda objetos de trabalho do irmão, como projetos e ferramentas usadas nas obras. Fotografia, existia somente aquela em que Nona se baseara para contar fatos da vida do irmão, e que agora está colada em meu diário. Meu tio-avô me ensinou muito, principalmente a não deixar para trás as coisas que amamos. Todos os filhos de Carmem, com exceção de Jorge, que foi estudar em São Paulo e se tornou um grande advogado, como já relatei, foram funcionários das obras de Marcus, tornando-se depois mestres de obras e tendo o apoio e o auxílio de Brian e Nona. Quando seu patrão adoeceu, eles passaram a ser empregados de outras empresas e, como não tinham diploma, não conseguiram progredir, mas nunca deixaram de admirar nem de aclamar o grande homem que lhes ensinara o valor do trabalho honesto e bem-feito.

Nona, muito cansada, pediu que encerrássemos o dia. Em meu quarto, coloquei todas as minhas anotações em dia e pensei como teria sido na realidade a vida tão solitária daquele homem. Como a curiosidade fervilhava em mim, mesmo sendo noite alta, fui para o quarto onde estavam guardadas todas as coisas de Marcus. Eram muitos objetos, que, mesmo com o cuidado dos empregados, estavam empoeirados e desgastados pelo tempo. Os que eram de ferro estavam enferrujados. Estando lá dentro, pude ter contato bem próximo com a vida de meu tio-avô e, assim, pude de fato entrar dentro da história e escrever de uma forma minha tudo o que Nona contara.

Estávamos no meio de janeiro e faltavam vinte dias para as aulas começarem. Fiquei com medo de que não desse tempo de escutar toda a história de Nona, pois na época das aulas mamãe só me deixava vir à casa de praia de quinze em quinze dias. Mas meu maior medo era que Nona não vivesse mais muito tempo; o dr. Krei conseguira enganá-la somente uma vez para tomar os remédios, e seu estado de saúde piorava a cada dia.

Um ano depois que Brian e Norma haviam voltado da Europa, chegaram notícias de que estourara a primeira Grande Guerra.

Brian, na solidão da separação, passara a se interessar por todas as informações que chegavam e montara um verdadeiro memorando com todas as informações sobre esse quadro de horror que assolava o mundo na época. O interesse imediato de meu avô partira do envio de um grupo de médicos brasileiros às áreas de combate – entre eles, um dos médicos que trabalhava no hospital e que fora do Exército brasileiro. Chamava-se Rodolfo, era clínico geral e tinha mulher e dois filhos pequenos, quando fora convocado pelo governo para se apresentar.

Brian, que era um grande amigo, e preocupado com o bem-estar de um de seus médicos, passou todos os dias a escutar notícias no rádio e a comprar o jornal local. As informações que chegavam eram recortadas e as que vinham pelo rádio, copiadas em um caderno dedicado apenas a esse assunto. Rodolfo voltou ileso e pôde contar, por meio da própria experiência, mais detalhes que marcaram aquele mundo de sangue. Essa história fazia parte do memorando que sempre estivera guardado por Norma e hoje se encontra comigo. Algumas palavras marcantes foram transferidas para o meu diário *Memórias*.

Um dos piores quadros pintados por mortes e destruição foi a queda do Exército russo abatido pela frente oriental da Alemanha. Nesse período, de 1914 a 1918, a Rússia fica totalmente fragilizada pela derrota na guerra russo-japonesa e pagou o preço do seu atraso industrial e da agitação política interna provocada por revolucionários bolcheviques. Com essa derrota militar consumada, os Aliados correram o risco de que o país alemão avançasse pela frente oriental e desse um xeque-mate na França. Essa situação levou os Estados Unidos da América a entrarem diretamente na guerra e a decidirem a sorte do conflito, tendo como objetivo primordial preservar o equilíbrio de poder na Europa e evitar uma possível hegemonia alemã.

A história escrita por Brian ensinou-me várias coisas no dia a dia. O memorando foi-me dado de presente como uma relíquia histórica. Uma das partes que sempre gostei de ler e reler foi a da tão esperada paz mundial:

A paz foi negociada, mas ao mesmo tempo a Europa sofria algumas agruras, tais como a fome e a saúde precária da população, que levaram o país alemão à beira de uma revolução social. Nessa mesma época, como houve a renúncia do kaiser exigida pelos Estados Unidos da América, um conselho socialista negociou a tão esperada rendição. Os bolcheviques, com a queda do czar russo, já haviam assumido dois governos provisórios e assinaram a paz em separado com a Alemanha em março, pelo tratado chamado Brest-Litovsk.

Vovó fizera toda a introdução para contar quais tinham sido as consequências dessa guerra para o Brasil e também para sua família. No nosso país houve um surto industrial muito grande decorrente da Primeira Guerra Mundial, pois as dificuldades de importação no período e a extensão do conflito para o Atlântico dificultavam a vinda de produtos e também a compra deles, pois todas as grandes potências estavam envolvidas diretamente.

Em meados de 1920, Nona, com o apoio de Brian, resolveu montar uma fábrica de roupas infantis. As crianças que ajudava no abrigo e o carinho que nutria por elas foram a alavanca que sustentou essa ideia e a concretizou, pois vovó diminuíra muito a confecção de enxovais e dedicava-se quase o tempo todo às crianças que precisavam se vestir. Em princípio foi alugado um galpão e, com o dinheiro que Brian vinha guardando, foram compradas máquinas de costura e contratadas mais de vinte costureiras, entre elas, Nona, que trabalhava no período matutino.

Lucas e Bruno estavam com treze e catorze anos, respectivamente, e ajudavam a mãe todos os dias após a escola. Somente Duda permanecia em casa com Carmem. As crianças ficavam encarregadas de dobrarem e encaixotarem todas as peças prontas para entrega. Nessa mesma época, o hospital, já com mais de cinco anos de existência, ganhou mais uma ala. O terceiro andar foi construído para abrigar mais dez quartos e a área de psiquiatria. O dr. Marcelo, responsável direto, formara-se no exterior e, de volta ao Brasil, tivera a chance de começar seu trabalho no melhor hospital da região e de fama incontestável.

A princípio, devido à estrutura ainda precária, foram se internar apenas pacientes de estado não muito grave e que iam embora ao fim do dia. O paciente entrava pela manhã, tratava-se e tinha um acompanhamento também recreativo que incluía leitura, pintura e muitas outras atividades, aprendidas pelo dr. Marcelo no exterior.

Foi uma época de muitos acontecimentos.

Em 1925, com o grande sucesso da fábrica e o hospital rendendo lucros, veio a realização do maior desejo de Norma: a casa de praia enfim começou a ser construída, com todo o projeto arquitetado por Marcus, mas com a supervisão de Norma que dava dicas em relação aos cômodos. Seu grande sonho de morar junto à família naquele local tinha a chance de ser concretizado. Os homens da casa, Brian e o filho Bruno, que já estava com dezenove anos, iam ao canteiro de obras pelo menos uma vez por semana para ver o andamento da construção. O dinheiro era juntado por Norma e Brian, e a previsão para o término com o que podiam gastar era de cinco anos para a mudança definitiva da família Molina.

Bruno ainda estudava e se interessava bastante pelo trabalho na construção civil, mas infelizmente nem um pouco pela rotina estudantil que uma faculdade poderia lhe trazer. A única profissão que lhe passava pela cabeça era ser um mestre de obras e ali mesmo em sua cidade natal ajudar o tio Marcus no desenvolvimento dos trabalhos mais pesados. Lucas terminara o período escolar, hoje equivalente ao Ensino Médio, e, para decepção do casal, não cursou faculdade. Lucas, nessa época, mudou-se para o Rio de Janeiro e começou a vender as roupas que sua mãe fabricava, facilitando o trabalho dos compradores.

Tia Duda, três anos antes, completara quinze anos. Norma sonhou com uma maravilhosa festa para sua única filha, o que não aconteceu. Duda não gostava de festas e não fez nada na data do aniversário; nem os amigos íntimos da família puderam ser convidados. Nona guardara seu vestido com essa finalidade, mas tivera de engavetá-lo tristemente. Minha mãe não teve a mesma chance que tia Duda, pois casou-se aos catorze anos, e era uma esposa fiel e dedicada em seu aniversário de quinze anos.

Voltando a 1925, foi nessa época que vovó engravidou de minha mãe. Os primeiros sintomas vieram enquanto Nona costurava na fábrica junto a Carmem. Fazia uma semana que sua empregada percebia as tonturas e enjoos de Norma, mas, como ela não reclamava, nada foi comentado. Antes que Norma desmaiasse, sua empregada notou que ela fora ao banheiro duas vezes e, sem aguentar mais a preocupação, perguntou:

– Norma, o que está acontecendo com você? Parece que está passando muito mal hoje, amiga.

– E estou mesmo. Acho que comi alguma coisa estragada, pois já fui ao banheiro duas vezes, com vontade de vomitar.

– E o que você comeu que poderia lhe ter feito tão mal?

– Nada de anormal. Comi o de sempre.

– Você está branca, Norma. Por que não fala com Brian para dar uma examinada em você?

Antes de Nona responder, veio o desmaio, causando maior preocupação em Carmem e levando-as a procurarem Brian no hospital. O dr. Otelo, ginecologista do Modelo, foi chamado, pois Carmem estava desconfiada de uma gravidez. Foram feitos vários exames, todos com a supervisão de Brian. Os resultados demoraram a ficar prontos, mas, como o médico era especialista, antes mesmo da confirmação, ele anunciou suas suspeitas. A gravidez era certa e, pelas contas, Norma estaria com pelo menos dois meses e meio.

O susto e a alegria vieram juntos, pois o casal nunca esperou ter um filho natural. Carmem foi a primeira a acabar com o silêncio que estava na sala e soltou um memorável "parabéns" ao casal, que só então se abraçou e comemorou a notícia. Junto com o momento de alegria, várias recomendações foram feitas. Devido à idade de Norma, a gravidez seria de risco, e o repouso, muito necessário, além de um acompanhamento rigoroso, pelo menos duas vezes ao mês. Houve momentos em que Norma chegou a se cansar de tantos mimos, mas Carmem acompanhou tudo como se soubesse que seria a futura madrinha da criança que estava para nascer. Marcus, quando ficou sabendo da notícia, demonstrou toda a sua alegria. A irmã merecia poder sentir um filho dentro dela, como sempre desejara.

O enxoval foi totalmente confeccionado por Carmem e as costureiras da fábrica. O quarto, reaproveitado do antigo quarto de Lucas, foi reformado, ficando todo em azul e sendo planejado por Marcus; o berço foi feito em madeira de lei, também construído por ele. Foram sete meses praticamente na cama; era permitida apenas a costura em casa, por um período de umas duas horas, supervisionado por vovô. O repouso foi muito necessário; não tinha um dia em que Nona não passasse mal e tivesse medo de que o sonho de ser mãe fosse por água abaixo.

Era uma madrugada de sábado para domingo quando Nona começou a sentir as primeiras dores e dilatações. Brian foi chamado por ela, que chorava muito, pois a dor era constante e intermitente, e pelo lençol molhado era certo que a bolsa estourara. A chegada ao hospital foi em tempo recorde, e o dr. Otelo já aguardava para levá-la ao centro cirúrgico. Vovô acompanhou todo o parto e, logo que a nenê veio ao mundo, foi o primeiro a segurá-la. Quando foi entregá-la à mãe, uma enfermeira imediatamente a retirou do colo dele e pediu-lhe que saísse da sala. Norma havia desmaiado; a pressão sanguínea tinha subido e havia o risco de perdê-la.

Brian saiu da sala em desespero, pois os médicos precisavam fazer o procedimento de emergência. Nona corria perigo de vida e ele sabia muito bem disso; a gravidez desde o princípio fora um risco, que agora se tornava uma realidade. Carmem, na sala de espera, depois de receber a notícia de uma enfermeira, só conseguiu chorar e acalentar seu amigo para que o desespero dele não aumentasse ainda mais.

Marcus veio correndo, na esperança de conhecer sua sobrinha, recebendo a triste notícia de que Norma estava mal e respirava através de aparelhos; até aquele momento, ninguém sabia suas chances reais de sobrevivência. Foram vários dias de espera, sem que Brian tirasse os pés do hospital. A nenê foi para casa com Carmem, que, nas primeiras duas semanas, soube ser uma grande mãe e babá. Bruno e Duda, mesmo já mais velhos, culpavam a irmã caçula por estar matando a mãe e não chegaram perto daquele ser insignificante.

Mesmo quando Norma faleceu, dava para perceber que o convívio era baseado em uma distância bastante visível. Por educação, falavam-se e trocavam ideias quando estavam perto de Nona. O único que soube separar as coisas foi Lucas, que amou a irmã desde o começo e sempre a tratou como uma verdadeira princesa. Depois que vovó faleceu, nunca mais se viram e, definitivamente, fizeram o que sempre tiveram vontade: deixaram de lado a obrigação de manterem as aparências.

Foram duas semanas de espera. Ao final da primeira, os aparelhos de respiração foram retirados, a pressão abaixara, mas Norma não acordava. Lucas viera duas vezes do Rio de Janeiro e voltara, pois não podia perder suas vendas. Brian dispensou todos os pacientes para cuidar bem de perto de sua esposa. Carmem dividia-se entre o abrigo, a fábrica e os cuidados com a pequena menina Molina. Ao fim da segunda semana, enfim vovó voltou de seu sono. No quarto estava apenas seu marido, pois era alta madrugada. O dr. Otelo, que foi chamado de imediato, realizou os primeiros exames e trouxe boas notícias: o quadro clínico era bom, e Nona estava bem e de volta à vida. A autorização para ver sua filha só veio dois dias depois, quando a mãe estaria fortalecida e com o estado de saúde quase cem por cento.

O nenê veio no colo de Carmem e passou direto para os braços da mãe, que, sem poder conter a emoção, chorou muito. Brian, ao seu lado, não pôde segurar toda a felicidade que sentia por estar ali ao lado da esposa novamente e de sua filha, que seria tão amada. Ainda com lágrimas nos olhos, Norma perguntou:

– Que nome vocês deram a ela?

– Por enquanto, nós só a chamamos de nenê, pois seria bom se a mãe e o pai dessem o nome juntos.

Norma olhou nesse momento para Brian, que lhe falou:

– A escolha do nome é sua. Eu e Carmem imaginamos um nome, mas preferimos que você escolhesse.

– Acho que minha filha mereceria ser chamada de Marta; acredito que seria uma grande homenagem.

Brian e Carmem entreolharam-se e começaram a sorrir, pois o nome no qual tinham pensado era justamente aquele, e no fundo sabiam que Norma homenagearia sua grande amiga de uma forma ou de outra.

– Por que vocês dois estão rindo? Posso saber? – perguntou Norma.

– Porque era justamente o nome em que nós dois havíamos pensado.

– Está vendo? Vejo que me conhecem muito bem. Agora eu queria curtir minha filha pelo menos um pouco. Será que eu poderia?

– Sim, senhora. Estou indo atender meus pacientes.

– E eu estarei lá fora, esperando para levá-la de volta. É só me chamar.

Marta merecia aquela homenagem. A falta que Norma sentia de sua presença poderia agora ser acalentada pela filha, que teria o mesmo nome. Marcus chegou logo depois. Aquele momento no hospital foi muito marcante para toda a família, que pôde comemorar mais uma vitória. Somente Duda e Bruno não estavam presentes, e a verdade não foi escondida de Norma: seus dois filhos estavam com um ciúme doentio de Marta, que precisaria ser contornado com rapidez.

Nona voltou para casa e depois de um mês tocou as rédeas de suas atividades rotineiras. Minha mãe, para não ficar longe de sua mãe, foi criada praticamente dentro da fábrica de roupas, em um quarto construído especialmente para esse fim. Esse ambiente depois cresceu e tornou-se um berçário para as funcionárias de Norma que não tinham como pagar babás nem cuidar dos filhos durante o expediente de trabalho .

Capítulo 15

Logo cedo entrei no quarto de Norma e reparei que em cima da cama estava uma coleção de fotos que eu nunca vira nos álbuns de fotografia da biblioteca. Nona adiantara que o capítulo daquela segunda-feira giraria em torno da realização de seu grande sonho, que fora a construção da casa de praia onde passávamos nossos verões. Ela separara as melhores fotos, guardadas a sete chaves, para, à medida que fosse me contando a história, eu fosse arquivando no meu diário *Memórias*. E assim vovó começou a narrar mais uma aventura.

Ano de 1930. Uma grande inauguração estava prestes a acontecer. A mansão da família Molina fora terminada, e a grande festa fora marcada para a data de 31 de dezembro de 1929, na passagem de ano. Naquela mesma sala de estar, Norma e Brian receberam todos os seus convidados.

O casal tinha muito bom relacionamento na cidade, bem como também na capital, o que trouxe umas cinquenta pessoas para a festa de inauguração. A festa foi embalada por boa música, tocada pela orquestra local. Não existia luxo na casa, todos os móveis tinham sido construídos pelo próprio filho de Carmem, e toda a comida e bebida foram servidas pelos próprios donos e amigos do casal.

Entre os convidados também estavam todas as costureiras, bem como os empregados do hospital e os filhos de Carmem, que aproveitaram e se deliciaram com o melhor da festa. Todos os filhos de Nona estavam presentes: Lucas, Bruno, Duda e Martinha, com quatro anos.

Lucas foi o último a chegar e trouxe consigo sua esposa, que os pais ainda não conheciam; ele se casara somente no civil. A nora de Norma chamava-se Beatriz e fazia parte de uma família de pequenos comerciantes na cidade do Rio de Janeiro. A princípio, Nona levou um susto e conduziu Lucas para a cozinha, a fim de ter uma conversa com ele:

– Lucas, posso saber por que você se casou e não contou nada para ninguém?

– Não foi por nada pessoal e quero que a senhora acredite nisso. O nosso casamento teve que ser realizado meio às pressas; a senhora entende, não é?

– Entendo, ou seja, a sua falta de juízo fez com que você se casasse com uma pessoa de quem talvez nem goste tanto, é isso?

– Eu gosto muito de Beatriz. Só tivemos que apressar um pouco as coisas, e, para ela, eu inventei que vocês estavam viajando e não puderam ir ao casamento. Perdoe-me.

– Se você realmente estiver feliz, não tenho por que ficar com raiva de você, mas você tem que estar realmente muito feliz.

– Eu estou, mamãe. Agora vamos voltar para lá, para que ninguém desconfie.

– Eu ia dar essa mesma sugestão, malandro!

Lucas sorriu, abraçou sua mãe e saiu com ela pelo salão na maior felicidade. Ele desfilou com ela por todos os cantos de braços dados, talvez pressentindo que, depois daquela festa, não teria mais momentos de alegria como aquele. Brian, durante a ocasião, fizera questão de descerrar a placa que continha a seguinte inscrição: "Família Molina". O sobrenome marcante era o de Norma, pois era seu sonho que se realizava ali, e foi a partir desse dia que Nona mudou para aquele endereço e nunca mais saiu. Todos os que passaram pela sua vida e a deixaram estavam enterrados no terreno da mansão, inclusive sua amiga Marta, que, em uma cerimônia muito bonita, teve seu corpo trasladado.

Ao final da festa, quando todos os convidados foram embora, ficaram apenas os integrantes da família. Eles se assentaram na mesma sala de jantar, onde fazíamos as refeições até hoje, e conversaram até o dia amanhecer. O nascer do sol trouxe consigo o verdadeiro sentimento de se ter moldado mais uma conquista. Brian estava com 53 anos e totalmente realizado em termos profissionais. Seu hospital era um dos mais famosos da região, e sua fama como pediatra, especialização feita posteriormente, e clínico geral crescia de maneira grandiosa.

Nona e sua fábrica de roupas infantis aumentavam um pouco o desenvolvimento econômico e industrial do nosso país. As obras sociais também nunca foram deixadas de lado. O abrigo de Marta crescia, inclusive mais uma unidade estava sendo construída por Marcus, e todos contribuíam para esse progresso, com a finalidade de doar uma vida melhor para os meninos e meninas de rua.

Os filhos de Norma escolheram seu destino. Duda, mesmo ainda muito jovem, era ajudante de cozinha de um restaurante no centro da cidade. Bruno ajudava o tio na construção e no comando dos operários, e Lucas, como representante das roupas da fábrica infantil, fazia crescer os negócios da mãe. Somente Martinha, ainda muito pequena, necessitava de cuidados constantes.

Vovó pareceu-me bastante inquieta neste momento da conversa, por isso minha fiel curiosidade levou-me a perguntar:

– Nona, por que seus filhos tomaram rumos tão distintos de você e meu avô?

– Sinceramente, eu não sei, minha filha. Poderíamos dizer que os únicos que seguiram meu caminho foram seu tio Lucas, que tocou a fábrica, e sua mãe. Os outros levaram a vida assim como você sabe.

– Meu avô então nunca pôde deixar a herança dele para alguém, não foi?

– Infelizmente, não. Todo o seu legado não pôde ser passado a nenhum dos filhos. Agora você entende por que vendemos a maior parte do hospital?

– Entendo, mas não me conformo. Nenhum dos netos mais velhos quis seguir uma carreira tão bonita. Nem os de tio Bruno, nem os de tio Lucas. Simplesmente não consigo entender.

– Minha filha, cada um segue o destino que acha que deve ser seguido. E nós, que estamos de fora, temos de apenas aceitar e apoiar.

– A senhora tem razão. E essa agitação que a senhora está? É pelo restante da história?

– Sim, senhora. Tenho muitas coisas a contar daqui para a frente, mocinha. Podemos começar?

Neste mesmo ano, a política brasileira tomou novos rumos; chegava ao poder um novo líder, Getúlio Vargas. Com ele surgiu uma nova política econômica, que se caracterizou pelo domínio do Estado em nossa economia. Em decorrência disso, os preços eram altos e quem sofria amargamente com essa situação era sem dúvida a população pobre do país. Somente os trabalhadores tiveram seus direitos assegurados com a política de Vargas. Nesse período de governo, as leis trabalhistas surgiram no cenário brasileiro, assegurando ao trabalhador direitos que até então não existiam.

No início da década de 1930 surgiu também um movimento no Brasil que tinha como objetivo contestar o atual governo do então presidente. Era chamado de Intentona Comunista e reuniu várias vertentes do pensamento intelectual, tais como liberais, tenentes, socialistas, sindicalistas e muitos outros. Entre seus membros destacou-se como líder direto o comunista Luís Carlos Prestes, que lutava pela derrubada do atual governo e pensava na tomada do poder.

Lucas, morando há muito tempo na cidade do Rio de Janeiro, sempre tivera ideias diferentes e antigovernistas, sendo um dos integrantes do levante que passou por várias cidades. Ele enviava cartas a Norma diariamente contando sobre os planos a serem executados, as cidades por onde passaria a marcha comunista e as reivindicações e ideias que partiam dos líderes e demais participantes. Pelos seus ideais, Lucas deixou de pensar na esposa e no único filho, e começou a seguir em busca de sonhos nos quais pensava acreditar.

A apreensão na casa dos Molina era agora uma realidade constante, pois, pela imprensa nacional, nunca se tinham boas notícias a respeito do movimento que estava sendo organizado. Norma e Brian, preocupados, passaram a seguir todos os noticiários que poderiam trazer reportagens a respeito dos levantes e das caminhadas em grupo. Os jornais, ao invés de apoiarem, utilizaram-se de todos os meios possíveis para denegrir a imagem dos participantes, havendo inclusive várias denúncias, via imprensa, que falavam de mulheres que sofriam abusos sexuais por membros da marcha. Muitos homens foram acusados de estupro.

Lucas deixou a esposa e o filho na cidade do Rio de Janeiro e partiu para o levante, que passou pela cidade de Recife. Enquanto estava ali, passou a frequentar bares, posando ao lado de belas mulheres que depois o acusaram perante a imprensa de terem sofrido abuso sexual. Uma prisão indesejada veio junto com a acusação e também a total desmoralização perante si mesmo e sua família. A prisão fora apenas uma forma de assustar, pois Lucas passou só uma noite na cadeia para averiguação e logo no outro dia foi solto. O nome dele não saiu diretamente nos jornais, mas se noticiava que integrantes haviam sido presos, falando da possível veracidade de todas as acusações. Nunca se conseguiu provar nenhuma delas, mas a vida de um homem que lutou um dia pelos seus ideais definhou diante da própria fraqueza.

O fato ocorreu quando o grupo encontrava-se em Recife. O levante estava programado para o dia 25 de novembro de 1935. Alguns integrantes foram para a cidade algumas semanas antes e estavam à espera do restante do grupo. Enquanto aguardavam, passaram a se aproveitar da vida noturna da orla da cidade de Recife em bares e casas noturnas, junto com mulheres da alta sociedade, que enganavam os maridos ocupados com a força de jovens cheios de ideologias e ideias radicais. Mas, pressionadas pela certeza do fracasso do levante, as mulheres passaram, por intermédio da imprensa, a denegrir a imagem do próprio movimento através de seus líderes e de todo o grupo.

Foi um triste fim de uma história para um homem que também não dera certo para o Brasil. Tudo o que foi idealizado voltou-se contra as próprias ideias e beneficiou largamente o governo de Getúlio Vargas, que decretou estado de sítio e instalou a lei de Segurança Nacional. O grande líder Carlos Prestes foi preso em 1936, logo depois da perseguição, por parte do governo, de todos os movimentos que pudessem afetar os planos do presidente. O líder estava preso, e Lucas, amarrado às próprias tristezas e amarguras. Depois de todo o ocorrido, a mudança para a cidade natal não pôde ser evitada.

Lucas ainda tentou ficar morando sozinho na cidade do Rio de Janeiro, mas, percebendo o quanto a solidão lhe fazia mal, Norma e Brian levaram-no para junto deles. A intenção foi boa, mas Lucas não soube aproveitar o carinho e o amor de seus parentes, e começou um processo de regressão rumo ao próprio fim. Brian e Norma viam o filho definhar devagar. Lucas voltou a trabalhar com Nona na fábrica de roupas infantis, mas, depois do expediente, passou a ter como rotina a ida a bares de diversões, onde bebia até tarde de madrugada, passando a noite com mulheres nos grandes salões do centro da cidade.

Meu tio afogou todas as amarguras e decepções na bebida, inclusive a separação da esposa e do filho na época da Grande Marcha. Foram anos de sofrimento que nunca conseguiram ser esquecidos, mesmo com a preocupação constante de seus pais e o amor que sentiam por ele. O vício tomou conta de sua existência. Quantas noites foram passadas na rua e quantas vezes seu pai foi buscá-lo na delegacia local, por acusação de quebradeiras em bares e centros noturnos! Nenhuma tentativa de tirá-lo do vício teve êxito por parte dos médicos e das pessoas que o amavam. Muitas internações foram tentadas no próprio hospital Modelo, mas as fugas eram cada vez mais constantes, até a mais grave delas, quando Lucas sumiu da cidade sem deixar rastro aos familiares.

Nona não soube notícias do filho durante anos. A única esperança de revê-lo, Norma depositava em suas orações. Brian escondia seu sofrimento no trabalho e no que restava da família. Sua atenção voltara-se por completo aos outros filhos que ainda estavam em sua presença e permaneciam acreditando no amor que o pai deles carregava dentro de si. A fraqueza de um não poderia ser a derrota dos outros, que precisavam tanto de ajuda quanto de proteção paterna. Alguns anos se passaram, e o fim deste capítulo de vida veio em uma quinta-feira, quando um grande hospital da capital enviou uma inesperada correspondência. O conteúdo trazia a notícia de que Lucas Molina estava internado há quinze dias em estado muito grave e que seria necessária a presença dos pais ou algum familiar imediatamente.

Brian e Norma partiram poucas horas depois com um desespero muito grande. O único receio era que não conseguissem ver o filho ainda vivo. A distância até o Rio de Janeiro parecia maior a cada quilômetro, e a ansiedade aumentava gradativamente. Nona limitou-se a chorar, soltando todas as suas emoções e ao mesmo tempo perguntando-se onde teria errado na condição de mãe. Foi uma longa e amarga conversa:

– Brian, sinceramente, onde foi que eu errei?

– Nós não erramos em momento algum, Norma. Lucas simplesmente escolheu seu caminho e tocou sua vida.

– Por que nosso filho foi tão fraco?

– Nona, eu não sei. Só quero chegar ao hospital e ajudá-lo de alguma maneira, e quem sabe trazer meu filho de volta.

– É isso o que admiro em você.

– O quê?

– Sempre lhe resta uma esperança.

No hospital, foram recepcionados pelo dr. José, gastroenterologista famoso, que a pedido de Brian passou todo o laudo médico. Os anos vividos para o vício tinham causado uma doença, de grande gravidade, no fígado de Lucas: a cirrose hepática. Era uma doença fatal; quando no estágio em que se encontrava Lucas, não tinha mais cura. Pelo laudo, Brian sabia da gravidade, mas deixou Norma fazer várias perguntas ao dr. José:

– Doutor José, qual é o estado real de saúde de meu filho?

– Dona Norma, sinceramente Lucas não tem muito tempo de vida. O fígado dele não tem mais cem por cento de funcionamento e a cada dia está piorando.

– Tem quanto tempo que ele está no hospital? – perguntou Norma.

– Ele está aqui faz quinze dias.

– E vocês demoraram esse tempo todo para nos avisar?

– Dona Norma, seu filho chegou aqui como indigente. Até descobrirmos quem ele era, demorou muito tempo.

– Desculpe, minha esposa está muito nervosa. Queríamos agora ver o nosso filho.

– Pois não. Eu os levarei até o quarto dele.

Norma e Brian foram encaminhados para o quarto e, enquanto caminhavam pelo corredor, não sabiam o que iriam encontrar. Apoiaram-se na esperança de que as forças que restavam em um e outro pudessem ajudá-los a, pelo menos, seguir em frente. Foram mais de dois anos passados na sarjeta, fazendo a bebida de seu alimento principal. Os becos eram sua moradia, e a habitação da alma, apenas o sofrimento de perceber o quanto lhe faltava coragem para superar toda a amargura que lhe causara a separação da esposa e do filho há mais de seis anos. Tio Lucas respirava por aparelhos e estava em coma, assim nunca soube que os pais estiveram presentes e se revezaram durante dias nos cuidados prestados a ele.

A morte veio dez dias depois, quando Norma acariciava os cabelos do filho. Tio Lucas foi levado para sua cidade natal e enterrado com Marta no mausoléu da família, na casa de praia. Minha mãe, que estava com quinze anos e acabara de voltar da lua de mel, foi quem mais sofreu a perda de seu fiel amigo, juntamente com seus pais. Nona e Brian mostraram-se fortes o tempo todo, mas nunca se esqueceram daquele homem que lutou, embora morresse guiado pelo fracasso das próprias ideologias. A vida continuou e, alguns meses depois, uma visita inesperada trouxe alegria para Brian e Norma novamente. Tia Duda, a única que ainda morava com os pais, ao atender à porta, deparou-se com a ex-mulher de seu irmão Lucas, acompanhada de uma criança de uns seis, sete anos de idade, que vovó havia visto só quando ainda era um bebê de colo.

Depois de uma longa conversa com o casal e da triste notícia da morte de seu ex-companheiro, a nora de Norma, que estava ali justamente para deixar o filho de Lucas com eles, passou a narrar sua história e os motivos que a haviam levado à cidade. Beatriz estava de casamento marcado na Inglaterra e era necessária uma adaptação anterior. A intenção era que voltasse alguns meses depois para buscar Lucas Júnior, mas isso nunca aconteceu realmente. Tio Lucas, que todos os verões fazia parte daquela família, era, na verdade, o neto mais velho de Nona, mas que ela aprendera a tratar como filho.

– Nona, quer dizer que o Lucas que eu chamo de tio é na verdade neto da senhora?

– Isso mesmo.

– Mas ele chama a senhora de mãe.

– Ele foi trazido para mim muito novo e acostumou-se a me chamar de mãe, apesar de saber que na verdade é meu neto.

– E por que Beatriz nunca voltou para buscá-lo?

– Sinceramente, não sei. Ela simplesmente nunca voltou e não deu qualquer tipo de satisfação. Só mandou uma carta falando de seu bem-sucedido casamento e de outros filhos. Acho que um filho de outro homem não teve lugar na sua nova família.

– E tio Lucas, nunca sentiu falta dela?

– Pelo menos para mim ele nunca deixou transparecer nada. Nunca perguntou pela mãe.

– Nona, perguntei coisas demais. Continue, estou curiosa pelo restante da história.

Lucas cresceu e tomou os rumos do pai, com exceção, é claro, do vício da bebida. A fábrica de Nona, com a administração de seu neto, abriu uma filial na cidade do Rio de Janeiro na década de 1950 e teve um crescimento promissor. Para o filho de tio Lucas nunca foi contada a verdade sobre a morte do pai. A realidade foi omitida para que dentro dele ficasse a imagem de um homem de coragem que lutou pelos seus ideais com bravura.

Talvez a história de tio Lucas tenha repercutido em minha vida de maneira exagerada. Tenho horror à bebida, assim como minha mãe. Meus filhos, principalmente a mais velha, que tem quinze anos, sempre escuta a respeito do mal que um simples gole pode fazer, mas não a ponto de meu próprio medo impedi-los de beber. Apenas tento ensinar que é um mal que pode assolar e afastar os membros de uma família.

Capítulo 16

No ano da morte de tio Lucas, minha mãe tinha quinze anos, como falei, e já era uma senhora casada. Martinha sempre fora uma menina diferente fisicamente, alta e com corpo de mulher bem desenvolvido. Sua altura vinha da família de Brian. Com treze anos de idade, mamãe tinha mais de um metro e setenta, confundindo-se assim a criança com a mulher que se formava. Em qualquer lugar ao qual fosse, minha mãe deixava a boa impressão de sua beleza. Suas pernas compridas faziam a alegria dos homens mais galantes de toda a cidade, em qualquer local onde estivesse.

Foi em uma festa de final de ano, no hospital Modelo, que Martinha conheceu Adriano. Ele era pediatra e trabalhava para Brian há uns dois anos. O futuro marido de minha mãe e meu pai tinha na época trinta anos e se formara na Escola de Medicina da cidade de São Paulo. Quando soube da fama do promissor hospital de sua cidade natal, procurou uma vaga e, pelo seu currículo, conquistara-a rapidamente.

A festa de confraternização entre todos os funcionários era tradição na época do Natal. Os médicos que trabalhavam para Brian ganhavam presentes e ainda usufruíam de uma festa maravilhosa, com um banquete fenomenal e boa música. Os funcionários casados levavam esposas e filhos, e os solteiros, a juventude e a vontade de compartilhar com Brian e sua família mais um ano de trabalho juntos. Minha mãe foi a última a chegar, e seu atraso rendeu-lhe muitos olhares. Quando adentrou o salão principal, foi logo percebida por todos que lá estavam.

Sua beleza e imponência deixavam os homens mais sérios de queixo caído. Seu vestido cor de marfim delineava discretamente as formas de seu corpo de mulher, mas a falta de maquiagem, com seu rosto ao natural, mostrava a grande mulher que dali iria surgir, com a característica da autenticidade sendo-lhe peculiar. Muitos funcionários não reconheceram aquela menina que muitas vezes brincara nos jardins do hospital. Brian fez questão de apresentá-la a todos. Minha mãe, sempre muito receptiva, conquistou logo o coração e a amizade dos funcionários, e todas as mesas em algum momento puderam contar com sua presença, tendo sua alegria a contagiar mais ainda o ambiente, trazendo-lhe o espírito de Natal.

O último a conhecer Martinha foi Adriano, que não conseguiu esconder sua admiração. Eles conversaram muito, a respeito dos mais variados assuntos, e até dançaram uma linda música. Brian e Nona, parecendo pressentir um futuro namoro, não tentaram afastá-los, pois, mesmo a filha sendo muito jovem, Adriano era um grande homem, honesto e trabalhador – pelo menos, era o que se imaginava até aquele momento. Martinha encantou-se com Adriano desde o primeiro instante. O convite para um primeiro passeio veio seis dias depois e, dali para o noivado e o casamento, transcorreram apenas seis meses.

O namoro começou em uma casa de chá, sem muito romantismo por parte de minha mãe, que sempre fora uma mulher reservada, mas que mesmo assim amou muito Adriano. A frieza de toques era herdada de Nona, que sempre tivera o coração nobre para ajudar as pessoas, embora não conseguisse demonstrar todo o amor que sentia por elas por meio de carinhos. Um mês depois realizou-se o noivado na casa de praia. A recepção foi muito simples, com a presença apenas dos parentes e amigos mais próximos. Marta gostava muito de seu futuro marido, por isso aceitou se casar, mas em sua cabeça essa ideia passava mais como uma obrigação feminina de ter alguém e não estar solteira, como era a situação de sua irmã Duda até aqueles dias.

O casamento foi preparado por Nona e Martinha, que, em seis meses, finalizaram o enxoval e os preparativos para a festa e a cerimônia de casamento que seriam realizadas na catedral central. A festa seria apenas para os convidados mais íntimos e também celebrada na casa de praia. Minha mãe estava feliz, mas ao mesmo tempo apreensiva com o novo estilo de vida que teria de adotar dali para frente – a adolescente se transformaria com rapidez em uma mulher. Martinha não sabia nada a respeito de relacionamentos entre homem e mulher, e, como Nona nunca conversara a esse respeito, viu que teria de enfrentar tudo sozinha.

A cerimônia fora marcada para o dia 10 de setembro. A primeira noite foi presente de Marcus, em uma suíte de um hotel famoso da cidade, e a viagem de lua de mel para os Estados Unidos foi presente de Norma e Brian, tendo os noivos o prazer de viajar pelo lugar mais cobiçado e romântico do mundo, incluindo a cidade de Nova York, onde meus avós já haviam passado dias maravilhosos.

O grande dia tinha chegado. Nona não quis ver Marta vestida antes, deixando a surpresa para a igreja. O local da cerimônia religiosa estava lotado e coberto por uma ornamentação de rosas vermelhas, um tanto ousada para a época, mas que encantou os mais curiosos olhares e desejos ocultos. Tudo fora escolhido por Marta, que procurou inovar e buscar através do próprio gosto a alegria de viver seu dia de noiva.

Como de praxe, a noiva atrasou-se mais de meia hora. O noivo, ansioso, aguardava em frente à igreja trajando um belo terno preto com um cravo branco na lapela. O suor escorria pelo seu rosto, e seu nervosismo era acalentado pelos carinhos da mãe e de Nona, que até então nutria um grande afeto pelo novo genro. A noiva chegou em uma maravilhosa carruagem branca, para espanto de todos, que a aguardavam em um carro. Brian e Norma depararam-se com coisas surpreendentes planejadas pela filha no maior dos segredos. Mamãe talvez nunca soube demonstrar carinho ao homem que amou, pois era assim o seu gênio, mas sabia ser uma romântica à altura, tendo deixado naquele dia os corações mais frios repletos de coragem para se entregar ao amor.

A cerimônia transcorreu em perfeita harmonia. A troca de alianças foi o ponto de maior emoção para todos os que estavam na igreja naquele momento, emocionando a todos, até mesmo Brian, que, sem esconder o que sentia, chorou muito. Marta surpreendeu os convidados mais uma vez ao cantar lindamente a *Ave-Maria* enquanto colocava a aliança no dedo do futuro marido, continuando depois a canção com mais duas moças, que entraram na igreja jogando pétalas de rosas vermelhas em todos e unindo-se em um coro.

No quarto de vovó, fiquei emocionada. Minha mãe nunca me contara com tantos detalhes seu casamento. Para ela, ter perdido cedo o homem que tanto amou a fizera se esquecer dos grandes momentos vividos, até mesmo das aulas de canto, que, depois da morte de meu pai, que nem cheguei a conhecer, foram interrompidas.

Depois da descoberta de sua bela voz por toda a família, Adriano fez questão de que a esposa aprimorasse seus conhecimentos com o auxílio de aulas semanais, e em todas as festas comemorativas era de praxe uma apresentação musical entoada por minha mãe. Nunca tive o prazer de ouvir minha mãe cantando, mas hoje, por intermédio de minha filha mais velha, que também possui uma maravilhosa voz, posso lembrar-me dessa grande mulher.

– Nona, na época ninguém desconfiava que minha mãe cantasse bem?

– Não. Todos, naquele dia na igreja, nos surpreendemos. A única que não se assustou foi a sua professora do colégio, que tinha descoberto esse talento e ajudado nos preparativos para o casamento.

– Nunca escutei minha mãe cantar. Por quê?

– Sua mãe cantou até o dia em que seu pai se foi, jurando então que nunca mais sairia da boca dela nenhuma canção.

– Mas por quê? A senhora sabe?

– Sei, mas prometi a sua mãe nunca contar a ninguém. Quem sabe depois que eu morrer quebro a promessa e lhe conto em uma carta?

– Nona...

– Espere. Tudo lhe será contado no tempo certo.

Fiquei em silêncio por algum tempo pensando em qual seria o segredo, mas respeitei a decisão de Nona e rezei para que essa carta demorasse muito a ser escrita. Enquanto isso, comecei a pensar que nunca tivera um carinho constante por parte de Marta, o que me fizera me apegar tanto em Nona, mas sempre respeitando seu jeito de ser. Sempre achei um erro por parte de minha mãe não dar carinho suficiente à sua única filha e procurei ao longo de todos esses anos em que sou mãe não cometer os mesmos erros – tornei-me uma amiga e companheira fiel de todos os meus filhos.

Voltando ao casamento, depois de encerrada a cerimônia, toda a família e os convidados mais íntimos partiram para a casa de praia, onde seria realizada a festa do casamento. No momento do brinde, Marta fez questão de falar algumas palavras, que marcaram fundo no coração dos presentes. Seu irmão Lucas, que estava fora há um tempo, foi lembrado com muito amor. Os tios Bruno e Duda receberam, através da verdade que fluía da boca de minha mãe, o desprezo que ela sentia por eles, pois o amor que ela sempre tentou lhes dar nunca lhe fora retribuído de verdade.

À meia-noite, Adriano e Marta partiram para a lua de mel. A viagem para os Estados Unidos foi feita de navio, e foi no porto do Rio de Janeiro, à espera desse navio, que Marta presenciou uma das cenas mais tristes de sua vida. Enquanto aguardavam, Marta reconheceu, perto do muro principal, deitado no chão, totalmente sujo e com uma garrafa de bebida alcoólica, seu irmão Lucas. Ele estava em um poço sem fundo e, por mais que alguém tentasse ajudá-lo, a corda era muito curta para puxar um homem que diminuíra tanto dentro de si mesmo. Ela tentou correr para acalentá-lo, mas foi impedida pela própria dor e consciência de que nada poderia ser feito. Lucas, olhando para onde Marta estava, reconheceu-a, mas fugiu da própria realidade, levantando-se e correndo em direção contrária. Adriano, percebendo a inquietação da esposa, perguntou:

– Marta, o que está acontecendo? Parece que você viu um fantasma!

– Acho que é essa a sensação que tenho. Está vendo aquele homem que acaba de se levantar com uma garrafa na mão?

– Sei.

– É meu irmão Lucas. Meu coração está pedindo que eu vá até ele e tente ajudar, mas minhas pernas sabem que ele mesmo não quer ser ajudado e preferiu ficar assim.

– Acha que pode fazer alguma coisa no estado em que ele está?

– Sinceramente, não. Mas no fundo acho que sempre vou pensar que estou sendo uma pessoa ruim.

– Pois eu acho que você não deve pensar assim. Acho que ele a viu e fugiu mais uma vez.

O navio apitou alto, anunciando sua partida. Enquanto subia a rampa, Marta olhou para trás uma última vez, vendo o irmão vivo também pela última vez. Foi embora, mas guardou durante uma vida toda a dúvida de se poderia ou não ter ajudado o irmão. O fato foi escondido de Norma por muito tempo, até ela poder se acostumar com a morte do filho. Durante toda a viagem, Marta lamentou a fraqueza de seu irmão mais velho, que procurara na bebida uma fuga de seus medos e da realidade que tanto o atormentavam durante anos. Talvez esconder isso da mãe esse tenha sido um jeito que Marta arrumou para fugir da própria angústia.

Somente o amor que seu sobrinho nutria por ela foi apagando um pouco a dor da perda e da ausência do irmão. Lucas Júnior cresceu junto a ela e tomou a tia como exemplo a ser seguido. Até profissionalmente eles ficavam juntos. Durante a viagem, os belos espetáculos culturais e históricos presenciados por Marta nas várias cidades que visitou marcaram uma lua de mel simplesmente inesquecível. Apesar da dor que sentia, soube esconder bem para o marido esse horrível sentimento e aproveitou muito a seu lado as noites e os dias do frio outono norte-americano. Era muito bom acabar o dia de caminhada pelos pontos turísticos com um jantar à luz de velas, um bom vinho e o calor da lareira, que iluminava o coração e o início de casamento dos dois.

A narrativa foi interrompida por mim, pois a angústia tomou conta do meu coração e não pude deixar de perguntar:

– Nona, por que minha mãe não teve coragem, ao chegar de viagem, de tentar ajudar seu irmão?

– Minha filha, nunca culpei Marta pela decisão que tomou. Ela presenciou um homem derrotado e que na verdade nunca quis ser ajudado por ninguém.

– Sei como é minha mãe; ela tenta esconder futuros sofrimentos das pessoas que ama, mas será que, se ela tivesse avisado vocês, não o teriam encontrado ainda em um estado que poderia ser revertido?

– Seu tio, quando foi para o hospital, poucos dias depois da partida de sua mãe, deu entrada em estado de coma. Seu fígado estava todo tomado pela cirrose, proveniente de anos intermináveis de bebedeiras. Ele fora achado por um médico que o levara ao hospital e procurara saber quem eram seus parentes, para avisá-los.

– Bom, talvez este seja um questionamento sem fundamento de minha parte, pois sei o valor que Marta tem como mãe e mulher.

– Minha querida, nunca questione atitudes tomadas pelas pessoas que a cercam, pois, muitas vezes, para nós elas podem estar erradas, mas para elas foi a melhor decisão a ser tomada.

– Resta-me agora saber um pouco mais sobre a viagem de Marta e meu pai aos Estados Unidos, pois a senhora bem sabe que minha mãe nunca me contou nada a respeito com tantos detalhes, como você está me relatando.

A viagem tinha durado 25 dias em terra, e Marta conhecera os lugares mais visitados da cidade de Nova York e localidades ao redor. O casal realmente se deu conta de estar na Big Apple ao visitar a Estátua da Liberdade. Esse grande monumento fora construído pelo francês Frederic Auguste Bartholdi e tivera sua inauguração em 1886. Conversando com Jean, um imigrante que morava há muito tempo na cidade, meus pais ampliaram bastante os conhecimentos a respeito de tão grande obra.

Os dois deixaram a Estátua da Liberdade, que foi ficando pequena à medida que a embarcação chegava perto do continente. No outro dia, o passeio foi ao coração da cidade, o famoso Central Park. O parque, devido à sua beleza, encantou minha mãe, que, infelizmente, não realizou seu sonho de lá voltar. Ele foi projetado em 1850 e trazia tudo o que se desejava para um dia de lazer. Como era outono na cidade, meus pais se deliciaram com a grama coberta de folhas rosadas.

Somente isso Norma pôde contar a respeito da viagem. Quando da minha volta para casa, em fevereiro, busquei, por meio de fotos guardadas por minha mãe, embelezar meu diário *Memórias*. Na biblioteca da casa de praia havia apenas algumas fotos do casamento. A escolhida por mim para ser a capa daquele capítulo tinha toda a família, incluindo Carmem, bem velhinha e que naquele ano participara de uma última festa com a família Molina. Logo após o casamento, a babá de minha mãe caiu doente. Passou de cama mais de dois meses, sendo cuidada por Nona dia e noite. Não era nenhuma doença grave, apenas as consequências naturais da velhice que tomava conta de seu corpo. Foram vários anos dedicados ao trabalho e agora seu corpo pedia licença para descansar.

Em uma das visitas de Nona, sua amiga revelou-lhe um segredo guardado a sete chaves. Carmem começou a falar muito naquele dia e também perguntou a Nona coisas que lhe interessavam a respeito de tudo o que haviam vivenciado.

— Nona, você sabia que naquele dia que entrei em sua casa pela primeira vez não vi em você uma mera patroa, que me daria ordens a serem cumpridas. Eu enxerguei a possibilidade de conviver com pessoas boas e honestas, e que nunca teriam preconceito pela minha cor.

— Carmem, mas por que diferenciar alguém porque ela é pobre, tem menos que você ou porque tem uma cor diferente da sua? Somos todos iguais, pisamos no mesmo chão e colhemos as mesmas derrotas.

– Mas você já imaginou o que poderia ser a vida de uma escrava e tão criança quanto eu era? As coisas que poderiam ter acontecido comigo? Seu pai era dono de uma fazenda e com certeza teve escravos que tratou de maneira cruel.

– Minha amiga, quando meu pais ainda tinham escravos, eu ainda não era nascida ou era uma criança. Felizmente, nunca tive o desprazer de presenciar as crueldades impostas aos negros da fazenda. Talvez a única pessoa negra de que me lembro bem vagamente era a ama de minha mãe, uma negra muito bonita. Não recordo o nome dela, mas sei que era muito prestativa e alguém com quem minha mãe sempre conversava.

– Ela se chamava Josefa.

– Como sabe o nome de uma escrava que pertenceu à fazenda de meu pai?

– Eu iniciei toda essa conversa para lhe contar um segredo que guardo desde o dia em que a vi no Bairro Pobre, naquela festa de Natal. O seu sobrenome bateu forte nos meus ouvidos aquele dia, pois relembrei tudo o que os meus pais sofreram naquela fazenda como escravos.

– Está tentando me dizer que sua mãe foi ama de Lucrécia e sofreu nas garras de meu pai?

– É isso mesmo. Minha mãe era obrigada a cumprir as ordens de sua mãe, que, por mais que tentasse tratá-la como amiga, sob os mandos de seu pai, acabava colocando a negra Josefa no devido lugar. E meu pai morreu no tronco, pois deixou de carregar uma palhoça de feno para o gado e teve como castigo três dias de surra. Ele não aguentou e sucumbiu ali mesmo, onde, conforme se achava, era o lugar de um negro.

– Você me odeia por isso tudo? Culpa-me pela intransigência de meu pai? É isso que está tentando me contar? Eu, que sempre fugi de tudo aquilo, e você bem sabe disso. Nunca seria capaz de maltratar uma pessoa por ela ser de outra cor. E nunca aceitei as convenções sociais, por isso fugi. Que culpa tenho eu?

– Não, Nona, eu nunca a culpei por nada. Só estou contando isso tudo para que saiba que sua decisão tomada há muitos anos foi a mais certa. Você foi contra todo um sistema e teve vitórias, mesmo precisando passar por cima das pessoas que amava.

Mar de fevereiro

– Carmem, eu sempre a tratei como amiga e nunca fui a favor dos atos de meu pai. Espero de verdade que dentro de você exista o mesmo carinho e afeto.

– Norma Molina, seu nome pode vir de uma linhagem de homens cruéis, mas a menina que um dia pulou pela janela do quarto tornou-se uma grande mulher, sem medos nem preconceitos. Nunca fui uma simples empregada, mas a eterna amiga de todas as horas.

Um silêncio tomou conta do quarto, e aquelas duas mulheres olharam-se pela última vez. Naquela mesma madrugada, Carmem morreu dormindo, e somente no outro dia, quando Nona foi levar seu café da manhã, é que pôde constatar o inevitável.

Norma, que vinha se emocionando muito nestes últimos dias ao narrar fatos marcantes de sua vida, pediu-me que parássemos por ali. Como fazia mais de uma semana que Nona suspendera todos os medicamentos, seu estado de saúde piorara. Começava a ter dores intensas e não podia mais ficar muito tempo contando sobre sua vida.

Meu quarto passou a ser um refúgio, pois, quando começava a sentir pioras no quadro de Nona, ia para lá. Eu ainda era uma menina e sentia profundamente a dor da perda. Minhas lembranças começavam a ficar vagas e a se distanciar no tempo, pois, com as mudanças pelas quais passamos ao longo do nosso crescimento, as realidades que enfrentamos, como trabalho, casamento, mãe e filhos, é-nos tirado o precioso tempo de só lembrar e amar alguém. Acordei no outro dia ainda muito cansada. Não fui ao encontro de vovó, tirando um dia apenas para mim, a fim de aproveitar mais um pouco os belos quadros que o cenário da casa de praia pintavam. Andei por horas sem direção certa, apenas munida pela vontade de descobrir quem um dia eu poderia ser.

Sentada nas pedras, fiquei pensando em como o passado de Nona poderia influenciar minha vida futura, e no que de bom eu colocaria em prática em prol de todas as pessoas que me cercavam e me cercariam. Comecei a analisar tudo o que aprendera e o conteúdo que aquele diário teria. Compreendi certas coisas que tinham marcado minha vida até meus catorze anos. Marta, minha mãe, nunca me criara verdadeiramente, mas agora eu sabia que não era por falta de amor, e sim por nunca ter conseguido superar a perda de seu companheiro, e também pela culpa da perda do irmão de uma maneira irreparável.

Quantas vezes levei terríveis broncas de Norma por menosprezar alguém que eu achava que era inferior a mim? Entendo hoje o valor da solidariedade e que todos nós somos iguais, não importando a cor, raça ou etnia a que pertencemos. Sempre pisamos no mesmo chão e somos cobertos pela mesma terra, que semeia e é semeada. Aprender é algo que não tem um espaço certo a ser delimitado. Nossos conhecimentos são uma arma contra nossa própria ignorância. Hoje, ao completar 45 anos de idade, volto a rememorar tudo o que vivi naquele verão de 1970 – vejo os erros que puderam ser consertados e os que ainda cometo.

Somos serem imperfeitos, mas, com a ajuda do conhecimento das pessoas que nos cercam, podemos nos tornar melhores a cada dia. Aquela criança mudou e transformou-se muito, aprendendo que todo dia se aprende mais um pouco nos caminhos trilhados por nós mesmos, quando passamos então a enxergar tudo como realmente deve ser, sempre nos ajudando, no estudo de nossa razão de existir.

Entrei no quarto de Nona bem tarde para saber como ela estava. Recebi um beijo de boas-vindas e uma pergunta que sabia ser inevitável:

– Querida, por que não veio ao meu encontro hoje?

– Nona, ontem percebi que contar e relembrar fatos de sua vida tem deixado a senhora muito cansada. Não é certo eu insistir em saber sobre você e assim prejudicar mais sua saúde.

– Minha filha, as minhas emoções eu carrego comigo sempre; não é o fato de contá-las a você que está me deixando mais triste ou mais feliz. A tendência em relação à minha doença é de fato a piora, e você bem sabe disso. A única coisa que ainda me mantém viva é saber que existe alguém como você interessado na história de minha vida.

– Hoje fui caminhar um pouco pelas pedras, tentando entender certas coisas que antes não tinham muito sentido.

– Por exemplo?

– O porquê de ter sido praticamente criada por você, e não pela minha mãe. Por que minha mãe nunca se interessou por outro homem e nunca quis refazer sua vida? Por que tia Duda tem tanta inveja de minha mãe, de um jeito tão visível? Em tudo isso eu pensei.

– E agora já tem as respostas ou precisa de mais algum esclarecimento de sua velha avó?

– Não sei se tenho as respostas certas, pois ainda sou muito jovem, mas uma coisa que aprendi com tudo isso é que minha vida terá reflexos de todos os que fizeram parte dela: Brian, Lucas, Marta, Carmem, tia Duda, minha mãe e, principalmente, você.

– Faltou você falar de tio Bruno.

– Do tio Bruno a senhora não me falou quase nada; aliás, de tia Duda também não, mas, vendo ela aqui no dia a dia, posso imaginar certas coisas.

– Quanto ao seu tio Bruno, é por ele que fiquei esperando você a tarde toda, mas, como ainda não são nem oito da noite, acho que podemos começar pelo menos um pouco de sua história.

– Pelo seu tom de voz, parece ser uma história muito emocionante, da qual tirarei mais uma série de descobertas, não é?

– Escute!

Era setembro de 1945. Havia apenas um mês que Bruno retornara do combate na Itália, no grande inferno que foi a Segunda Guerra Mundial. Os quadros de horror que foram pintados à sua frente cercaram-no de muita dor e o traumatizaram profundamente, deixando marcas sem nenhuma chance de serem cicatrizadas. Esse enredo iniciou-se porque o Brasil sempre manteve um bom relacionamento com os países do Eixo. A grande potência, os Estados Unidos, que exerciam acirrada influência sobre toda a América Latina, queriam mais aliados, entre eles nosso país, na Segunda Guerra.

O Brasil, em um primeiro momento, mais precisamente no início do conflito no ano de 1939, manteve-se neutro, continuando a política do presidente Getúlio Vargas e não se definindo por nenhuma das grandes potências. Nosso país, nesse período, apenas aproveitou-se do que elas poderiam oferecer de vantagens para todos aqui. Chegou uma época, contudo, em que a situação começou a ficar insuportável. Passou a ocorrer uma série de torpedeamentos de navios mercantes da frota brasileira em nossa costa, fazendo com que o Brasil reconhecesse o estado de beligerância com os chamados países do Eixo. A partir desse momento, começou-se a pensar no envio a Europa de uma Força Expedicionária Brasileira (FEB) para contribuir com a causa dos países aliados.

No primeiro semestre de 1944, houve uma intensa preparação dos escalões que seriam mandados para a frente de combate na Itália. Homens foram se alistando como voluntários com a intenção de lutarem pelo país e honrarem a bandeira que ostentava as cores de uma nação chamada Brasil. Um desses voluntários alistou-se e tinha como nome Bruno Molina Stuart, que foi mandado em 2 de julho para Nápoles no primeiro escalão da Força Expedicionária Brasileira. Bruno servira o Exército e sentia o dever de lutar por ideais secretos, mas que o tocavam e guiavam para a lama que cercava as mentes doentias dos homens que fazem a guerra.

Ele recebera uma carta com a data certa de sua apresentação e só tivera coragem de revelar tudo um dia antes da partida. Reunira todos em casa, ao lado de sua jovem esposa, grávida de dois meses, e oferecera um jantar após o qual começou uma longa conversa que causou vários tipos de reação: dor, revolta, ressentimento, angústia e perda. Meu tio contou aos pais que, quando o Brasil iniciou a chamada para o alistamento voluntário para a guerra, viera-lhe a necessidade de lutar. Fora impelido com vigor a uma busca interior de princípios. Sentada à mesa, Nona ficou sem palavras. O silêncio parecia interminável e somente foi quebrado por Lourdes, a esposa de Bruno. Suas lágrimas só deixaram de cair depois de um ano, quando da volta do marido com vida. As únicas palavras que ela conseguiu balbuciar foram as de uma promessa feita ali mesmo naquela mesa: não trocaria sequer uma palavra sobre o que era e o que passaria a ser a Segunda Guerra Mundial. Depois, levantou-se, ainda chorando, mas calma, e encaminhou-se para o quarto.

Brian foi o único que interrompeu o silêncio, dizendo ao filho:

– Você realmente não consegue perceber o sofrimento que causará a todas as pessoas que o amam indo para um conflito que sinceramente nem nosso é?

– Pai, já estou mais velho e fui aceito no combate. Preciso aproveitar a chance de lutar por certos ideais nos quais estes vários jovens que estão indo comigo acreditam.

– De fato, você foi feito de uma coragem e uma vontade de lutar incríveis, mas já é casado e tem um filho a caminho. Não pode largar tudo com a intenção de acabar com uma guerra que foi feita, com certeza, por homens que não merecem nenhum tipo de respeito.

– Pai, eu me alistei pensando que nunca seria aceito, por causa da minha idade. Mas uma carta chegou há três semanas com data certa para eu embarcar, e agora, mais do que nunca, preciso servir meu país.

– Assim você só está mostrando todo o seu egoísmo. Sua esposa e seu filho que nascerá fazem parte de sua vida. Essa atitude impensada os excluiu e talvez os afaste por completo de você. Eu, particularmente, estou muito decepcionado com tudo isto e nunca poderei apoiá-lo. Só espero que você volte vivo e lembre-se do que um dia aconteceu com seu irmão Lucas.

– Sinceramente, não estou entendendo o senhor. Uma das coisas que sempre escutei aqui em casa é que temos de lutar pelos nosso sonhos e tentar conquistá-los da melhor maneira possível.

– Mas este sonho não é seu, meu filho, é de outras pessoas!

– Não, é também meu sonho, pois tudo em que penso agora é ir para a Itália e lutar em uma guerra que realmente não é minha, mas que já matou milhares de pessoas como eu.

– Como assim?

– O verdadeiro pai de Bruno era judeu e o abandonou para voltar ao seu país – falou Norma, segurando as lágrimas.

– Pensei que ninguém soubesse disso! – disse Brian.

– Li uma carta que você guarda a sete chaves no armário, mas que esqueceu quando foi ter a própria casa. Percebi que era algo muito importante para você e não contei para não revelar que invadira sua privacidade – acrescentou Norma.

– Então, a senhora me entende? Usei do sonho dos jovens, pois pensei que ninguém soubesse da origem do meu verdadeiro pai, mas na verdade é meu sentimento de vingança que aflora e faz com que eu queira ir ao encontro dessa guerra.

– Respondendo à sua pergunta, eu o entendo mais ou menos, pois você nunca poderá esconder a realidade dos milhares de judeus que foram mortos. A guerra um dia terá fim e não será sua luta que trará de volta a honra de ser novamente um povo. Você lutará contra um país e pessoas que talvez nunca pensaram como o louco chamado Hitler, e que morrerão pelas suas armas e revolta pessoal. Agora, em relação à sua origem e à dor que sente de ser rebaixado à condição de animal, eu entendo com perfeição, mas não aceito esta guerra e nunca a aceitarei.

– Quando você partirá? – indagou Brian.

– Não direi, meu pai, para que ninguém vá se despedir. Procurei esse meu caminho sozinho e assim eu o tocarei, até o dia em que voltar.

No outro dia, tio Bruno partiu deixando apenas uma carta para a esposa, que nunca foi lida. Assim como esta primeira carta, todas as outras também foram colocadas na gaveta da cômoda, permanecendo fechadas até os dias de hoje. Sua mulher o amava muito e o recebeu de volta depois de um ano, mas cumpriu fielmente a promessa de nunca falar a respeito da guerra. Seu filho nasceu em janeiro e foi recebido com alegria por toda a família. Bruno só soube do nascimento na volta para casa, quando seu primogênito contava com mais de seis meses de vida. Depois dos horrores que vivera em combate, Bruno nunca contou ao filho que fora para a guerra.

A verdade somente veio à tona para Leandro, filho de Bruno, quando de seu envolvimento com a revolução de 1964. Bruno quis demovê-lo dessa ideia, mas foi em vão, pois seu filho falava como ele de sonhos e ideais a serem conquistados e trilhados por si mesmo. Nem a verdadeira história de horror que o pai vivera na Segunda Guerra Mundial conseguiu desviar o pensamento firme e forte do filho mais velho, que pensava exatamente como ele.

    Voltando à partida de Bruno, ele pegou suas coisas e saiu pela madrugada, carregando dentro da bagagem a esperança de que sua presença em combate pudesse mudar o mundo e a si mesmo. Lourdes só percebeu sua ausência no outro dia, quando foi fazer o café da manhã e viu o guarda-roupa quase vazio. Nenhuma lágrima foi derramada e de dentro do próprio orgulho aquela menina criou forças para passar o resto dos meses seguintes sem seu marido e, principalmente, sem a certeza de se ele voltaria vivo ou não. Lourdes manteve seu trabalho ao lado de Nona na fábrica, tocando sua vida. Nona, por sua vez, deparou-se com uma mulher bem mais forte do que ela própria imaginava que era e sentiu orgulho da nora.

– Norma, saiba que seu filho partiu. Reze por ele.

– Sinceramente, não sei o que dizer.

– Não diga nada, apenas faça como eu. Toque sua vida. Não pense nas coisas ruins que possam acontecer com Bruno, pois este foi o caminho escolhido por ele: as armas, trincheiras e a suposta coragem de um homem.

– Lourdes, eu pensava que era uma mulher forte, mas vejo que você é muito mais.

– Nona, não sou forte, apenas sei que tenho de viver e esquecer do meu sofrimento. A vida é cheia de caminhos tortuosos, mas que podem ser trilhados com a vontade de superá-los.

– Bom, estão me chamando na loja. Lourdes, obrigada pela aula que acabou de me dar, e saiba que eu e Brian estaremos com você a todo o momento. Sempre.

– Eu sei.

Capítulo 17

O primeiro pelotão da Força Expedicionária Brasileira partiu para Nápoles, na Itália, em 2 de julho de 1944. Exatamente dois meses depois, seguiu com o mesmo destino o segundo escalão. O comando dessa tropa composta de 25.304 homens deveu-se ao general João Batista Mascarenhas de Morais. A Força Expedicionária Brasileira foi incorporada ao quinto Exército aliado e entrou definitivamente em combate em 15 de setembro de 1944, quando participou de várias batalhas em regiões da Itália, no Vale do Rio do Pó. Entre as conquistas brasileiras destacaram-se a Tomada de Monte Castelo, de Montesse, e a Batalha de Collecchio.

Entre os mais de vinte mil homens estava Bruno. Durante os vários meses de combate, Bruno fez poucos amigos. Não existia a certeza de se no outro dia aquele mesmo homem com quem conversara na noite anterior estaria vivo. Do total de homens que foram para a guerra, nosso país teve como baixa um montante de 430 peças, 13 oficiais e também 8 oficiais que faziam parte da Força Aérea Brasileira. Nos campos de batalha, Bruno deparou-se com a realidade da morte. Ele usava uma arma para matar homens como ele e tentava salvar-se da própria ignorância. Bruno saiu ileso da guerra e voltou sem nenhum ferimento, mas carregou muitos companheiros mortos ou feridos nos braços, o que com certeza permaneceu com ele em suas memórias durante toda a vida.

O momento mais triste, sem dúvida, foi o Natal longe da família. Sempre estivera acostumado à presença de todos reunidos em uma mesa para a ceia da meia-noite com a distribuição dos presentes espalhados sob a árvore de Natal. Agora ele se via junto a muitos homens como ele, que iam aos campos de batalha diariamente. Na suposta ceia de Natal sentaram-se vários homens com armas em punho, rezando para que não houvesse nenhum sinal de alerta. Durante a noite, aqueles lutadores tentaram se libertar da própria dor conversando e bebendo com animação. O grande amigo de Bruno, Marcelo, foi sua melhor companhia. Essa grande amizade perdurou durante longos anos e era sempre uma visita constante nos verões da casa de praia de Nona.

Enquanto estavam reunidos, Marcelo quebrou a solidão, conversando com entusiasmo:

– Meu amigo, acho que você reza com a mesma intenção que eu todos os dias, não é? Nós dois queremos apenas que isso tudo acabe e que possamos voltar para junto de nossos parentes.

– Sinceramente, Marcelo, hoje pode até ser a data do Natal, mas dentro de mim eu não sinto isso. Na minha família existe uma tradição: todos se reúnem em volta da árvore à meia-noite, depois de servida a ceia, e distribuem os presentes. Aqui nós temos distribuição de prisioneiros, armas e munições.

– Acho que minha mãe deve estar chorando neste momento, lembrando-se da minha ausência. Sinceramente, nem sei se posso dizer que teve ceia de Natal lá em casa.

– Pois na minha casa eu tenho certeza de que a tradição foi mantida. Eu escolhi este caminho e quis vir para a guerra. Para os meus familiares, que tentaram me demover dessa ideia, eu que arque com minhas próprias loucuras e apenas tente voltar vivo! Até hoje, nunca recebi uma carta de volta, se é que meus pais ou minha esposa leram as que eu tenho mandado constantemente.

– Você se arrependeu de ter se alistado?

– Não, mas acho que, quando eu voltar, marcas profundas ficarão e não sei se será possível apagá-las. Ver uma pessoa morrendo pelas suas mãos não é coisa de um ser humano, mas sim de um animal que luta pela sobrevivência, e é assim que eu me sinto a cada dia.

– Bruno, você falou uma coisa certa. Estamos aqui e nosso único objetivo é voltarmos vivos para junto de nossos familiares e tentarmos não ficar loucos com tudo o que vemos e presenciamos no dia a dia.

O silêncio foi inevitável, e Bruno deixou lágrimas rolarem sem parar pelo seu rosto. Durante a noite, teve sonhos horríveis em que presenciava a própria morte diante de um espelho, e suas cinzas voltavam ao Brasil, sendo entregues à esposa como lembrança da guerra. No meio da madrugada, depois do susto, prometeu a si mesmo que voltaria vivo e tentaria resgatar sua vida perdida.

No Brasil, Bruno foi lembrado no momento do brinde de Natal que Brian sempre fazia logo após a oração de Nona. No resumido discurso, seu pai apenas lembrou o nome do filho que estava na guerra. Os presentes que cada um tinha comprado para ele ficaram guardados para serem entregues no momento oportuno. Mais seis meses de lutas constantes transcorreram. Vários alemães foram feitos prisioneiros e eram vigiados diariamente por nossos homens em combate. Bruno e seu fiel amigo continuaram juntos até o fim, sem perderem as esperanças de receberem notícias de seus familiares, o que não aconteceu. Uma grande notícia chegou em 6 de junho de 1945, quando houve a vitória final na Europa e total capitulação das tropas nazistas, dando fim à participação brasileira na Segunda Guerra Mundial. O Ministério da Guerra do Brasil ordenou que as unidades da FEB voltassem e se subordinassem ao comandante da Primeira Região Militar, sediada na cidade do Rio de Janeiro, o que na verdade significou a dissolução do contingente.

Os soldados que morreram em combate foram trazidos de Pistoia para o Brasil, não em corpo, mas sim em cinzas. Um monumento foi erguido em homenagem a esses mais de quatrocentos homens que perderam a vida em combate para simbolizar os ideais de luta e coragem que impuseram ao perderem a vida pela sua nação. Essas cinzas demonstram mais do que heroísmo: mostram a ausência de medo por morrerem em busca de um ideal. Bruno e Marcelo receberam uma medalha de honra pelos méritos conquistados em combate. Depois da cerimônia, despediram-se e tomaram cada qual seu rumo. Marcelo ficou na Cidade Maravilhosa junto aos seus familiares, que foram buscá-lo com honras de um verdadeiro herói. Bruno também pegou seu destino de volta. Dentro do trem, durante as mais de três horas de viagem, foi pensando no que poderia esperar na volta para casa depois de quase um ano.

Na chegada à estação, em vez de alugar um carro preferiu ir a pé para casa, assim poderia pensar em tudo o que lhe acontecera. Era uma longa caminhada, que foi feita a passos lentos. Há um ano ele deixara tudo o que mais amava e agora voltava perturbado, sem saber de fato se tinha conquistado os sonhos que fora buscar nos horrores da guerra. Seu corpo mostrava o cansaço e as moléstias dos intensos combates. No meio da caminhada, uma tontura e um desmaio vieram como reflexo da própria fraqueza, em contraste com sua força e determinação, que agora insistiam em abandoná-lo.

Ao terminar de narrar essa parte, Nona tinha o semblante muito cansado e, antes mesmo que ela pedisse, levantei-me e fui para meu quarto deitar. Depois dessa triste narrativa, pude entender um pouco a tristeza que Bruno Molina trazia consigo dia e noite durante toda a vida.

Acordei, tomei meu café e fui para o quarto de Nona que não conseguia comer e, sempre que comia algo diferente, sentia-se mal e indisposta durante o restante do dia. Seu fígado estava muito inchado, e eu sinceramente não conseguia saber de onde aquela mulher conseguia forças simplesmente para continuar vivendo. Como se nada a angustiasse, ela continuou sua narrativa.

Bruno foi encontrado por amigos de Brian e levado às pressas para o Modelo. Era sábado, e toda a família estava na Praia das Flores curtindo o sol maravilhoso. O portador da notícia foi o filho do dr. Jorge, que chegou à casa da minha avó sem conseguir esconder que algo estava acontecendo, pois seu semblante era de muita preocupação.

– O que foi, Felipe? Você está branco; parece que viu um fantasma – disse Brian com ar preocupado.

– Aconteceu uma coisa, doutor. O filho do senhor chegou da guerra e foi encontrado desmaiado perto da estação de trem.

– Oh, meu Deus! Preciso ir correndo para lá. Vou contar a Nona e Lourdes que estou indo para uma emergência, para não preocupá-las por enquanto. Tente colocar uma expressão menos preocupada no rosto, para que acreditem na desculpa.

– Sim, senhor!

E, conforme planejara, Brian disse:

– Nona, Felipe veio me chamar para uma emergência. Volto logo que puder. Tentarei voltar o mais rápido possível.

– Brian, é algo muito sério? Você está muito agitado e parece preocupado.

– Não sei ainda. Logo que acabar tudo no hospital, eu conto para vocês.

Brian e Felipe chegaram o mais rápido possível ao hospital. Brian entrou correndo no Modelo e foi direto para a sala de emergência, onde seu filho estava. Os primeiros exames foram feitos, e diagnosticou-se uma pneumonia muito séria. Os pulmões de Bruno estavam muito fracos e precisando de cuidados. Ainda tinha a parte emocional, que chegara ao limite de suas forças, e agora, mais do nunca, ele precisava do apoio da família. Os dois médicos que atenderam Bruno recomendaram pelo menos uma semana de internação.

Brian voltou à casa de praia sem saber como dar a notícia a Nona e Lourdes. Mesmo não tendo demonstrado durante esse ano o sofrimento que sentiam pela ausência de Bruno, era clara a dor que a mãe a esposa dele guardavam dentro de si mesmas. Vovô sentou-se na sala onde as duas estavam e disse que precisava lhes contar uma coisa que acontecera no hospital.

– Brian, você está me assustando. O que aconteceu no hospital de tão sério assim?

– Nona e Lourdes, eu menti quando disse que estava indo atender uma emergência, mas, agora que sei que tudo está bem, posso contar a verdade a vocês.

– Brian, dou um minuto para você dizer o que realmente está acontecendo. Estou ficando nervosa.

– Eu também, doutor Brian. Por favor, fale logo o que está acontecendo. Quem está doente, que não podíamos saber antes?

– O Bruno voltou da guerra e foi encontrado perto da estação de trem desmaiado. Ele está com uma pneumonia muito séria e precisará ficar internado pelo menos uma semana.

– Meu filho voltou da guerra doente, e só agora você vem avisar-me?

– Norma, eu precisava ver qual era o estado de saúde dele. Os meus amigos que o acharam perto da estação poderiam estar mentindo também, e ele na verdade poderia estar morto. Por isso fui me certificar de tudo antes, para depois lhes contar.

A sala ficou em silêncio. Lourdes levantou-se e caminhou para a porta, tomando o caminho que a levaria de volta para junto do homem que amava. Norma fez o mesmo.

Lourdes chegou ao hospital e permaneceu lá até o dia em que Bruno teve alta. A ordem era que nenhum assunto referente à guerra fosse conversado. O primeiro passo para um bom tratamento era que as lembranças piores fossem esquecidas. Na volta para casa, Bruno pôde, enfim, conhecer seu filho, mas a princípio a rejeição foi inevitável. A dor que sentia ao se lembrar de tantos soldados que haviam perdido a vida e deixado seus filhos o atormentava, e ele carregava uma culpa que foi sendo amenizada ao longo dos meses seguintes.

Marcelo veio visitá-lo inúmeras vezes e trouxe consigo a esperança de retorno à vida. O soldado e companheiro de Bruno começou a mostrar a meu tio a importância de voltar a viver. Os dois haviam tido o privilégio de voltar para suas famílias com vida e agora, mais do que nunca, tinham de resgatar com dignidade o que haviam deixado para trás. Marcelo falava sempre a respeito da Segunda Guerra, pois foi o único modo que encontrou para fazer Bruno chorar e desabafar. Em uma última visita de Marcelo a meu tio, antes que ele melhorasse de vez, um pedido em forma de apelo foi feito por parte dele ao amigo:

— Marcelo, sei que todos vocês estão tentando ajudar-me de uma forma ou de outra. Mas o que quero mesmo, e conto com sua ajuda para conseguir, é poder me deslocar daqui para a Itália e, nos mesmos campos em que lutamos, pedir desculpas àqueles soldados que morreram por minhas mãos.

— Bruno, para que rememorar tudo isso? Para que ficar aumentando a dor que tanto o atormenta?

— Eu sei que somente assim poderei voltar a viver. A guerra acabou, a Europa está assolada, mas para mim a guerra aumenta em batalhas que travo comigo mesmo e com minha culpa.

— E você acha que isso daria certo? Acha que assim você estaria tirando um peso, uma culpa que não precisa ter?

— Tenho certeza disso. E conto com você, pois você é solteiro e poderia me acompanhar. Somente dois soldados que viveram aquele horror podem saber tudo o que se passa um com o outro.

— Amigo é para essas coisas. Se acha que voltar à Itália vai tirá-lo desse mundo que criou somente para si, eu vou com você.

— Obrigado, meu amigo!

Brian foi o primeiro a ficar sabendo dessa nova ideia do filho Bruno, mas entendeu sua posição e ficou encarregado de convencer as duas mulheres que mais o amavam de que essa viagem seria saudável para ele. Pai e filho acertaram todos os detalhes da viagem de navio para dali a quinze dias. Só foram ao porto Brian, Norma e Lourdes. Marcelo os aguardava com os pais. Quando o navio fez a chamada para o embarque, meu tio Bruno afastou Lourdes para um canto e lhe disse com muito amor no coração:

— Espero que realmente entenda o porquê de eu estar fazendo essa viagem. Será muito importante para mim estar naquele lugar de novo.

— Eu sei, Bruno. Entendo perfeitamente. Quando você foi para aquela guerra, procurei me isolar, pois nunca entendi sua posição

Mar de fevereiro

e nunca irei entender, mas agora é diferente: você está indo para curar seu coração.

– Logo que eu resolver essa minha dor, voltarei podendo dizer que sou um homem bem melhor.

– Tenho certeza disso.

– Vamos, Bruno. Acho que só nós dois ainda não subimos neste navio – falou Marcelo.

– Vamos!

Bruno deu um abraço carinhoso em todos e partiu para mais uma aventura, mas desta vez com um propósito diferente. O que ele mais queria era voltar para sua família e poder dizer que era um simples homem de volta à sua vida. A viagem durou mais de um mês. Marcelo, como era solteiro, procurou se divertir da melhor maneira possível, participando de qualquer divertimento que o navio pudesse proporcionar. Todos os dias, depois do jantar, Bruno fazia diferente: encaminhava-se para sua cabina e escrevia durante horas o que se podia intitular de memórias de uma guerra. Esse livro foi descoberto por mim depois de muitos anos, quando do falecimento de Leandro, filho de meu tio Bruno.

Voltando ao cenário do porto do Rio de Janeiro, Norma e Brian caminhavam de volta ao carro quando depararam com uma cena triste, que encheu de dor o coração do casal. Na saída do porto, perto do muro preto que circundava toda a extensão da entrada principal, meus avós viram escritos em branco que marcavam uma realidade jamais esquecida por aquela família. Norma aproximou-se e, ajoelhada, pôde ler com todas as letras o desabafo de Lucas. Naquele mesmo lugar, tempos atrás, Lucas Molina deixara suas memórias grafadas como um aviso a outras gerações.

Brian leu em voz alta o que seria não a angústia de um homem, mas a angústia do próprio filho, que se traduzia em palavras cifradas mais ou menos assim:

Hoje vi ao longe o fim de um sonho de cura para todos os meus males. O sol se pôs no horizonte e trouxe a certeza de que as pessoas que um dia abandonei tocaram suas vidas e tornaram--se pessoas fortes pela própria vontade de viver e serem felizes.

Deixo aqui nestas linhas a certeza de que o álcool é um mal que mata e desata todos os laços que unem pessoas que se amam, principalmente quando existe de um lado alguém como eu, que nunca quis ser ajudado. Hoje escrevo estas palavras tremendo, mas em um único momento de sobriedade, antes de tomar o meu primeiro gole desta manhã. (Lucas Molina)

Lourdes, que já estava no carro há um bom tempo, voltou preocupada pela demora do casal, encontrando-os em uma triste cena de dor.

– Brian, Norma, o que está acontecendo?

– Lourdes, você se lembra de quando Marta me contou que havia visto Lucas aqui no porto em total estado de mendiguez, e que demorou a contar para mim, com medo da minha reação?

– Lembro sim, foi na saída para a lua de mel dela. Ela guardou isso com ela por mais de três meses, até que não aguentou mais. Não foi?

– Foi, e agora Brian e eu achamos um escrito de Lucas nesta parede em que ele fala com bastante clareza sobre sua situação naquele dia. Ele viu Marta, mas não quis ser ajudado e deixou que ela partisse. Sua fraqueza o matou.

– Se Marta souber disso, vai ficar arrasada, dona Norma.

– Por isso mesmo nenhum de nós vai contar que viu o que está escrito aqui neste muro. Será um segredo nosso.

– Brian, por que não copiamos este escrito de Lucas?

– Foi o que pensei. Vou copiar e guardar somente para nós dois e Lourdes, que saberá manter esse segredo longe do conhecimento de nossa filha.

– Sim, senhor!

Norma e Brian chegaram em casa e guardaram a sete chaves o papel em que foram copiadas as últimas palavras, pois depois de um tempo ficaram sabendo que o filho havia morrido. Marta nunca veio a saber disso, tocando sua vida apenas com a lembrança de um irmão que se fora. Vi em mãos o papel desgastado pelo tempo. Minha curiosidade levou-me a perguntar a Nona se de fato eu estava certa em pensar assim:

– Nona, Marta sempre foi triste por dois grandes motivos, não é?

– Depende... Que motivos são esses?

– Primeiro, a perda de seu marido, antes mesmo que eu tivesse nascido, e de forma tão drástica; e segundo, o peso que ela sempre carregou em relação a achar que deveria ter ajudado tio Lucas naquele dia em vez de partir para a sua lua de mel.

– Acho que agora você pode entender um pouco mais sua mãe e o fato de ela ser tão distante de você e de todos nós, membros da família.

– Sinceramente, não sei se ela merece ser compreendida. Eu sou filha dela e nunca tive o verdadeiro amor de uma mãe. Sempre gostei de ser criada pela senhora, mas o amor de uma avó é diferente, e a senhora bem sabe disso.

– Nunca é tarde para se tentar resgatar esse amor. E a melhor forma é uma longa conversa. Quem sabe se agora, depois de saber de toda a história, quer dizer, pelo menos até o casamento de sua mãe, você não tenta mostrar a ela que você existe e precisa muito dela?

– Não sei se agora seria um bom momento para se ter esse tipo de conversa, pois a primeira coisa que vou escutar é que sou apenas uma menina.

– Mostre a ela que você não é mais uma menina. Só não deixe passar muito tempo.

Seguindo os infinitos mares do Atlântico, retornamos ao cenário da viagem de Bruno à Itália. Na chegada ao porto, os dois aventureiros pegaram uma condução para a região de Montese, onde Bruno ficara mais de quatro meses em combate e a Força Expedicionária Brasileira vencera bravamente seus inimigos. Tarde da noite, chegaram a uma hospedagem, alugaram um quarto com duas camas e trataram de tomar um bom banho e dormir para que no outro dia pudessem ir ao encontro do objetivo principal daquela viagem.

Toda a Europa estava ainda devastada pela guerra. Vários lugares por onde Bruno e Marcelo passaram, até chegarem à hospedagem, estavam ainda marcados pela destruição. As pessoas também demonstravam no semblante e nas atitudes o medo e a angústia de cinco anos de uma guerra totalmente sem escrúpulos.

Bruno acordou bem cedo e fez com que Marcelo o fizesse também. Os dois desceram e tomaram um delicioso café da manhã. Conseguiram uma condução para leva-los à região do combate e embarcaram para a realização do verdadeiro objetivo de toda a viagem.

Descendo do carro, tiveram que andar um bom pedaço a pé. Depois de uns quinze minutos, tio Bruno viu o que restou do campo de batalha da região de Montese, que, para muitos, foi um dos mais sangrentos enfrentados pelos brasileiros. Bruno ajoelhou-se em frente ao que restara de uma trincheira e rezou por todos os que ali perderam sua vida de forma cruel. Marcelo, que trazia flores, entregou-as a Bruno, que sabia exatamente o que fazer. Ainda ajoelhado, Bruno começou a despetalar todas as rosas e a pedir perdão por todos os soldados que haviam sido mortos por ele, deixando assim suas famílias abandonadas. A medalha que Bruno trazia guardada em uma caixa foi retirada e enterrada no chão com a certeza de que naquele solo Bruno Molina Stuart enterrava a vontade de um dia lutar pelo ideal de uma guerra que o fizera apenas enxergar que um verdadeiro homem nunca poderia participar.

Aqui deixo o meu pedido de perdão para estes vários soldados. Não sei se ainda poderei dizer que sou um homem de honra por esta medalha que recebi, pois me sinto apenas mais um ser humano que precisou matar para provar seu verdadeiro poder, ou seja, nada! (Bruno Molina)

Esta frase retirei do livro escrito por Bruno, que me foi dado em legado quando da morte de Leandro. No testamento de meu primo, ele realizava o sonho de seu pai, deixando para a menina que um dia escutara atentamente a história da vida de sua avó mais um acervo para seu brilhante livro.

Eu e Nona paramos por aquele dia, mas antes de partir para o meu quarto não pude deixar de perguntar:

– Nona, meu tio Bruno melhorou mesmo depois que voltou de sua segunda viagem à Itália?

– Sim, minha filha. Depois que voltou, ele tomou novamente o rumo de sua vida, trabalho e família.

– E o amigo dele, o Marcelo? Eles ainda são amigos?

– Até hoje. Inclusive seu tio Bruno foi padrinho de casamento dele algum tempo depois, pois a diferença de idade entre eles era muito grande, mas a amizade que os uniu permanece até hoje.

– E tio Bruno, nunca mais tocou no assunto da guerra?

– O único comentário que ele fez foi quando achou todas as cartas fechadas enviadas a Lourdes guardadas em um armário, dentro de uma caixa. Lembro-me de que ele perguntou se eu sabia que ela nunca tinha lido nenhuma delas, e apenas respondi que não.

– E depois?

– Depois, ele guardou tudo do mesmo jeito e nunca mais se ouviu falar em Segunda Guerra Mundial.

– Vou dormir, vovó. Até amanhã.

– Durma com Deus, minha filha.

Sentada no chão do meu quarto, fiquei pensativa por dois motivos: primeiro, porque faltava apenas uma semana para minhas férias terminarem; e segundo, estava com uma vontade muito grande de conversar com tio Bruno a respeito daquelas cartas. Sua esposa morrera há algum tempo, por isso pensei que, talvez, ele pudesse me ceder alguma para eu colocar no meu acervo de memórias da família Molina. Tentei criar coragem para no outro dia tocar nesse assunto tão delicado e há tanto tempo escondido no seu passado.

Capítulo 18

Acho que naquele dia 1º de fevereiro de 1971, fui a primeira pessoa a acordar na casa de praia. Fiquei ansiosa durante toda a noite e tive mais uma vez sonhos horríveis, que me levaram a levantar um pouco antes das seis. Depois de tomar um banho, fiquei espiando a janela, esperando que Bruno saísse para sua caminhada matinal e assim eu pudesse ir a seu encontro para uma conversa.

Enquanto esperava, fiquei no peitoral da janela sonhando. Dali, podia enxergar as pedras onde Nona e Brian tinham se beijado pela primeira vez e de onde surgira toda aquela história. Nunca havia nesses anos todos parado diante daquele cenário para apenas sentir sua realidade. Era até engraçado que uma menina agora um pouco mais crescida, que antes descia pela árvore de sua janela em brincadeiras de criança, agora pudesse enxergar mais além. Comecei a rir sozinha e ao mesmo tempo chorar. Era um misto de alegria e tristeza que tomava conta de mim. Meu tempo com Norma Molina se acabava, mas a lembrança daquelas pedras sempre ficaria guardada, principalmente por eu saber que minha história também faria parte de cada capítulo dessa vida que estava agora de partida.

Quando abri os olhos de novo, percebi que tio Bruno começara sua caminhada. Desci as escadas como se estivesse atrasada para a escola e somente quando estava bem perto diminuí o ritmo dos passos, para que ele não desconfiasse de minha ansiedade. Comecei a andar a seu lado e, antes que criasse coragem definitivamente para entrar no assunto que me levara até ali, ele mesmo perguntou:

– Oi, menina linda. O que está fazendo aqui?

– Tio Bruno, estou meio sem graça de falar, mas quando chegarmos perto das pedras podemos sentar um pouco? Assim eu explico por que estou aqui.

– Você quer conversar alguma coisa comigo?

– Sim, quero muito conversar com o senhor, se o senhor não se incomodar.

– Tudo bem. No momento em que chegarmos às pedras, você me diz o que quer. Agora gostaria de seguir em silêncio, pois eu gosto de escutar o mar.

– Sim, senhor!

Chegando às pedras, respirei fundo, criei coragem e, depois que me sentei, comecei a longa conversa:

– Tio Bruno, em primeiro lugar, acho que eu poderia perguntar isto: por que você e minha mãe não se dão muito bem?

– E quem disse que eu e sua mãe não nos damos muito bem?

– Nona. Ela me disse que você e tia Duda nunca aceitaram a minha mãe como irmã. Por quê?

– Sei que não veio aqui só para me perguntar isso, então não levarei em consideração essa pergunta. Pode falar por que realmente você veio aqui e o que quer.

A certeza da falta de afinidade entre os dois irmãos concretizou-se naquele momento. Deixei de lado aquele assunto e comecei a falar a respeito do que me levara até ele. Durante mais de dez minutos, narrei o que fazia no quarto de Nona todos os dias e falei sobre as memórias que estava escrevendo a respeito de toda a vida da família Molina. Contei que um dos capítulos falava sobre ele na Segunda Guerra Mundial. Tio Bruno começou a esfregar uma mão na outra, antes de perguntar:

– E o que uma menina tão jovem quer saber a respeito de uma guerra tão cruel?

– Tio Bruno, sobre a guerra acho que tenho dados suficientes. Na verdade, o que me deixou curiosa foram as várias cartas que o senhor mandou para sua esposa e nunca foram lidas. Por quê?

Lembro-me de que Bruno respirou fundo e, olhando ao longe, simplesmente respondeu:

– Não sei! Minha esposa procurou só esquecer e pronto.

– Mas isso nunca o deixou triste?

– Você sempre faz tantas perguntas assim, menina?

– Desculpe, tio Bruno, mas, talvez aos olhos de vocês adultos todo esse meu interesse seja uma simples curiosidade infantil, porém tudo o que Nona vem me contando desde o anúncio de sua doença faz parte agora da minha vida. Saber certas coisas é muito importante para mim, entende?

– Mas por que o interesse pelas cartas?

– Na verdade, eu só queria uma delas fechada para colar no meu diário *Memórias* e saber que ali alguém quis apenas esquecer a história de uma guerra.

Como um gesto de carinho, Bruno pegou minha mão e disse:

– Queria poder contar a história de minha vida para alguém que tanto almeja escutar. Você é uma menina nobre, e um dia saberá um pouco mais de tudo o que escutou de sua Nona.

– Como assim?

– Menina, não me faça mais perguntas por hoje. Amanhã lhe darei a caixa de cartas e você escolhe a que quiser. E também pode lê-las, pois nem eu mesmo me lembro do conteúdo delas. Talvez, quem sabe, você tire mais algum ensinamento para sua vida através delas.

– Com certeza, tio Bruno. Muito obrigada pela sua compreensão.

Bruno silenciou. Fiquei mais de dez anos sem entender por que ele dissera que um dia eu saberia mais da história que Nona contara. A resposta veio, como falei, com a morte de Leandro. Em seu testamento, ele deixara como legado para mim o seu livro escrito dentro do navio, cujo privilégio da leitura apenas eu tive. Era um livro completo em que tio Bruno narrava desde sua saída do porto brasileiro até a volta para entregar a própria honra. Era uma página triste de sua vida que lhe fora arrancada através de cada linha. Nunca imaginei que eu seria a escolhida, mas, depois que recebi em minhas mãos todo aquele conteúdo, tive certeza de que a conversa na praia fora o dia da decisão, pois naquele dia Bruno Molina me escolhera para aprender mais sobre sua vida.

No outro dia, a caixa estava em cima da minha cama. Eram mais de trinta cartas, todas desgastadas pelo tempo, mas ainda totalmente lacradas. Em cima havia apenas um bilhete dando-me a autorização para ficar com todas e aprender com elas mais um pouco.

No dia seguinte, eu e Nona tivemos uma boa surpresa. Mateus, tal como prometera, viera visitar vovó.

Judith bateu à porta e foi logo dizendo:

– Dona Norma, tem visita para a senhora.

– Visita? Não estou esperando ninguém. E nem escutei barulho de carro chegando.

– As janelas estão fechadas, vovó, por isso não escutamos. Mas quem é, Judith?

– É o senhor Mateus.

– Nona, a senhora quer recebê-lo aqui no quarto?

– Se ele estiver sozinho, prefiro.

– Eu irei buscá-lo, Nona!

Desci correndo as escadas e na sala de visita estava meu grande amigo. Fui recebida com um abraço de saudade e um belo sorriso. Subi com Mateus para o quarto de Nona, onde passamos quase o dia inteiro conversando. Mateus contou tudo o que acontecera em sua vida – os estudos fora do país, o que conseguira profissionalmente e seu retorno depois de tanto tempo. Contou também o porquê de não ter ficado definitivamente em um país estranho. Por último, falou da saudade que sentia da tia e pediu muitas desculpas pelo tempo que ficara sem ver sua amiga Norma. A visita foi muito curta, pois Mateus teve que voltar naquele mesmo dia para o Rio de Janeiro. Ao pôr do sol, ele me fez um convite para acompanhá-lo em um passeio pela Praia das Flores, e também ao túmulo de Marta.

Como dois grandes amigos, andamos pela areia, evitando falar. Procuramos apenas sentir o que aquele cenário poderia nos proporcionar. Chegando ao túmulo de Marta, Mateus rezou pela sua tia e colocou no lugar vazio da foto uma que eu não vira naquela visita em que lhe fizera. Marta tinha uns quinze anos de idade, era magra e tinha um rosto simplesmente maravilhoso.

– Essa foto você não viu aquele dia, não foi? – perguntou Mateus.

– Pelo menos, eu não me lembro de tê-la visto no meio de todas aquelas outras. Onde estava escondida?

– Ela não estava escondida, princesa. Só estava esperando o momento certo para colocá-la no devido lugar. Esta foto estava guardada para o dia em que eu viesse pessoalmente ao túmulo de minha mãe para homenageá-la.

– Sua mãe? Como assim?

– Acho que Norma não lhe contou tudo porque nem ela mesma sabe de tudo. Nunca fui sobrinho de Marta; ela era minha mãe.

– Por que o segredo?

– Ela seria tachada pela sociedade como mãe solteira se me assumisse como filho. Minha tia estava grávida na época e, como perdera seu bebê, começou a me tratar como seu filho.

– Por que esta foto?

– Porque foi um pouco antes de ela engravidar. Ela era linda, não era?

– Nona não sabe disto?

– Acho que não, princesa, e sabe por quê?

– Não.

– Porque, se Marta contasse que tinha me entregado para a irmã adotar-me como filho, com medo do que a sociedade pudesse falar, e depois que me criara como sobrinho quando sua irmã morrera, acho que Norma não aceitaria.

– Com certeza. Mateus, será que quando minha avó morrer elas vão se encontrar?

Mar de fevereiro

– Com certeza, e as duas darão boas risadas juntas de novo.

Sem conseguir mais esconder meu sofrimento e deixando de fingir que era forte, ajoelhei no chão e chorei desesperadamente. Lembro-me de que, enquanto chorava, pedia sem cessar que Marta cuidasse de minha avó, fosse para onde ela fosse. Mateus, sem saber o que fazer, apenas me abraçou. Não consegui falar; apenas aceitei o carinho de Mateus, a quem passei a considerar como meu tio de verdade a partir daquele dia. Seus filhos e netos são da minha família até hoje, e seu neto mais velho, como ironia do destino, é namorado de minha filha mais velha.

Mateus despediu-se de Nona e nunca mais a viu viva. Nós sempre nos visitamos, ele vem à minha casa ou eu vou à dele, e nos tornamos grande amigos. Sofri muito também quando ele se foi, vinte anos depois. Hoje, quando olho a sua foto junto a Marta ainda menino, trago a doce lembrança de um rapaz e de um homem que um dia, com poucas palavras, ensinou-me a suportar a dor da perda, especialmente ao saber que ele perdera o verdadeiro amor de sua mãe durante anos e nunca deixara de amá-la mesmo assim.

No fim daquele dia da visita de Mateus, não voltei ao quarto de Nona, apesar de saber que me restavam apenas quatro dias antes de retornar aos meus estudos. Preferi ficar em meu quarto, apenas pensando. Mas uma surpresa inesperada fez-me levantar da cama. Nona dirigiu-se ao meu quarto e, daquele instante em diante, minha avó passou a narrar o último capítulo da própria história. Eram apenas sete horas da noite. O jantar fora servido, mas nós duas, sem fome, contentamo-nos com palavras verídicas, que nos alimentaram. Confesso que essa parte talvez foi a mais difícil de ser contada por Nona, mas, sem perder as forças em nenhum momento, ela delineou o fim da história de um médico.

Brian começou a dar sinais de cansaço tanto físico quanto mental algum tempo depois da volta de Bruno. Nessa época, meu avô estava com 68 anos e ainda trabalhava incansavelmente, como se fosse aquele mesmo jovem que começara o serviço como médico naquela cidade, há 43 anos. A mesma quantidade de pacientes era atendida e a mesma rotina mantida, mas chegou a hora em que seu corpo começou a pedir um pouco de descanso. O derrame veio de maneira rápida e cruel, tirando Brian de sua vida e de tudo o que mais amava: o trabalho e a família. Percebi, neste momento, certa inquietação por parte de Nona, e também notei que seu nariz sangrava muito.

– Nona, seu nariz está sangrando. O que está acontecendo?

– De vez em quando acontece, e você está proibida de falar isso para alguém. Acho que são consequências de minha doença.

– Mas a senhora tem que falar com o doutor Krei e voltar a tomar os seus medicamentos.

– Minha filha, você acha que tomando ou não os medicamentos, eu terei mais ou menos tempo de vida? Tenho é que aproveitar o que me resta, principalmente junto a você.

– A senhora não acha muito egoísmo de sua parte?

– Egoísmo seria se eu ficasse enrolando e sofrendo ao lado de vocês. O que é inevitável, para mim, não é egoísmo.

Coloquei a cabeça de Nona em meu colo, esperando que o sangue estancasse. Acho que o cansaço daquela senhora era tanto que no pequeno intervalo em que eu cantei um pequeno verso de uma canção ela simplesmente adormeceu. Ver aquela cena bem real diante de mim era uma tortura, por isso tratei de arrumar um colchão para que eu pudesse me acomodar perto dela. Ao mesmo tempo em que entendia a posição de Norma, achava que ela estava sendo egoísta ao deixar de fazer seu tratamento com o dr. Krei. Pela manhã, estava no banheiro quando percebi que Nona levantara-se com dificuldades para tomar o café da manhã que eu trouxera. Ela não emitia nenhum som, mas era visível a dor que sentia, e que aumentava a cada instante. Mas isso era como uma rotina constante para ela, então, antes mesmo de tomar seu primeiro gole de leite, Norma Molina continuou a história do dia anterior.

Era um dia normal de trabalho. Brian levantara cedo e, depois de tomar seu café da manhã, partira para o hospital. Durante toda a manhã, seus pacientes foram atendidos da mesma maneira. Ao meio-dia, como de rotina, a secretária avisou que sairia para o almoço, mas percebeu que Brian estava estranho:

– Doutor Brian, o senhor está bem? O senhor está inquieto.

– É só uma dor de cabeça que vem me atormentando há mais de dois meses. Mas, depois que eu almoçar, com certeza vai passar. É sempre assim: depois que me alimento bem, parece que vai melhorando aos poucos.

– O senhor quer que eu chame o doutor Adriano?

– Não, eu estou bem, não se preocupe. Vá almoçar, antes que perca todo o tempo do almoço.

– Tudo bem, doutor Brian.

Brian saiu do consultório para também ir para o almoço em sua casa. Por mais distante que fosse, Brian nunca deixou de almoçar com a esposa na casa de praia e descansar a seu lado pelo menos um pouco. Ele adorava deitar pelo menos uns quinze minutos na rede da varanda e tomar um café bem forte enquanto conversava com Nona. No caminho para a saída do hospital, Brian ainda encontrou com Lúcia, uma enfermeira novata, que também vendo Brian estranho indagou:

– Doutor Brian, está acontecendo alguma coisa com o senhor? O senhor está pálido!

– Já é a segunda pessoa que me pergunta isso hoje. Será que estou tão mal assim?

– O senhor está com o rosto abatido. Não quer se sentar um pouco antes de ir para casa?

– Não, eu estou bem. É só uma dor de cabeça chata que está me deixando zonzo, mas que logo vai passar. Obrigado pela preocupação.

– Sim, senhor. Qualquer coisa é só chamar.

Brian continuou sua caminhada e, quando chegava perto da escada, sentiu uma dor cada vez mais intensa, que o fez descer apoiando-se no corrimão. A cabeça parecia prestes a explodir, e a dor foi aumentando cada vez mais. Antes que pudesse chegar ao fim do destino, Brian rolou escada abaixo pelo menos por uns cinco degraus. Meu avô foi encontrado cerca de meia hora depois, pelo próprio genro, Adriano, que estava atrasado para o almoço e, portanto, descia naquele momento para ir para casa. Com uma reação rápida, Adriano começou a pedir ajuda e conseguiu levar Brian para a sala de exames nos próximos quinze minutos.

A angústia era incessante. Dentro da sala, Adriano ficava interrogando o tempo todo os doutores Felipe e Marcelo sobre o que estava acontecendo. Seu sogro estava ali estirado em uma cama de hospital, onde ele mesmo cuidara de tantas pessoas durante mais de quarenta anos. Na verdade, Adriano pensava que o derrame viera de uma descoberta de Brian a seu respeito, por isso a verdadeira ansiedade. Depois de um longo tempo de espera, os médicos foram conversar com Adriano e pediram que ele avisasse imediatamente a família, pois a situação era crítica. Meu pai, neste momento, agindo como médico, tratou de perguntar especificamente a respeito do quadro clínico em que se encontrava o sogro:

– Doutor Felipe, o que realmente aconteceu com Brian?

– Pelos exames realizados até agora, o doutor teve um aneurisma cerebral que o deixou em estado de coma.

– E quais são as chances dele?

– Ainda não sabemos. Ele pode acordar e estar com algumas funções paralisadas, e também pode vir a nem acordar mais, porque, pelo raio-X, o nosso bom Brian tem um outro coágulo que pode, falando em linguajar popular, estourar a qualquer momento.

– E, se ele acordar, quais funções ele pode ter vindo a perder?

– Adriano, reze para que ele acorde, mas vá fazer sua parte como membro da família agora, ou seja, avise sua sogra, antes que essa notícia chegue a ela de uma outra maneira.

– O senhor tem razão. Estou muito nervoso. Ver um homem como ele é, ou era, estendido no chão daquele jeito tirou toda a minha razão neste momento.

– Seja forte, meu rapaz, pois é disso que você mais vai precisar agora.

– Obrigado.

Com a narrativa de Norma, fiquei imaginando o sofrimento de meu pai enquanto caminhava rumo à Praia das Flores para dar a terrível notícia. Chegando a casa, Norma estava costurando calmamente, sem preocupações, pois às vezes Brian almoçava no hospital mesmo, e não tinha o costume de avisar a esposa. Somente quando o genro entrou na sala com uma expressão de dor é que Norma se deu conta de que algo sério havia acontecido.

– Adriano, que cara é essa? Aconteceu alguma coisa com Martinha?

– Com Marta não, dona Norma, mas com...

Antes que meu pai tivesse tempo de responder à pergunta de vovó, ela já se levantou nervosa:

– Com quem então? Fale logo, Adriano.

– Calma, dona Norma. É o doutor Brian.

– O que aconteceu com meu marido?

Nona, neste momento, estava já em prantos e gesticulava, esperando a pior das respostas.

– Dona Norma, o doutor Brian sofreu um aneurisma cerebral e está em coma no hospital.

Norma Molina pensou que fosse desfalecer. Toda a força e a fibra daquela mulher que passara por tantas provações durante sua vida deixaram de existir. "Deus", Nona blasfemou, por que todas as pessoas que ela mais amava tinham que partir de uma maneira tão dolorosa e cruel? Primeiro Marta, com um infarto, e agora o marido, com um aneurisma, que, caso fosse superado, deixaria-lhe sequelas. Sua reação imediata foi a de querer simplesmente morrer.

Judith, percebendo a gritaria, veio correndo ver o que era e só teve tempo de ajudar o dr. Adriano a segurar Norma e evitar que ela caísse desmaiada no chão. Nona acordou com meu pai passando um pano molhado em sua testa e começou a querer se levantar, falando que precisava ver seu marido imediatamente.

– Nona, você está muito nervosa. O que vai adiantar chegar no hospital deste jeito? Não adianta; você tem que se acalmar.

– Você acha que é fácil saber que seu marido está morrendo em uma cama de hospital?

– Não, eu sei que não é fácil, mas imagine Brian vendo a senhora fazer essa cena toda. Ele sempre espera de Norma Molina fibra e coragem, e não uma mulher que deixaria se acabar assim.

– Eu tenho o direito de ser fraca pelo menos uma vez na minha vida.

– Pelo contrário; é momento para a senhora ser ainda mais forte, pois tenho certeza de que o doutor Brian irá acordar e precisará muito de você.

— O doutor tem razão, dona Norma — falou Judith, segurando as lágrimas.

Norma apenas deitou a cabeça sobre o ombro do genro e chorou mais um pouco. De repente, como se uma força tomasse conta dela, levantou-se e começou sua caminhada para o hospital junto a Adriano.

Marta ficou sabendo da notícia naquela mesma tarde e, depois de superar o baque, começou a se revezar e a ajudar Nona no hospital. Foi uma longa espera, principalmente por não saberem como Brian acordaria e quais seriam as sequelas que o aneurisma traria. Durante dias, o único comentário em toda a cidade era a respeito do que Brian sofrera, um homem que ajudara tantas pessoas nesses anos como médico e agora estava entre a vida e a morte em uma cama de hospital. Os médicos não sabiam ainda quais poderiam ter sido as consequências. A única coisa a ser feita era esperar para poderem analisar o que realmente acontecera.

Antes mesmo de saber que teria que cuidar do marido como se cuida de uma criança, Norma deixou a máquina de costura e entregou toda a administração das lojas para minha mãe e tio Lucas. Marcus, apesar de estar bem velho, ainda teve forças para continuar tocando os abrigos, até sua morte, também vítima de um derrame, alguns anos depois. A administração do hospital passou para as mãos do dr. Felipe, pai do dr. Krei, que naquela época cuidava de Nona, e os pacientes de Brian começaram a ser atendidos por Antônio, um novo clínico geral que chegara há pouco no hospital e se mostrara um grande profissional.

Brian só foi, vamos dizer, abrir os olhos de novo uns vinte dias depois. E as primeiras conclusões tiradas pela equipe médica não foram as melhores. Em uma reunião entre o dr. Felipe, Norma e o restante dos filhos, ficou tudo esclarecido a respeito do quadro clínico de meu avô. Nona questionava o médico o tempo todo:

— Doutor Felipe, o senhor falou, falou, mas não explicou nada. O que vai acontecer de verdade com Brian daqui para frente?

— Dona Norma, seu marido está com todo o lado esquerdo do corpo paralisado, e também a fala foi afetada.

– O senhor quer dizer que meu marido não pode mais andar nem falar?

– Infelizmente sim, dona Norma.

– Qual é o tratamento a ser feito? – perguntou Marta.

– Seu pai irá para casa daqui a algum tempo, minha querida. O que ele precisará é de um enfermeiro que o alimente e faça massagens constantes, ou seja, uma fisioterapia, pelo fato de que vai ficar muito, muito tempo deitado, e também com a fisioterapia é possível que ele volte a falar de novo; basta que ele mesmo tenha muita força de vontade.

– O senhor está querendo dizer que meu pai nunca mais vai andar? Meu pai é um homem forte e destemido; recuso-me a acreditar que ele ficará sem andar.

– Dr. Felipe, quero dizer que meu marido não precisará de enfermeiro algum. Eu mesma, Norma Molina, cuidarei dele, basta que o senhor me passe todas as recomendações e me ensine como tudo deve ser feito.

– Norma, é um trabalho muito exaustivo. Você trabalha o dia inteiro; acho que não daria conta. Assim, teríamos dois pacientes doentes. Você não iria querer isso.

– Doutor Felipe, a partir de hoje vou deixar todas as minhas atividades de trabalho. Minha filha e Lucas passarão a cuidar intensamente de todas as atividades da fábrica, enquanto eu cuidarei de Brian, e o hospital continuará sob a administração do senhor.

Nona deu assim por encerrado o assunto. A partir do dia 25 de abril, vovó deixou todas as suas atividades nas mãos dos filhos, começando a cuidar do marido. No fundo, Nona sabia que não ia ser fácil, mas conseguiu tirar de si própria a força de um titã e lutou quatro anos, até que Brian morreu, vítima de um segundo aneurisma. Durante esses quatro longos anos, Norma fez todo o serviço de uma enfermeira. Brian não andava e mal conseguia pronunciar palavras inteiras. Todos os dias, era a mesma rotina interminável. Norma acordava cedo, preparava o café da manhã e dava banho em Brian. Depois começava uma sessão de massagem e uma tentativa de ensino, na esperança que Brian falasse de novo. Não que houvesse perdido a fala por completo, mas ele tinha vergonha, pois o som era feio, e as palavras saíam totalmente enroladas. Muitas vezes, Nona lia livros e também o noticiário local para ele, a fim de que sempre o doutor ficasse a par das notícias atuais.

Meus tios tentaram demover vovó da ideia de cuidar de Brian sozinha, mas de nada adiantou. Norma não pôde mais sair de casa e abandonou sua vida social. Tia Duda e Marta só podiam ajudar aos domingos, quando, depois de irem à missa, passavam a tarde com os pais na casa de praia. Depois de ver Norma se mexer na cama onde se deitara, resolvi interromper um pouco a narrativa para perguntar:

– Vovó, meu avô nunca mais falou?

– Brian falava enrolado; eu sabia que no fundo ele tinha vergonha de estar naquela situação, por isso desistiu de lutar e deixou-se dominar pela doença.

– Nona, mas a senhora falou que veio a saber o porquê do carinho e amor que Brian nutria por Enzo quando de sua doença. Como ele lhe contou?

– Descobri depois de algum tempo que Brian fizera anotações a respeito dos fatos que mais marcaram sua vida, e um deles foi esse. Ele fez anotações ao longo de sua vida. Um dia antes de ele morrer, ele me apontou o lugar, mas não consegui entender. Só depois de uma boa arrumação na casa, quando fui juntar todas as suas roupas para doação, é que encontrei junto àquele memorando da Primeira Guerra um outro livro incompleto, no qual seu avô narrava fatos de sua vida.

– E por que então ele gostava tanto de Enzo?

Nona começou a contar que naquele livro encontrado ao acaso Brian havia contado a história de um irmão que perdera. Brian, na época, tinha vinte anos de idade. Cinco anos antes de vir ao Brasil em definitivo, ou seja, cerca de um ano depois de ter deixado a fazenda dos pais, um irmão caçula a quem ele era muito apegado falecera. Fisicamente, o irmão de Brian era bastante parecido com Enzo, o que em um primeiro momento levou Brian a sentir afinidade por aquele rapaz. Também as ideias em relação ao futuro e aos estudos eram totalmente identificáveis com o caçula da família Stuart. Vovó, ao ler toda a narrativa, chegou à conclusão de que Brian sentia-se culpado pela perda de uma pessoa a quem tanto amava. Em um trecho do livro, vovô contava que o sonho de Michael era ir para Londres e deixar aquela vida sem expectativa que viviam na fazenda.

– Nona, mas Brian, na situação em que estava, não tinha condições de levar um irmão para Londres. Ele também não fugiu da fazenda?

– Sim, minha filha, mas, um ano depois de você ter ido embora, chegar a notícia de que um ente seu se foi, e você não vir a saber qual a causa, é muito cruel. Não é fácil não se culpar.

– Vovô, quando conheceu Enzo, quis fazer o que não tivera tempo de realizar com Michael, não é?

– É, sim. Mas, infelizmente, talvez como ironia do destino, ele não conseguiu mais uma vez.

– A senhora acha que ele morreu sentindo-se culpado?

– Sinceramente não sei, pois Brian nunca tocou nesse assunto comigo. Ele guardou esse segredo só para ele. Então, quanto ao que ele sentia ou não, jamais pude tirar minhas conclusões.

– Por que será...

– O quê?

– Deixa pra lá.

– Fale, minha filha. Pode perguntar.

– Por que será que Brian escondeu isso da senhora uma vida inteira?

– Pelas minhas conclusões, acho que era da personalidade dele. Nesse ponto, ele era diferente de mim. Quis esquecer o passado enquanto eu me sentia melhor compartilhando com ele acerca de tudo o que vivera. Cada um de nós tem um jeito, uma personalidade.

– Por isso vocês viveram tão bem durante esses anos todos.

Nona apenas sorriu e continuou a narrativa. Naquele momento, de fato enxerguei o quanto era importante passar para uma pessoa a quem tanto ela amava toda a sua história. Não importava o cansaço ou sua doença, que piorava dia a dia. Nona não quis estender-se muito no sofrimento pelo qual Brian passou durante todos aqueles anos. Deitado em uma cama ele permaneceu, até vir a falecer em uma noite fria de um inverno litorâneo. O mar estava calmo, e Norma fazia os últimos preparativos em Brian antes que ele e ela pudessem se recolher. Nona cantava baixinho, quando sentiu a mão do marido na sua e um olhar de quem precisava lhe dizer alguma coisa.

Com a voz enrolada e muito embargada pela dor e pela emoção, Brian pediu que Norma se sentasse a seu lado e ficasse ali com ele um pouco mais de tempo do que era de costume. Brian não pronunciou mais nenhuma palavra, apenas olhou fixamente para a mulher que sempre havia amado durante uma vida inteira, passou as mãos pelo seu cabelo e chorou, anunciando uma despedida. Poucos minutos depois, o dr. Brian fechou os olhos e se foi, deixando a certeza de uma missão bem cumprida em relação à sua vida profissional e também familiar. Norma, de mãos dadas com ele, deitou-se sobre seu peito e chorou tudo o que vinha segurando durante esses quatro anos de sofrimento. Um homem que dera tudo de si em prol da medicina e das conquistas de cada dia, prostrado sobre um colchão esse tempo todo, era na verdade pior do que a própria morte. Ela sabia que, agora, ele partia para descansar.

Norma Molina esqueceu a tristeza e tratou de tomar as primeiras providências para o enterro. O primeiro a saber foi Bruno, que recebeu o telefonema naquela noite e ligou para o restante da família. Os jornais locais e do Estado do Rio de Janeiro, bem como as rádios, noticiaram a grande perda: "Faleceu na noite passada o médico do povo – Depois de quatro anos de sofrimento, morre dr. Brian, chamado por muitos como o médico dos mais necessitados – a cidade está em luto, irá deixar saudade o médico que deu um pouco de esperança e alegria às pessoas pobres de nossa cidade".

Esses foram somente alguns dos noticiários que Nona guardara e me deu para colar no meu diário *Memórias*. Quando disseram que a população ficou em luto, ninguém exagerou. A casa de praia foi aberta para o velório ao público, e uma previsão numérica feita assim por cima contou mais de cinco mil pessoas que foram dar o último adeus ao dr. Brian. A família e os amigos mais próximos, como os médicos do hospital, tiveram um lugar reservado junto ao mausoléu, e uma missa de corpo presente foi celebrada pelos padres locais. Na hora de colocar o caixão no túmulo, os presentes acenderam uma vela e em coro cantaram uma música religiosa. Depois, uma salva de palmas mostrou o entardecer de um grande homem.

Nessa hora de tanta emoção, Norma não segurou e teve que se sentar, pois naquele gesto ela viu o progresso e as conquistas que seu marido marcara no coração de cada um dos que estavam presentes à cerimônia. Ela sinceramente não imaginava o quanto o povo amava aquele homem e sentiria sua falta. Ele não fora um médico de grandes estudos, cursos no exterior ou grandes descobertas. Fora tão somente um médico que cumprira o juramento feito e cuidara de todos os que um dia precisaram de seus cuidados. Para o dr. Brian, nunca existiu a distinção entre pobre ou rico, negro ou branco – todos os que precisavam de cura, ele estava pronto para ajudar, não importando nem a hora nem o lugar.

Vovó preparara um discurso, mas ele nunca foi lido devido a seu estado emocional. Depois do enterro, começou a primeira semana, que com certeza foi a mais difícil. Norma andava pela casa e sentia um vazio, porque, por mais que Brian estivesse esse tempo todo em uma cama, sua presença era certa, e agora vinha a pergunta que cortava o coração: o que fazer dali em diante? Nessa mesma primeira semana foi lido o testamento que Brian deixara. Seus bens foram repartidos em partes iguais para todos os filhos e a esposa, que ficou com o hospital, a casa de praia e também uma boa quantidade em dinheiro, além de um montante destinado às obras sociais do abrigo. Depois da parte burocrática, Nona tomou uma séria decisão. O retorno à fábrica na parte da manhã ocorreu duas semanas depois, já que minha mãe assumira de vez a administração, e a parte da tarde ficou para as obras sociais do abrigo e das pessoas carentes do Bairro Pobre.

– Nona, por que hoje o hospital não pertence mais à senhora? Quer dizer, por que a senhora tem apenas uma pequena porcentagem?

— Minha filha, eu não entendia nada de medicina, então resolvi deixar que as pessoas que ajudaram Brian a fazer aquele estabelecimento crescer continuassem a fazê-lo progredir ainda mais. Porém, só vendi quando os próprios médicos que já trabalhavam com Brian tiveram condições de comprar.

— Se fosse uma outra pessoa que quisesse comprar, a senhora não teria vendido?

— Nunca, pois talvez a memória de Brian não tivesse sido mantida como lá está. Hoje, os filhos dos médicos mais antigos também sabem quem foi o famoso doutor Brian.

— Os seus filhos nunca ficaram tristes com essa decisão?

— Nem poderiam, pois Brian deixou bem claro no testamento que o hospital seria meu porque nenhum dos filhos quis seguir a carreira que ele sempre amou.

— Nona, eu nunca entrei no Modelo e no final de semana irei embora. Será que, se eu pedir ao motorista, ele me levaria lá?

— Não só levaria como eu também vou com você. Vamos marcar para amanhã de manhã. Lá eu lhe mostrarei um lugar muito especial.

— Mas a senhora vai se cansar muito.

— Não vou cansar nada. E sem discussão. Agora, vá dormir, porque hoje nós extrapolamos nossa rotina de contar histórias.

— Até amanhã, Nona.

— Até amanhã.

Mais uma vez naquela noite sonhei com Nona, mas desta vez não foi um sonho assustador como das últimas duas vezes. Ela e Brian estavam no pátio do hospital conversando, quando da época da inauguração. Os dois falavam com animação e felicidade daquela grande obra que trouxera muitos benefícios, não só para eles, mas também para toda a população local, que tanto amou e respeitou a figura de Brian Stuart. O sonho que tive foi uma prévia da emoção que saberia que sentiria com a visita ao hospital. A história da família Molina me emocionava a cada linha, e, a cada capítulo narrado, a importância dela para mim atravessava barreiras até então estranhas para minha pessoa, abrindo-me uma porta para o futuro. Era como se existisse uma menina antes e uma depois de Norma Molina.

Capítulo 19

No outro dia fui acordada por Nona, que entrou no meu quarto já arrumada e foi logo brincando comigo, tirando as cobertas de cima de mim e me batendo nas pernas enquanto me chamava de preguiçosa:

– Eu que estou velha e minha neta é que dorme até mais tarde e esquece dos compromissos? Vamos, minha filha, o motorista está lá embaixo ansioso esperando-nos.

– Acho que dormi demais, Nona.

– Acha? Pois eu tenho certeza; estarei lá embaixo esperando-a.

De carro, tudo parecia mais perto, mas para mim o caminho até o hospital foi uma distância interminável. Nona, percebendo certa agitação das minhas pernas, que só ficavam assim quando eu estava ansiosa, perguntou:

– Minha filha, você é uma pessoa tão calma. Por que essas perninhas estão se mexendo tanto de lá para cá?

— Porque eu quero chegar logo, e o caminho está parecendo uma eternidade, sabia?

— Cada dia mais eu tenho a certeza de que escolhi a pessoa certa para saber de toda a história da grande família Molina.

— Nona, mas não foi a senhora que me escolheu, pois fui eu que cheguei de enxerida um dia no quarto e pedi que a senhora me contasse sua vida.

— Sim, você fez isso, mas, se eu não quisesse, era só inventar uma desculpa, não era? Então, quando resolvi narrar minha história, eu na verdade havia escolhido você.

— E foi uma boa escolha, pode ter certeza, pois tudo o que está escrito não serão apenas palavras, mas ensinamentos que estarão eternamente guardados aqui, no meu coração. Este é o meu cofre onde estará depositada toda a gama de informações de minha família.

— Tenho certeza de que escolhi muito bem, minha neta.

— Estamos chegando, dona Norma — falou o motorista.

— Ah, meu Deus! — disse Nona.

Somente consegui voltar ao normal quando desci do carro e senti em mim a presença viva de Brian naquele lugar, em especial ao olhar fixamente para as escadarias que ele subiu por mais de 25 anos, dedicando uma vida inteira à arte de curar as pessoas. Dei o braço para Nona e subimos devagar. Percebi que Norma subia ainda mais devagar do que o normal, pois olhava para a imagem de Nossa Senhora que ficava no topo, dando até a impressão de que rezava.

Chegando à recepção, uma moça de uniforme azul, com o nome do hospital bordado, recebeu-nos:

— Em que posso ajudá-la, senhora? E a você, menina?

— Eu me chamo Norma Molina. Gostaria apenas de mostrar o hospital para a minha neta. Poderia fazer isso?

— A senhora é esposa do doutor Brian? Meu Deus! Sempre tive vontade de conhecer a senhora. Fique à vontade. Pode andar por todos os lugares, lógico, que não sejam proibidos.

Nona riu e respondeu:

— Muito obrigada. Seu nome, qual é?

— Beth, Maria Elisabeth, mas pode me chamar de Beth.

— Obrigada, Beth.

O primeiro lugar ao qual Nona levou-me foi para ver a placa em homenagem a Enzo e Brian depois de sua morte. Em seguida fomos ao auditório, que antes era apenas um espaço vazio onde se realizavam todas as festas para os funcionários do Modelo. Quando entrei, imaginei o dia da festa de Natal em que minha mãe conheceu Adriano. Hoje existiam cadeiras ali, mas minha imaginação me transportou para o passado e o que vi, por uns cinco minutos mais ou menos, foram vários casais dançando e no centro o casal principal, que se casaria dali a alguns meses. Fui interrompida por Nona:

— Minha filha, onde você estava agora, que demorei a conseguir fazê-la voltar de seu sonho?

— Nona, estava imaginando o dia em que meus pais se conheceram e tantos outros dias de comemorações que vocês tiveram aqui neste salão, antes de virar um auditório. Meus pais foram muito felizes.

— Talvez não tenham sido tão felizes assim.

— Como assim?

— Como assim o quê?

— O que a senhora acabou de falar, que meus pais talvez não tenham sido tão felizes assim.

— Você deve ter entendido mal. Eu não disse isso. Vamos, quero lhe mostrar o lugar mais precioso deste hospital para mim.

Sabia que Norma mudara de assunto e nem havia se preocupado em disfarçar; ela não iria falar a respeito. Então, desisti de tentar mudar sua opinião. Confesso que fiquei intrigada com aquela resposta furtiva, mas a verdade somente me foi revelada depois da morte de Nona, no capítulo que seria o mais triste da minha história. Subimos para o segundo andar e caminhávamos pelo corredor. A cada passo que dávamos, Norma recebia um sorriso especial de algum funcionário do hospital. No corredor encontramos com o dr. Krei, que não pôde deixar de parar um pouco para conversar:

— Minha querida Norma, vejo que está muito bem. Sua vinda aqui é para uma consulta? Minha paciente mais rebelde resolveu enfim se tratar?

– Não, meu querido. Hoje é uma visita especial; trouxe minha neta para conhecer um pedaço da história do avô, que infelizmente ela não teve o prazer de conhecer pessoalmente.

– Que bom! Mostre tudo para ela e fiquem à vontade. Agora, Norma, se quiser passar depois em meu consultório só para uns exames de rotina, eu ficaria muito feliz, e sua família também.

Nona foi me puxando pelo braço e só tive tempo de dizer:

– Foi um prazer, doutor Krei.

– O prazer foi meu, minha menina!

Chegando ao final do corredor, paramos em frente a uma porta branca que continha uma placa indicativa com o nome de Brian Stuart. Abri a boca e tudo o que pude dizer, a voz embargada, foi:

– Nona, o consultório de Brian ainda está aqui fechado com tudo o que ele deixou aí dentro?

Minha avó, depois de abrir a porta, acender a luz e fazer com que eu entrasse, respondeu à minha pergunta:

– Sim, minha filha. Quando vendi grande parte do hospital, uma de minhas condições foi esta: a de que o consultório de Brian fosse mantido fechado e somente tomasse acesso ali atrás daquela mesa algum membro da família que fizesse medicina e se tornasse médico como ele.

– Nona, todos os livros estão aqui, o receituário... Tudo está tão limpo e sem cheiro de mofo! Como a senhora mantém isso assim deste jeito?

– Judith é minha fiel escudeira. Uma vez por semana ela vem aqui e faz uma boa faxina, sem que nada seja removido do lugar.

– E esse acordo vai até quando?

– Até quando algum membro da família Molina resolver seguir os passos do seu patriarca.

– Tomara que alguém tome consciência e resolva fazer o curso de medicina.

– Tomara mesmo, minha filha!

No refeitório, que foi o último lugar da parte interna do hospital ao qual Norma me levou, revivi com muita clareza a memória de Marta, a grande amiga de Nona. Naquele horário, não havia muitos médicos nem muitos funcionários e parentes tomando lanche ou mesmo descansando. Por isso, pude caminhar por entre as mesas, entrar na cozinha e sentir a história de Marta. Do mesmo modo como fui transportada no salão de festas para o passado, ali também imaginei aquelas panelas em ação. Quantas refeições tinham sido servidas ali e quantas comemorações haviam saído das mãos fortes de Marta?

– Nona, Marta sempre trabalhou nesta cozinha?

– Hoje, ela já passou por uma reforma, mas nunca deixou de ser a cozinha de Marta. Sabia que há algumas panelas guardadas ainda com as iniciais dela gravadas? Ela fazia questão de, com uma faca, gravar cada uma de suas companheiras.

– E estão aqui?

– Não, estão no abrigo.

– E agora, aonde vamos?

– Estou cansada e precisando ir para casa. Vamos dar um último passeio pelo jardim e depois vamos embora.

– Sim, senhora.

Foi nesse dia que pela primeira vez sentei-me na fonte trazida da Inglaterra para embelezar o jardim do hospital. Eram duas gerações que, com o sol da manhã, relembravam, cada qual a seu modo, um passado distante. Eu, da maneira como Nona contara, e Norma, do modo como ela realmente vivera.

– Nona, nunca deixarei que a memória de Brian seja esquecida nesta cidade. É uma promessa que lhe faço.

– Tenho certeza disto, minha filha. Você é uma lutadora como eu.

– Eu, sinceramente, não sei ainda como farei isso, mas o doutor Brian nunca, nunca será esquecido, pelo menos enquanto eu estiver viva.

Norma pegou minha mão e a apertou bem forte, como se dissesse "minha hora está chegando", mas não liguei muito, pois sabia que a história daquela família não terminava ali.

Chegamos em casa e fomos logo para o quarto de Nona. Norma começou a me dizer:

– Minha querida, hoje é sexta-feira, e no domingo você vai embora. Tudo o que eu tinha para contar está escrito neste caderninho. Espero que o guarde e um dia transmita o conteúdo a quem achar que vai se emocionar e vivenciar tanto quanto você vivenciou esta história.

– Nona, tenho certeza de que a senhora tem muito mais coisas para me contar. Por exemplo, em nenhum momento a senhora falou da tia Duda.

– Eu falei as coisas que tinham de ser ditas. Agora, gostaria de pedir que aproveite esses seus dois últimos dias de férias na casa de praia antes de voltar para o Rio.

– A senhora tem certeza de que não tem mais nada para me contar?

Recebi um olhar sério e bravo de Nona, o que me fez pedir licença rapidamente e ir para o meu quarto. Confesso que fiquei muito triste, mas discutir as decisões de Norma Molina era perda de tempo. Meus dois últimos dias de férias foram de extrema meditação. Caminhei por toda a extensão da praia. Visitei os túmulos de todos os personagens centrais de minha história e busquei encontrar talvez respostas às perguntas que eu ainda não conseguira decifrar.

No domingo, acordei com um humor fora do comum. Lembro-me de que estava brigando até com as paredes por estarem na minha frente, atrapalhando a passagem. As malas estavam prontas, e o motorista de Nona as arrumava no porta-malas enquanto eu observava pela janela, meu coração insistindo em não querer ir embora. Enquanto apreciava o mar, fui interrompida por Nona, que viera se despedir:

– Bom dia, minha filha, vejo que já está pronta para ir embora.

– Infelizmente, minhas férias chegaram ao fim. Mas, daqui a quinze dias, estarei aqui de novo, eu prometo!

– Se sua mãe deixar, pois seus estudos são bem mais importantes do que uma casa de praia.

– A senhora sabe muito bem que não venho aqui pela casa de praia, e sim pela senhora, ainda mais agora... – Coloquei a mão na boca e me calei.

– ... que estou doente.

– Desculpe, Nona, eu mesmo tento esquecer que a senhora está muito doente, mas não consigo. Desculpe.

— Tenho certeza de que sua mãe deixará você voltar daqui a quinze dias. Mas não venha porque estou doente; venha por você e pela vontade que tem de estar aqui.

Pulei no pescoço de Norma e lhe dei um forte abraço de despedida. Da janela do carro, dei um penúltimo adeus. Naquele domingo, a casa de praia voltou a ter como moradores apenas Norma, Judith e o motorista de vovó, pois o restante da família também tinha de voltar ou para o trabalho ou para os estudos, que se iniciavam na segunda-feira pela manhã. Foi a pior viagem da minha vida, pois sinceramente não sabia se quando eu voltasse à Praia das Flores encontraria Norma Molina viva. Eram mais de duas horas de viagem até o Rio de Janeiro, percurso este que me encheu de inspiração para começar a reler toda a história que me fora contada desde dezembro de 1970.

Eu era uma criança em um corpo de mulher, e por isso mesmo a tristeza tomava conta de mim com bastante facilidade. Eu via o mundo ainda com olhos inocentes e sem a malícia que os adultos vão adquirindo durante toda a vida, por isso meus sentimentos eram muito sinceros e levados sempre pela emoção. Aquela história havia me deixado com o coração apertado e, mais uma vez levada pela minha própria fraqueza, deitei no banco de trás do carro e simplesmente chorei. Apertava o diário *Memórias* sobre o peito e tentava imaginar minha Nona em cada linha, mas viva o tempo todo. Com a voz embargada, repeti várias vezes que nunca poderia deixá-la partir.

E isso realmente aconteceu. Passei vários anos de minha vida sem aceitar a perda daquela mulher e busquei nas pessoas que passaram a conviver comigo, tanto profissional quanto socialmente, alguém que fosse pelo menos parecida com Nona, mas nunca, na verdade, encontrei ninguém. Até hoje, quando eu me olho no espelho, vejo em mim não uma Norma Molina, mas uma pessoa que buscou na dor e no sofrimento captar todos os ensinamentos daquela mulher que fora minha avó e, principalmente, minha mãe para toda a vida.

A primeira semana de aula foi terrível. Sempre fui uma pessoa de poucos amigos, por isso não tinha com quem me encontrar nem contar sofre as férias de verão. Apenas Anabel era minha amiga de verdade, mas ela se mudara para São Paulo, o que me levou a estar só até que conseguisse fazer alguma outra amizade verdadeira. Nos intervalos entre aulas, que não eram muito extensos, procurava fazer anotações no diário *Memórias*, e, no recreio, sentava-me à sombra da mangueira central e lia de novo algum capítulo interessante. Em casa, logo que terminava de fazer os meus deveres, corria para o telefone a fim de conversar com Nona e saber como ela estava de saúde.

Antes de completar os quinze dias, em uma terça-feira, recebi um telefonema do motorista particular de Nona que me deixou surpresa. Logo que atendi, ele foi dizendo:

– Oi, princesa, tudo bem? Aqui é Antônio.

– Oi, Antônio, tudo bem? Aconteceu alguma coisa com a vovó?

– Não, não aconteceu nada, mas ela pediu que eu fosse buscá-la aí em sua casa hoje, depois que sua mãe viajasse para São Paulo.

– Por quê? Você sabe?

– Não, ela apenas pediu que eu confirmasse o horário da viagem de sua mãe, para que eu pudesse buscá-la.

– Minha mãe já viajou.

– E quando ela volta?

– Só no domingo.

– Então, arrume as malas, pois daqui a mais ou menos umas três horas passarei aí para pegá-la.

Não sabia qual era a intenção de Nona, mas arrumei minhas malas o mais rápido possível. Três horas depois, Antônio chegou e partimos no mesmo dia para a casa de praia. Estava pensativa, quando fui interrompida por Antônio:

– A menina está preocupada?

– Sim, Antônio, com duas coisas. Primeiro, com Nona, e segundo, com a diretora do colégio. Ela vai dar um jeito de ligar para minha mãe, e eu vou levar uma bronca daquelas. Você já imaginou?

– Sua avó tomou conta disso tudo. Ela ligou para o colégio e disse que precisava de você na casa de praia e que não deviam importunar sua mãe.

— Nona está realmente precisando falar comigo.

— Não sei se ela precisa *falar* com você, mas que está precisando de você, disso eu tenho certeza.

Interrompi o diálogo e deitei no banco de trás com um aperto no coração. Durante toda a viagem, muitas perguntas vinham à minha cabeça. Será que Nona piorara? Será que estava muito mal e sabia que iria morrer, e queria fazer isso com a minha companhia? Era muita tortura para um pequeno coração adolescente, mas o que fazer? Eu tinha que estar lá, e ela precisava de mim, como dissera Antônio.

Acordei no outro dia com o sol da casa de praia entrando pela minha janela. Estava tão cansada e preocupada com aquela viagem repentina, que adormecera no carro, e Antônio, com dó de me acordar, levara-me carregada para o quarto.

Antes que eu saísse do quarto para ir ao encontro de Norma, ela veio ao meu. Estava com uma dificuldade imensa de andar, mas não deixou que eu a ajudasse de maneira nenhuma. Recebi um abraço caloroso e as palavras que queria escutar:

— Você deve estar se perguntando por que eu a trouxe para cá, não é, minha filha?

— Apesar de gostar muito de estar aqui, estou me perguntando isso sim. A senhora pode me dar uma resposta?

— Só queria você aqui, perto de mim, para podermos andar na praia e ficarmos juntas, só nós duas, sem aquele tumulto de gente.

— A senhora está bem?

— Não, e não vou mentir: as dores têm aumentado muito, mas com você aqui tenho certeza de que conseguirei esquecer dessa doença que me atormenta.

— Por que a senhora não procura o doutor Krei?

— Porque ele não pode fazer nada por mim. E eu me recuso a morrer em um quarto de hospital. Minha vida está aqui nesta praia, e é aqui que quero estar quando chegar a minha hora. E você vai me prometer que não vai chamar ninguém, tudo bem?

— Nunca faria isso.

— Você tomou café da manhã?

– Vou deixar para tomar depois que chegarmos de nossa caminhada.

– Então, vamos!

Nona não me chamara às pressas para me contar algo que faltara de sua história, mas sim para ficar mais perto de mim o maior tempo possível. Durante dois dias, andávamos pela manhã na praia e depois ficávamos sentadas na varanda, lendo e conversando animadamente sobre os mais diversos assuntos. De vez em quando, via que Judith trazia algum medicamento para Nona tomar, e com certeza eram remédios fortes para dor e que aliviavam um pouco o sofrimento, pelo menos por um breve tempo.

Na sexta-feira pela manhã, antes que eu e vovó saíssemos para caminhar, Nona chegou em meu quarto com uma pequena caixa e foi me dizendo:

– Minha filha, dentro desta caixa há muitas coisas importantes e só você terá acesso a elas, pelo menos por enquanto.

– Posso abrir?

– Não, ainda. Você saberá a hora certa de fazê-lo. Não se preocupe, são somente papéis que terão de ser entregues ao advogado da família e uma carta para você. Não há nada sério aí, por isso vamos caminhar.

Guardei a caixa embaixo de algumas roupas dentro de meu guarda-roupa e fui caminhar pela Praia das Flores. Chegando perto das pedras, Nona pediu que sentássemos na areia. Sentamo-nos e, caladas, começamos apenas a admirar a beleza daquele lugar. Depois de alguns minutos, Norma deitou-se em meu colo e começou a falar:

– Princesa, nunca deixe este lugar se acabar.

– Nona, este lugar nunca se acabará, pois ele sempre será a casa de praia da família Molina.

Ficamos ouvindo apenas o barulho das ondas batendo nas pedras. Norma calara-se para sempre e do jeito que sempre sonhara. Nona pressentira que seu momento havia chegado e precisava que eu estivesse perto dela para realizar seu último grande sonho. Eu era apenas uma menina de catorze anos e que naquele momento perdia a pessoa mais importante de sua vida. Não sei de onde veio a força para fazer tudo o que tinha de ser feito. Depois de gritar muito e chorar ao mesmo tempo, Antônio e Judith vieram ao meu encontro, e o motorista de Nona carregou-a para o quarto. Eu e Judith tratamos de colocar uma roupa bem bonita nela enquanto dr. Krei avisava meus tios. A última a ser localizada foi minha mãe, que largou todos os compromissos em São Paulo e veio correndo para a casa de praia.

Só esperaram minha mãe chegar para que o padre pudesse celebrar a missa e o cortejo saísse para o túmulo de Brian, onde Nona, agora, descansaria ao lado do homem que amara durante uma vida inteira. Os jornais, como acontecera há vinte anos, e as rádios noticiavam o tempo todo o falecimento da senhora Molina. Às nove horas da manhã de sábado, depois de uma celebração campal, Norma Molina foi embora de minha vida para sempre. Até aquele momento, eu não tivera a sensação da perda, mas naquele instante somente tive tempo de gritar:

– Espere, não desça ainda!

Minha mãe abraçou-me e disse:

– Querida, não há mais nada a fazer! Sua avó tem que ir!

– Só quero ter...

Não consegui terminar a frase; minha reação foi sair correndo e me esconder nas pedras da Praia das Flores, onde eu considerava que tudo havia começado. De lá, só consegui escutar a salva de palmas do grande público que se reunira para se despedir de Norma e o som da água do mar batendo forte nas pedras. Fiquei mais de uma hora ali, e nenhuma lágrima saltou dos meus olhos. O poema que eu gostaria de ter lido ficou para uma outra ocasião.

Mateus, depois de esperar que eu me acalmasse um pouco, sentou-se ao meu lado e me consolou.

– Mateus, não consigo chorar. Será que isso é certo?

– O fato de não chorar não significa que você não amava sua avó. Significa que dentro de você ela não morreu e nunca vai morrer.

– A história dela está toda escrita aqui no livro *Memórias*.

– Não só aí, minha menina, mas também dentro de você. E tenho certeza de que ela nunca vai morrer.

— Você é um grande amigo, Mateus.

Recebi um abraço carinhoso e caminhamos de volta para a casa central. Durante aquele resto de dia, ainda fiquei um bom tempo conversando com Mateus, sobre os mais variados assuntos. No dia seguinte ele foi embora e ficamos só nós, os membros da família. O advogado veio uma semana depois para falar sobre os negócios relativos à herança de Norma, inclusive a parte que tocaria para cada um dos filhos. Enquanto estavam todos reunidos na sala central, escutei o dr. Otávio falando para todos:

— Dona Norma não deixou nenhum testamento comigo, então vamos abrir o inventário para podermos avaliar todos os bens deixados pela mãe de vocês e fazer a partilha corretamente.

Nessa hora, como estava na sala de jantar e deu para escutar a conversa, entrei na sala central e falei:

— Espere, doutor Otávio. Norma deixou uma caixa com documentos para mim e disse que eu saberia a hora certa de abri-la. Acho que pode ter alguma coisa a ver com um testamento.

— Está aqui com você ou no Rio de Janeiro?

— Está aqui, eu vou buscar.

Corri ao meu quarto e peguei debaixo de minhas roupas a caixa que Nona havia me confidenciado. Na sala, eu mesma fiz questão de abri-la e ver primeiro o que havia ali. A primeira coisa era um envelope amarelo, justamente endereçado ao dr. Otávio, e a outra era um envelope branco, endereçado a mim, que deixei no mesmo lugar para que eu pudesse abrir depois. Depois de ler em voz baixa o conteúdo dos papéis, o advogado da família tomou a palavra novamente:

— Realmente, a menina tem razão. Dentro deste envelope dona Norma deixou todos os seus bens repartidos.

— Como assim? — perguntou tio Bruno, neste momento bastante interessado.

— Isto é um testamento, seu Bruno, em que Norma deixa uma parte de seus bens para o abrigo e também uma quantidade em dinheiro para outras instituições de caridade. Metade, por lei, pertence a vocês, filhos. E o valor será repartido em partes iguais.

Mar de fevereiro

– O que está no testamento equivale a quanto? – perguntou minha mãe.

– Equivale a uma quantidade em dinheiro, e a casa de praia, que fica para sua neta, restando como usufruto seu por enquanto, Marta, até que a princesinha de dona Norma complete vinte e um anos de idade.

Lembro-me como se fosse hoje a reação de raiva e indignação de meus tios. Norma Molina havia deixado a propriedade para sua neta. Choveram perguntas em cima do advogado.

– Doutor Otávio, esta casa é de todos os filhos de Norma e não somente de uma menina.

– Bruno, uma pessoa pode deixar cinquenta por cento de seus bens para quem quiser. Os outros cinquenta por cento, que sua mãe pedirá a um contador para calcular, serão de todos vocês, inclusive os cinco por cento do hospital e a fábrica de roupas infantis.

O silêncio imperou na sala. Eu, simplesmente, não sabia o que fazer. Consegui dizer apenas:

– Nona pode ter deixado esta casa aqui para mim, mas ela sempre será a casa da família Molina. Aqui sempre viverá toda a história de vocês.

Ninguém respondeu nada, e a última vez que os vi ali reunidos foi naquele dia, a não ser Lucas, que nutria um grande carinho pela minha mãe e nunca se deixou dominar pela ambição. Nenhum dos meus tios pôde superar a revolta e participar de minha festa de quinze anos que estava toda programada e arrumada por Norma; apenas tio Bruno, vários anos depois, deixou o diário dele para mim, talvez como um pedido de desculpas.

A carta dentro do envelope branco trazia palavras de minha Nona para mim e também endereços e telefones das pessoas que estavam contratadas para fazer minha festa de quinze anos. A lista de convidados estava pronta e faltavam apenas minhas amigas do colégio, que Norma sabia serem pouquíssimas, além de mais alguns convidados do Rio de Janeiro, amigos do convívio de minha mãe e com quem Nona não tinha muito contato. Em outro envelope, que estava dentro do primeiro, havia uma carta para mim. Foi nessa carta que descobri o pior dos capítulos de minha própria história.

Capítulo 20

   Norma Molina dissera-me dois dias antes de acabarem minhas férias que não tinha mais o que me contar a respeito de nossa família. Não sei se lhe faltou coragem, ou se foi outra coisa, mas o certo é que naquela carta Nona contou uma parte da história que escondera de mim durante todos aqueles anos e que marcou de tristeza para sempre um lado de minha vida.
   Depois que Brian faleceu, mais precisamente uns cinco anos depois, a história que me fora contada é que meu pai falecera em um acidente de carro. Nesse período, minha mãe estava grávida e por isso eu nunca o havia conhecido, a não ser por fotografia. Mas, lendo aquela carta, descobri que a verdade não era essa. Tudo acontecera uns cinco anos após vovô falecer. Adriano começara a mostrar um lado oculto que chocou toda a família. Como minha avó ainda possuía cinco por cento do hospital e não tinha a mínima ideia de como administrá-lo, entregou

nas mãos do genro esse trabalho. O hospital ganhara uma fama incondicional em toda a região vizinha e só perdia para os da capital do Rio de Janeiro. A quantidade de consultas que entravam por dia, as internações e tratamentos rendiam grandes lucros, que, mesmo quando divididos entre os donos, davam uma boa soma em dinheiro para Nona.

    A cada mês que passava, Adriano, aproveitando-se da falta de conhecimentos de Norma, passou a retirar uma quantidade de dinheiro e colocar em uma conta particular sua. Ninguém desconfiava de nada, pois o que sobrava para Norma e era depositado em sua conta dava-lhe, mesmo assim, uma boa estabilidade financeira. Meu pai, talvez percebendo a fortuna que aqueles golpes poderiam lhe trazer, começou a aplicá-los também com o montante de outros sócios. Ele havia feito um bom trabalho administrativo nas contas de Norma, por isso os outros membros da diretoria do hospital também lhe entregaram esse trabalho. O golpe era feito de tal maneira, que nem o contador que o auxiliava desconfiava dos desvios que estavam sendo feitos.

    Somente quatro anos depois, talvez fazendo valer o ditado de que não existe crime perfeito, alguns membros da diretoria começaram a desconfiar, e o contador descobriu uma falha em um dos depósitos realizados na conta de Norma. Foi nessa mesma época que Adriano fugiu da polícia e permaneceu foragido por mais cinco anos. As investigações realizadas mostraram toda a mesquinhez daquele homem que se dissera um dia apaixonado e se casara por amor à minha mãe. O que na verdade se constatou foi que aquele enlace tinha sido apenas um golpe que servira de trampolim para o médico recém-formado subir profissional e também socialmente, pois, casando-se com uma das famílias mais tradicionais de todo o estado, era inconcebível a ideia de não se ascender.

    Nona escreveu apenas essas palavras em sua carta, mas eu precisava saber mais a respeito daquele assunto. Com minha mãe tinha certeza de que não poderia conversar, pois agora entendia perfeitamente o motivo de tanto rancor e, além de tudo, nunca poderia fazer com que ela se decepcionasse com Norma, que prometera com certeza guardar um segredo tão sórdido. A primeira pessoa que veio à minha cabeça, sem dúvida, foi Mateus, e resolvi que no outro dia, chegando ao Rio, iria procurá-lo. Na mesma noite, fui embora para casa. Eram quase nove horas da noite quando entrei no quarto de Marta, que foi logo falando:

– Minha filha, pensei que ia vê-la apenas semana que vem. Você ama tanto aquele lugar, que agora é todo seu...

– Mãe, apesar de Norma ter deixado aquela propriedade para mim em testamento, não me sinto como dona e nunca me sentirei. A casa de praia será sempre de Norma Molina e de toda a família, e, sinceramente, agora que ela se foi, não sei se continuarei indo lá com tanta frequência. Os funcionários cuidarão muito bem de tudo.

– Foi por isso que veio tão cedo, então?

– Não, eu vim porque queria estar perto da senhora e pronto.

Deitei a seu lado na cama de casal e a abracei com força. Sem nenhuma reação da parte dela, resolvi cantar um canção, o que fez minha mãe dormir pela primeira vez nos braços da filha. Só com dezoito anos foi que contei que sabia tudo a respeito do meu pai e que ela não precisava mais se preocupar em fingir sua mágoa e decepção para mim.

No dia seguinte, como era sábado, rumei bem cedo para a casa de Mateus. Chegando lá, fui recebida com festa por todos, principalmente por meu amigo.

– Minha querida, a que devo a honra desta visita?

– Mateus, gostaria de conversar com você em particular, pode ser? Sei que você ficou muito tempo fora, mas talvez saiba um pouco a respeito desse assunto que quero tratar.

– Fale, você está me deixando curioso. Aconteceu alguma coisa?

– Primeiro, quero que leia esta carta e depois você responde às minhas perguntas, tudo bem?

– Você está me deixando assustado agora, mas tudo bem.

Mateus leu todo o conteúdo da carta que Nona deixara para mim. Ao final, com um gesto positivo, apenas me disse:

– Princesa, você tem razão, eu fiquei muito tempo fora.

– Então não sabe nada a respeito deste caso? Há alguém que realmente saiba?

– O que quer saber mais? Sua avó contou tudo a você.

– Nona me contou somente o que ele fez, mas não o que aconteceu com ele depois e nem o porquê de ele ter feito isso tudo com minha mãe e também comigo.

– E você realmente quer saber?

– Quero.

Ele contou tudo em uma conversa que durou mais de uma hora. Naquele dia, fiquei sabendo que meu pai ficara foragido durante mais de cinco anos, e não somente quatro, como dissera Nona, e que só depois fora julgado pelos crimes que tinha cometido. Grande parte do dinheiro que ele roubou transformara-se em imóveis, além de muitas e muitas outras coisas inúteis para seu bel-prazer. Também vim a saber que ele estava preso em uma penitenciária do Rio de Janeiro e que cumpriria mais cinco anos de pena. Mateus revelou ainda que minha mãe conseguira com o juiz uma medida cautelar que impedia Adriano de chegar perto de mim depois que ele saísse da cadeia.

– Mateus, isso é tudo o que você sabe?

– Minha querida, não há nada a fazer a respeito.

– Se eu lhe pedir uma coisa, você faria por mim? Leve-me à cadeia no dia de visita. Só quero fazer uma pergunta para ele.

– Meu amor, sua mãe iria ficar muito brava, muito brava mesmo com você, e principalmente comigo.

– Minha mãe não sabe que eu sei e não vai saber agora. Domingo ela não estará aqui, pois não conseguiu fechar os negócios em São Paulo devido ao falecimento de vovó, e penso que as visitas devem ser nesse dia, estou certa?

– Está certa.

– Eu ligo para você amanhã para combinarmos tudo. Agora tenho que ir embora, pois minha mãe viajará logo cedo.

Mateus apenas balançou a cabeça em sinal afirmativo. No outro dia liguei e combinamos que ele passaria na minha casa por volta das duas da tarde. Quando chegamos à porta daquele presídio, considerado de segurança máxima, confesso que tive uma sensação horrível. Aqueles muros altos, com cercas de arame farpado em toda a sua extensão, trouxeram-me a realidade do ser humano enjaulado pelos próprios erros. Depois que Mateus estacionou o carro e descemos, talvez como uma forma de segurança para mim, andei até o portão de mãos dadas com ele, o que o levou a perguntar:

— Você está bem? Tem certeza de que não quer deixar isso para outro dia?

— Tenho certeza do que quero fazer; só preciso que você esteja perto de mim.

Adriano nunca recebera visitas e, portanto, sempre estava sozinho no pátio vendo os outros detentos alegrarem-se com seus filhos, mães e esposas. Mateus levou-me até perto dele, mostrou-me quem era e soltou minha mão. Sem saber o que fazer, olhei para ele e com meu próprio olhar lhe pedi apoio.

— Princesa, agora é com você. Eu estarei aqui. Você tem que ter forças e ir lá conversar com ele e dizer a que veio.

— Acho que estou com medo.

— O que seria de nós sem nossos medos? O medo nós dá a coragem para sempre tentarmos.

— Minha avó falou-me algo bem parecido.

— Foi ela quem me ensinou.

Surgiu assim uma força indescritível dentro de mim. Comecei a andar e, chegando perto daquele homem, assustei-me um pouco, mas não o suficiente para deixar de iniciar a conversa.

— Oi, tudo bem?

— Tudo bem. Quem é você? Nunca recebo visitas; você deve estar me confundindo com outro detento.

— Você não sabe quem eu sou?

— Não.

— Sou uma sobrinha de Norma Molina e achei que o senhor gostaria de saber que ela faleceu há quinze dias. Você é genro dela, não é?

— Eu fiz muito mal a sua tia, espero que um dia ela possa me perdoar.

— Quem sabe. Você tem filhos?

— Tenho, mas ajo como se não tivesse, pois estou proibido de chegar perto dela. Nem sei o nome dela, tampouco como ela é.

— Senhor, eu tenho que ir agora. Fique com Deus.

Ele apenas me respondeu afirmativamente com um gesto de cabeça. Voltei para perto de Mateus, peguei sua mão e pedi para que fôssemos embora. Ele sentiu que eu não queria dizer nada e, respeitando isso, fomos calados da prisão até em casa. Enquanto fazia um café, eu mesmo senti a necessidade de falar.

– Mateus, não tive coragem de dizer quem eu era. Ele falou que age como se não tivesse filho. Eu o deixei continuar pensando assim, pois ele nunca será o pai que eu imaginei, alguém que morreu e no qual sempre me fizeram pensar como sendo um grande homem.

– E...?

– E, pela conversa, tenho certeza de que ele nunca quis saber na verdade quem é sua filha.

– Você está bem?

– Muito bem. Estou me sentindo aliviada, pois pelo menos consegui conhecer alguém que eu imaginava estar morto.

– Vai contar para sua mãe?

– Quem sabe um dia.

A partir daquele dia, minha amizade com Mateus reforçou-se mais ainda, durando até a morte dele. Meu pai morreu quatro anos depois, na prisão, e foi neste momento que contei para minha mãe que eu sabia tudo a respeito daquele homem que estava na manchete dos jornais. Ele fora assassinado por dívidas na prisão. Eu mesmo tomei todas as providências para o enterro, ao qual compareceremos apenas eu e Mateus, para dizer o último adeus. Minha mãe ainda o amava e ao mesmo tempo odiava aquele que um dia lhe fizera juras de amor eterno, para então desgraçar tudo o que podia existir de mais bonito na alma de Marta. Depois que toda a verdade veio à tona, nunca mais discuti a falta de carinho ou amor da parte de minha mãe. No fundo, eu sabia que ela me amava.

Na segunda-feira, depois do domingo da visita, fui à casa de praia depois da aula. Tinha que fazer o que não tivera coragem, que era chegar perto do túmulo de Norma Molina. Levei um ramalhete de flores, begônias, que eram as que Nona mais gostava, e caminhei para o local onde estavam os grandes personagens de toda essa história: o primeiro era Marta, o segundo, Carmem, o terceiro, Marcus, o quarto, Brian, e, por último, Norma Molina.

Estar ali me fez lembrar de cada página escrita no *Memórias*, que reunia a história de uma família que soubera lutar com bravura e conquistar o direito de dizer que nunca se pode deixar de tentar. Meu poema, que na verdade era apenas um bilhete, foi lido somente para minha avó. Sentada no chão, consegui sem chorar ler o que eu escrevera há algum tempo a respeito da pessoa que tivera e sempre teria importância fundamental em minha vida:

Crianças sonham com mundos fantásticos enquanto a vida real passa despercebida dentro dos corações mais puros e sinceros. Eu fui criança um dia, mas cresci guiada pela força de uma mulher que, a partir dos contos de sua vida, me ensinou os caminhos a serem trilhados na minha própria vida. Norma Molina nunca será esquecida e lembrada apenas por fotos, mas sim por tudo o que ela realizou e continuará realizando através dos seus ensinamentos, que foram captados pelas pessoas de nobre coração. Aqui vai a minha saudação a você, que não foi apenas a minha avó ou mãe nas horas vagas, mas simplesmente Norma Molina.

Terminei aquele dia assistindo o pôr do sol da Praia das Flores. Muito tempo aquela casa ficou sendo frequentada apenas por mim, pela minha mãe e por tio Lucas, por isso eu considerava que ela estava abandonada. Nunca mais houve um verão como aquele, em que toda a família se reuniu para passar grandes momentos. Somente agora começam a se repetir aqueles dias, quando vou com minha família para lá e depois vão chegando os filhos de Lucas com netos e também a família de Mateus, com filhos e netos. Hoje começo a sentir de novo que aquele ambiente pode se tornar uma vez mais um grande ponto de encontro.

Ainda faltavam algumas revelações a serem feitas. O outro envelope deixado por Norma antes de sua morte, como falei, continha toda a preparação de minha festa de quinze anos, inclusive a data: 6 de abril. Meu aniversário era no dia 8, mas cairia em uma segunda-feira, por isso, devido à distância entre o Rio de Janeiro e a Praia das Flores, e por causa das aulas, era necessário que se fizesse a festa no sábado anterior.

O mês de março para mim foi o mais corrido de toda a história, porque, mesmo Nona tendo contratado as pessoas que realizariam a festa, eu é que tinha de escolher tudo, junto com mamãe: enfeites de mesa, bolo, música. O vestido que fora de Norma eu fui buscar no meio de março. Eu e Judith entramos no sótão e puxamos o baú para bem perto, o que levou a empregada de vovó a ficar pensativa:

– Em que está pensando, Judith?

– Não sei, princesa. Sempre entrei aqui para arrumar o sótão e não deixar que a poeira se acumulasse, mas hoje, quando estou aqui de novo, parece que está tudo diferente. Acho que é porque sua avó gostava de vir aqui de vez em quando e ficava um tempão mexendo nas coisas de seu avô.

– Que coisas de meu avô, Judith?

– As roupas que ele usava para trabalhar. Os materiais de trabalho, as agendas velhas com os horários dos pacientes.

– E onde estão todas essas coisas?

– Naquele outro baú, bem ali.

– Será que eu posso ver?

– É lógico, princesa. Admira o dia em que veio aqui, e encontrou os vestidos de sua avó, não ter encontrado esse baú.

– Minha mãe começou a chamar-me para os preparativos do Ano-Novo.

Judith me mostrou qual era o baú e me ajudou a empurrá-lo para um lugar mais claro. Do momento em que abri até o momento em que resolvi fechá-lo, fiquei emocionada com todo o conteúdo guardado há tanto tempo. Eram várias roupas brancas, incluindo jalecos. Também estavam ali os aparelhos médicos e as antigas agendas de meu avô, com o nome de todos os pacientes, dia a dia, e os horários das consultas. Achei bem ao fundo um bloco de anotações em forma de fichas no qual Brian anotava todo o quadro clínico do paciente em todas as consultas.

– Judith, aqui neste caderno tem o nome de todos os pacientes de Brian e também todo o tratamento realizado por ele, dia a dia.

– E esses pacientes aí, minha querida, hoje já têm filhos, já têm netos ou até já morreram, como seu avô.

– Isso explica por que havia tanta gente no enterro de Brian.

– Eu me lembro como se fosse hoje. Toda aquela multidão com velas acesas rezando pelo seu avô. Todos ali eram agradecidos de alguma forma pelos serviços médicos que ele prestou durante toda uma vida. Pena que nenhum filho quis seguir a carreira dele.

– Pena mesmo, Judith. Bom, vamos pegar este vestido logo, porque fiquei muito tempo aqui rememorando, e meu tempo está curto até o dia do aniversário.

Na semana da festa, deixei de frequentar as aulas nos últimos três dias e fui para a casa de praia ajudar nos últimos preparativos. Todos os móveis da sala central foram retirados, formando um salão de festa, como fazíamos sempre no Ano-Novo, e os enfeites começaram a ser colocados. A escada que terminava bem de frente a essa sala foi cercada de flores naturais de um lado, formando uma cerca viva do outro. A ornamentação era com rosas vermelhas e também begônias, que se intercalavam, dando ao ambiente um charme todo especial.

A mesa que ficou de frente para a escada tinha uma variedade de doces, de todas as cores e sabores. E, no meio, o grande astro da noite: o bolo de três andares, de sabor genuíno. Era todo branco com rosas de chantili ao redor. No último andar, uma de minhas bonecas menores, que agora trajava um lindo vestido de quinze anos, simbolizando talvez a passagem da fase criança para uma outra, que nunca gostei de chamar de "mulher", pois assim ainda não me sentia. Dentro do salão central havia cinco mesas de cada lado e, na parte externa, mais umas vinte mesas. Em cada uma delas existia uma tiara de enfeite, que seria minha lembrança, imitando a tiara que Nona usara em seus quinze anos de idade, além de uma rosa vermelha. A tiara fora feita de pedras de cristais e lantejoulas prateadas, e todas as rosas foram colhidas no jardim de Nona.

Mais ou menos umas oito horas da noite eu ainda estava em

meu quarto, sem deixar ninguém entrar, a não ser Judith, que iria me vestir e seria a primeira a me ver vestida como Norma. A cabeleireira fizera um penteado, e minha maquiagem também estava perfeita. Eu e minha mãe tínhamos combinado que ela e tio Lucas receberiam os convidados e que eu apenas desceria mais tarde, pois usaria apenas um vestido. Depois, à meia-noite, como mandava a tradição, eu dançaria a valsa com tio Lucas e meu amigo Mateus. Judith entrou no quarto e me pegou pensativa, olhando para o espelho da penteadeira. Sorrindo, perguntou:

— Nervosa, princesa, ou pensando em alguma outra coisa?

— Estava agora imaginando o quanto seria bom se Nona estivesse aqui comigo. Isso tudo foi planejado por ela. Não é justo que ela não esteja aqui.

— Pense, minha querida, que, onde quer que sua avó esteja, ela estará muito feliz. Você está realizando o sonho dela, algo que nenhuma das filhas realizou. Minha mãe contava-me que a maior decepção de Nona foi quando Duda fez os seus quinze anos de idade e disse que achava uma grande bobagem fazer uma festa. E depois teve sua mãe, que se casou tão cedo, antes mesmo de completar quinze anos, e não pôde também realizar o sonho de sua avó.

— Por falar em tia Duda, ela e meu tio Bruno estão aí?

— Não.

— Foi o que deduzi. Sabe, o que eu acho engraçado é que Nona contou toda a sua história para mim, neste verão, incluindo a história de seus filhos, Bruno e Lucas, mas ela nunca mencionou tia Duda. Por que será?

— Acho que sua tia Duda não tem muita história, princesa. Ela sempre foi isso que você sempre viu: cozinheira, mulher, sem filhos. Seu casamento foi escondido dos pais, pois eles nunca aceitaram o marido dela, e é só.

— Judith, mas isso é uma grande novidade. Depois você me conta. Acho que preciso saber, para completar o diário *Memórias*.

— Não sei muita coisa, pois meus irmãos mais velhos é que me contaram, mas depois eu conto a você o que sei.

— Por isso ela tinha tanta inveja de minha mãe, não é?

– Como assim, princesa?

– Por exemplo, minha mãe diante de tudo o que sei tinha se casado com um homem que agradava muito o meu avô e minha avó, e tia Duda, não. Minha mãe deu-se muito bem tocando a fábrica de roupas infantis, e tia Duda sempre trabalhou em um restaurante, até que montou o próprio, mas nunca deu muito certo.

– É, talvez seja por isso. Mas agora vamos trocar de roupa; você precisa fazer sua entrada triunfal.

– Não chegou ninguém ainda.

– Mas eu preciso tomar conta da cozinha, senão os garçons que foram contratados vão acabar com ela em poucos minutos.

Eu nunca colocara o vestido de Nona, a não ser para ver se precisava fazer alguns ajustes. Colocá-lo foi a maior emoção que eu poderia ter sentido até hoje. Quando me olhei no espelho, parecia ver a própria Norma Molina em sua adolescência. Judith deixou para colocar a tiara por último, e foi nesse momento que realmente dei ares à minha imaginação e me vi como uma verdadeira princesa. Meu sonho se concretizava e só naquele momento, em que estava totalmente vestida como Norma setenta anos atrás, é que percebi o quanto parecia com ela fisicamente. Sentada de frente para o espelho, vi a história se repetindo – a festa sendo realizada na própria casa da debutante. Nessa mesma casa, existia uma escada central de onde eu poderia fazer minha entrada triunfal. Embaixo estavam todas as pessoas que de fato eram importantes para mim, aquelas que eu amava.

Da janela do meu quarto, comecei a ver a chegada de vários carros. Ainda eram somente dez horas da noite, mas os ilustres convidados adentravam o salão principal. Eu faria uma surpresa a todos. Não tinha marcado hora para descer, somente Judith saberia o momento certo e avisaria os músicos para tocarem uma bela canção enquanto eu descia as escadas. Meu quarto era o terceiro depois da escada e, portanto, para ir ao quarto de Nona, não precisava passar pela entrada principal. Antes de enfim descer, fui ao quarto de vovó e fiquei mais ou menos uns dez minutos lá. Fui surpreendida por Judith, que, chegando, falou emocionada:

– Minha menina, se sua avó estivesse aqui ela estaria orgulhosa de você. Você está simplesmente linda.

— Por isso eu vim aqui, Judith, antes de descer, para que minha Nona saiba que eu realizei o sonho dela e também o meu. O vestido dela não vai mais precisar ficar guardado, esperando alguém que tenha a coragem de usá-lo.

— Será que, se você tiver uma filha, ela vai querer usar um vestido seu, ou mesmo o de sua avó?

— Sinceramente, Judith, acho que não. Os tempos mudam e com ele se vão as gerações. Se eu tiver uma filha quando me casar, nem sei se teremos mais a grande tradição das festas de debutante.

— Talvez a tradição não se acabe, mas o modo como ela vai existir seja de outra forma.

— Bom, já são onze e quinze. Uma boa hora para descer. Avise os músicos para tocarem a música preferida de Nona, que eu descerei.

Recebi um beijo de Judith, que sabia perfeitamente que dentro de mim morava Norma Molina.

A *Ave-Maria* de Gonout começou a ser tocada, e todos os convidados neste momento voltaram os olhos para o topo da escada. Fui descendo os degraus bem devagar e, chegando ao último, tive o prazer de ser recebida por Lucas, que me acompanhou em todas as mesas para dar as boas-vindas. Minha mãe, que geralmente não conseguia expressar muito suas emoções, deixou que as lágrimas escorressem. Depois de conversar animadamente com várias pessoas, chegou o esperado momento da valsa. A primeira, com certeza, seria dançada com tio Lucas, e a segunda com Mateus.

O salão ficou vazio para dar passagem à estrela principal da festa, que com certeza não conseguia parar de sorrir. Era como se eu tivesse voltado ao passado e naquele momento me visse nos anos 1900, dançando a valsa com um irmão mais velho. Tio Lucas caminhou comigo para o centro e, mesmo não sendo exímios dançarinos, demos um show à parte. Depois veio Mateus, que, sorrindo para mim, não pôde deixar de dizer:

— Minha princesa, hoje, realmente, sei porque sua avó a chamava deste jeito. Você está muito feliz, não está?

– Muito, Mateus. Principalmente por saber que todas as pessoas que estão aqui neste salão amaram Norma, e a família dela, verdadeiramente. Sabe de uma coisa?

– O quê?

– Eu o conheço há bem pouco tempo, mas já o considero um irmão mais velho e acima de tudo um amigo fiel.

– Eu também, minha menina. E espero que seja muito feliz e siga divinamente os passos de sua avó.

– Obrigada por estar hoje aqui comigo, obrigada mesmo.

Deitei a minha cabeça sobre o ombro de Mateus. Na segunda música, outros casais, inclusive minha mãe e tio Lucas, começaram a tomar o salão. Depois das valsas foram tocados belos boleros e muitos outros tipos de música, inclusive o *rock*, que começava a tomar conta do mundo. Parti o bolo somente depois que foi servido o jantar. Não gostava muito de beber, mas aquela era uma ocasião especial e fiz questão de tomar uma taça de champanhe para brindar. Nesse momento, pedi um pouco de silêncio para fazer o meu brinde e disse curtas palavras:

– A Norma Molina.

Todos os convidados concordaram com meu brinde e deram uma salva de palmas àquela que dera origem a todo aquele sonho. O único casal com quem realmente conversei por alguns minutos foi aquele amigo de tio Lucas, da festa de Ano-Novo. Na época, não entendi por que tamanho interesse de minha parte, mas minha primeira pergunta foi:

– E o filho de vocês, não veio? Ele estava aqui no fim de ano, não estava?

– Ele está estudando fora e não pôde vir.

– Ele faz o quê?

– Medicina, em São Paulo. E você, pensou no que vai fazer quando for cursar uma faculdade?

– Não. Estou muito nova ainda. Mas quero entrar em uma faculdade certa do curso que quero fazer.

– É, isso é muito importante.

A festa só acabou quase pela manhã. Ficamos apenas eu,

minha mãe, tio Lucas e Mateus na sala conversando até o dia amanhecer. Os outros membros da família que tinham ficado já haviam se recolhido, pois eram cinco da manhã. Eu estava muito cansada e sentei-me na escada com o olhar ao longe, quando percebi que Marta estava muito triste, sentada em uma cadeira. Mateus também percebeu a mesma coisa.

– Marta, por que você está triste? Parece que não gostou da festa!

– Não estou triste, apenas estava pensando em minha mãe e em como ela queria que eu houvesse tido uma grande festa de quinze anos. Quem sabe não teria sido bem melhor do que me casar...

– Por que a senhora está dizendo isso, mamãe? A senhora não foi feliz em seu casamento?

– É lógico que eu fui muito feliz em meu casamento. Talvez eu só pudesse ter esperado um pouco mais para depois me casar. Vou dormir, boa noite.

– Mas a senhora não falou que ia ver o nascer do sol conosco?

– É mesmo. Então vou até a cozinha buscar uma água.

Às seis horas da manhã, sentamos todos na praia para vermos o nascer do sol. Foi um espetáculo divino, que me trouxe uma felicidade incondicional. Naquela manhã, tomei decisões em minha vida que exigiriam de mim muito esforço. Norma Molina sempre teria orgulho de mim. Fiquei sorrindo sozinha enquanto observava o mar. Levantei-me com vontade de andar.

– Aonde você vai, princesa? Vai dormir? – perguntou Mateus.

– Não, a última coisa que quero agora é dormir. Só vou andar.

– Para onde?

– Para um lugar muito, muito especial.

Eu sabia que Judith, com toda a sua experiência como lavadeira, daria um jeito no vestido de Nona, então comecei a caminhar de pés descalços pela água, até chegar ao cenário das pedras. Fiquei de pé olhando o horizonte e pensando em como seria o futuro que eu acabara de escolher para minha vida. Nem o vento forte conseguiu me tirar dos meus sonhos, que me levaram ao infinito, com a certeza de que se transformariam em algo finito, assim que eu conquistasse meus ideais.

    Em relação à história que faltava a respeito de tia Duda, Judith apenas sabia que, aos 21 anos de idade, ela fora para o Rio de Janeiro fazer um curso de culinária e lá se "amigara" – termo usado na época – com um homem que já era casado e que a abandonou para voltar a viver com sua família original. Ela teve o perdão dos pais, mas nunca mais quis se envolver com ninguém, sendo uma mulher frustrada e amarga pelo resto da vida.

Epílogo

Escutei uma batida à porta e pedi que a pessoa entrasse. Era Lucinha, minha filha do meio, que adentrava a biblioteca da casa de praia para me chamar para o jantar. Ela caminhou para a escrivaninha onde eu relia e passava a limpo o último capítulo desta bela história.

– Mamãe, a senhora não vem jantar? Estamos só esperando você. O que a senhora tanto escreve, que está tomando todo o seu tempo desde o começo do verão?

– Estou escrevendo as memórias de sua bisavó.

– A famosa Nona.

– Isso mesmo, Norma Molina.

– A senhora sempre gostou muito dela, não é? A senhora um dia podia me contar esta história. Eu gostaria de saber tudo a respeito da velha senhora que foi dona desta casa há muito tempo.

– É só você ler toda a vida dela aqui neste livro que eu fui escrevendo enquanto ela estava doente. Aqui tem uma vida inteira, inclusive partes da minha história também.

– Qual, por exemplo?

– Minha festa de quinze anos.

– A festa foi aqui nesta casa, não foi? Eu também gostaria que minha festa de quinze anos fosse aqui, do jeito que eu sempre sonhei.

Naquele momento abri um grande sorriso, pois eu voltara a sonhar. Via uma chance de voltar ao sonho com minha filha do meio. O vestido de Nona talvez estivesse fora de moda, mas era um modelo clássico e que com certeza encantaria o coração de minha menina. A conversa encerrou-se, mas, por dentro, meu coração palpitava de alegria por mais essa conquista. Prometi a Lucinha que, quando ela sentisse vontade, eu leria para ela os capítulos da história de Norma Molina, que ela não tivera o prazer de conhecer, mas que de um modo ou de outro marcava mais uma geração.

O nosso verão de 2001 acabava naquele domingo. Depois do almoço, voltamos todos para o Rio de Janeiro, pois as aulas começariam na segunda-feira, e eu e meu marido também tínhamos que voltar a trabalhar. Enquanto os meus filhos colocavam as malas dentro do carro, fui fazer uma última visita a Nona, Brian e todos os outros personagens que estavam ali enterrados, mas vivos dentro de mim. Na volta, dei uma passada nas pedras e joguei rosas no mar, olhando para o infinito oceano da Praia das Flores. Parti mais uma vez, então, para a rotina do meu dia a dia.

A cidade que se chamara Brisa, tempos atrás, e que depois da morte de Norma passara a se chamar Molina, ficou mais uma vez para trás, mas somente para os meus filhos, pois eu realizei o sonho de Brian e, com 28 anos, formei-me em Medicina pela Federal de São Paulo e assumi o consultório, que ficou mais de trinta anos fechado esperando que alguém seguisse os passos daquele grande homem. Sou ginecologista e três vezes por semana atendo no Hospital Modelo. A placa do consultório hoje possui o nome de Brian Stuart e também o de Norma Molina, além de meu nome, que recebi em homenagem a minha avó, e o de minha mãe, que me criou não na convivência do dia a dia, mas principalmente no amor depositado em mim durante os anos que passei com ela.

Trabalho no hospital que foi construído por Brian e aprendo cada dia um pouco com todos os que integram a equipe do Modelo. Segunda, quarta e sexta, sempre no fim da tarde, sento-me à fonte da entrada do hospital e penso nos meus momentos ao lado de Nona e na minha vida de hoje. Minhas roupas brancas têm a marca de um médico que construiu um sonho visto através dos próprios ideais. Nas terças e quintas-feiras, faço os trabalhos voluntários de Nona, os quais mantive no período da manhã.

Resolvi passar para um livro a história de minha Nona e deixar de legado para os meus filhos. Há meses venho tirando parte do meu tempo disponível e passando a limpo o diário *Memórias* em uma escrita só minha. Quero que minha família, principalmente meus filhos, aprendam um pouco a respeito de um casal que marcou uma cidade e uma época, dando um nome forte a uma família de fibra e garra como são os Stuart Molina.

Naquele domingo, fim de férias, enquanto dava um último passeio pela propriedade, estando aos pés do túmulo de Norma, senti necessidade de devolver a ela todos os capítulos que contara para mim há 31 anos. Com minhas próprias mãos cavei um buraco entre a terra de Nona e Brian e enterrei as *Memórias* que Nona contara com suas palavras. Esse gesto não foi para simbolizar o fim de uma saga, mas na realidade o começo de uma nova geração, que, por meio dos ensinamentos que me foram passados durante catorze anos, será guiada também pela sua luz.

Neste momento em que escrevia este último parágrafo, a porta abriu-se mais uma vez e Lucinha sentou no meu colo e perguntou:

– Mamãe, você ainda está escrevendo a história de minha bisavó?

– Não, agora eu estou escrevendo um pouco do que achei de toda esta história. Estava dando um final somente meu para ela.

– A senhora vai me contar como tudo começou?

– Se realmente tiver vontade de saber, eu conto.

– Eu gostaria sim, mas queria que a senhora contasse lá na Praia das Flores.

– Por quê?

– Porque acho que lá existe um certo mistério que indica na verdade onde tudo começou.

Deixei a emoção falar mais alto e, com os braços em torno da minha filha, chorei. No dia em que Norma se foi não consegui derramar nenhuma lágrima, mas hoje, 31 anos depois, vejo a esperança renascer, pois sinto que poderei contar a alguém quem foi ela.

"A maior joia não é simbolizada por uma pedra em processo de lapidação, mas é o nosso próprio coração." (Norma Molina)

A BUSCA
Cleber Galhardi

Juvenil
Formato: 16x23cm
Páginas: 96
Preço de capa: R$19,90

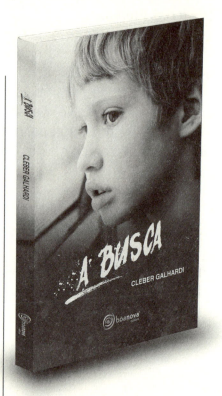

Dinho é um menino inteligente e carinhoso que mora em um lar para crianças. Nesse lar, ele tem muitos amigos; juntos, estudam e aprendem lições de vida. Seu grande sonho é conhecer seus pais e constituir uma família. O menino quer descobrir sua história para, enfim, desfrutar do mais nobre sentimento que nutre as pessoas: o amor. Embarque nessa viagem e deixe-se emocionar por uma história repleta de surpresas, que nos faz refletir sobre o verdadeiro valor de se ter uma família.

 www.boanova.net

 www.facebook.com/boanovaed

 www.instagram.com/boanovaed

 www.youtube.com/boanovaeditora

Entre em contato com nossos consultores e confira as condições.
Catanduva-SP 17 3531.4444 | São Paulo-SP 11 3104.1270

RENOVANDO ATITUDES

Francisco do Espirito Santo Neto
ditado por Hammed

Filosófico
Formato: 14x21cm
Páginas: 248

Elaborado a partir do estudo e análise de 'O Evangelho Segundo o Espiritismo', o autor espiritual Hammed afirma que somente podemos nos transformar até onde conseguirmos nos perceber. Ensina-nos como ampliar a consciência, sobretudo através da análisedas emoções e sentimentos, incentivando-nos a modificar os nossos comportamentos inadequados e a assumir a responsabilidade pela nossa própria vida.

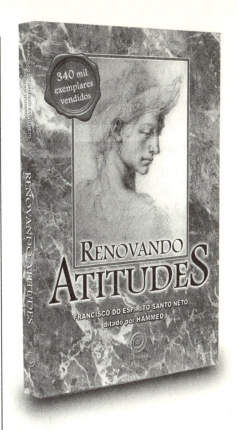

 www.boanova.net

 www.facebook.com/boanovaed

 www.instagram.com/boanovaed

 www.youtube.com/boanovaeditora

Entre em contato com nossos consultores e confira as condições.
Catanduva-SP 17 3531.4444 | São Paulo-SP 11 3104.1270

UM QUARTO VAZIO
Roberto de Carvalho
Inspirado pelo espírito Francisco

Romance
Formato: 16x23cm
Páginas: 208

Reginaldo e Denise têm seu filho único, de vinte anos, assassinado por traficantes, sugerindo a possibilidade de o rapaz ter sido usuário de drogas. O trágico episódio abala a estrutura familiar, e o sentimento de culpa provoca doloroso esfriamento na relação do casal, transformando-os em inimigos que vivem sob o mesmo teto. Porém, na noite em que o triste acontecimento completa um ano, Reginaldo é conduzido, durante o sono, às regiões espirituais, onde passa por magnífica experiência e muda radicalmente o seu conceito sobre perda de entes queridos e regência das leis divinas.

 www.boanova.net

 www.facebook.com/boanovaed

 www.instagram.com/boanovaed

 www.youtube.com/boanovaeditora

Entre em contato com nossos vendedores e confira as condições.
Catanduva-SP 17 3531.4444 | São Paulo-SP 11 3104.1270

A BATALHA PELO PODER

Assis Azevedo
Ditado por João Maria

Romance
Formato: 16x23cm
Páginas: 320

Desde a remota Antiguidade o homem luta para dominar o próprio homem, tudo por causa do orgulho, do egoísmo, da inveja e, sobretudo, da atração nefasta pelo poder. Mesmo com o advento do Cristianismo, a humanidade não entendeu a verdadeira mensagem de Jesus, que era "amar o próximo como a si mesmo"

Esta obra, ditada pelo Espírito João Maria, informa-nos com muita propriedade sobre uma batalha desencadeada pelos nobres da Idade Média, cuja intenção era sempre lutar bravamente pelo domínio de tudo o que existisse, com a desculpa de que honrariam, assim, o nome de seus antepassados.

 www.boanova.net

 www.facebook.com/boanovaed

 www.instagram.com/boanovaed

 www.youtube.com/boanovaeditora

Entre em contato com nossos consultores e confira as condições.
Catanduva-SP 17 3531.4444 | São Paulo-SP 11 3104.1270

A BUSCA DO MELHOR

Francisco do Espirito Santo Neto
ditado por Hammed

Filosófico
Formato: 14x21cm
Páginas: 176

Sócrates afirmava que "ninguém que saiba ou acredite que haja coisas melhores do que as que faz, ou que estão a seu alcance, continua a fazê-las quando conhece a possibilidade de outras melhores". Ser protagonista da própria vida não significa jamais se equivocar; significa, sim, refazer caminhos, reconhecer falhas e erros, e deixar de ser prisioneiro das próprias atitudes. Neste livro de Hammed, você vai descobrir as ferramentas necessárias para conduzir sua história de vida e fazer da existência uma grande oportunidade de aperfeiçoamento.

 www.boanova.net

 www.facebook.com/boanovaed

 www.instagram.com/boanovaed

 www.youtube.com/boanovaeditora

Entre em contato com nossos consultores e confira as condições.
Catanduva-SP 17 3531.4444 | São Paulo-SP 11 3104.1270

MULHERES FASCINANTES
A presença feminina na vida de Jesus

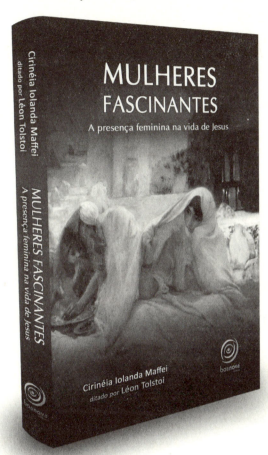

Cirinéia Iolanda Maffei
ditado por Léon Denis
16x23 cm
272 páginas
Doutrinário
978-85-9977-203-4

Os contos desta obra revelam alguns encontros do Mestre Jesus com pessoas que, apesar de anônimas, foram destacadas por Tolstoi neste livro. Esses inusitados personagens nada mais são do que seres humanos sujeitos às imperfeições encontradas em quaisquer indivíduos da atualidade. Nos encontros descritos é preciso identificar com clareza nosso orgulho, vaidade, humildade, dor, ódio, inveja, raiva, frustração e desesperança, bem como nossa humildade, abnegação e nosso altruísmo, latentes em nossa intimidade.

Catanduva-SP 17 3531.4444 | São Paulo-SP 11 3104.1270
boanova@boanova.net | www.boanova.net

Rua dos Ingleses, 150 – Morro dos Ingleses
CEP 01329-000 – São Paulo – SP
Fone: (0xx11) 3207-1353

visite nosso site: www.lumeneditorial.com.br
fale com a Lúmen: atendimento@lumeneditorial.com.br
departamento de vendas: comercial@lumeneditorial.com.br
contato editorial: editorial@lumeneditorial.com.br
siga-nos no twitter: @lumeneditorial